무드 오브 퓨처

무드 오브 퓨처

윤이나

이윤정

한송희

김효인

오정연

아날로그 로맨스

윤이나

1.
몸으로 말해요

살면서 자기소개를 몇 번이나 했을까. "내 이름은 준입니다"라고 첫 문장을 시작한 게 대부분이었을 것이다. 다를 것은 하나도 없었다. 눈앞에 있는 사람들이 나의 언어, 아시아 대륙의 동쪽 한국이라는 이름의 반도에 살아가고 있는 사람들이 주로 쓰는 말인 한국어를 전혀 이해하지 못한다는 것을 제외하면. 그러니 최대한 간단하게 전달해야 했다. 일단 오른손 엄지손가락을 들어 가슴 정중앙을 가리켰다.

"준."

첫날은 맑았고, 섬은 조용했다. 이음새에 기름칠을 한 지 오래된 낡은 대관람차가 만들어 내는 소음을 빼면, 내 목소리 말고는 그 어떤 소리도 들리지 않았다. 느긋한 오후의 볕을 받으며 나를 바라보는 아홉 사람의 표정이 지나치게 선명했다. 이름은 준. 그리고! 그들의 눈에 떠오른 물음표를 보고 있자니 한숨이 나왔다. 보이지 않을 뿐, 숨겨진 카메라를 통해 지켜보고 있는 눈은 훨씬 더 많을 것이었다. 뭐라도 해야 했다. 내가 알고 있는 이 방법이 만국 공용의 인사법이기를 바라면서 양손을 들어 손바닥을 펼쳐 보이며 작게 흔들었다.

　"모두 만나서 반가워."

　간단한 인사인데 대충은 알아들었겠지. 다시 짧은 침묵이 흘러갔고 모두의 눈에 또 물음표가 떠올라 있었다. 또 뭐? 지금 말도 안 통하는데 여기서 내가 누구인지, 어디서 왔고, 무슨 일을 하는 어떤 사람인지 몸으로라도 설명을 하라는 거야, 뭐야?

　그러라는 얘기였다. 제목부터 <아날로그 로맨스>인데다, 글로벌 로맨스 리얼리티 정도로도 만족을 못 해 서바이벌이라는 단어까지 붙은 쇼에 출연해서, 연애와 생존이라는 두 마리 토끼를 잡으려 하는 출연자라면 당연히 그래야만 했다. 모두 알고 있는 걸 홀로 몰랐던 내가 어깨만 으쓱하고 다음으로 순서를 넘기자마자, 온몸을 동원한 자기소개가 이어졌다. 마치 무성의한 자기소개로 어색한 분위기를 깨지 못한 나를 소리 없이 비난이라도 하는 것 같았다. 하지만 어쩔 수 없었다. 내 눈에는 마임이라고 해야 할지 몸짓이라고 해야 할지 그 무엇도 아니라고 해야 할지 어색하기 짝이 없는 자기소개가 아무래도 우스꽝스러웠던 것이다. 이럴 거면 차라리 동화 구연가나 마임을 하는 사람들을 출연자로 뽑지. 손을 들어 서로 전혀 알아들을 수 없는 단어를 외치고 있는 분위기에도 적응이 되지 않았다. 자기소개를 하는 출연자와 관련된 키워드가 나머지 출연자 사이에서 나오면, 맞았다는 신호로 '딩동' 하는 소리가 들려왔다. 아니, 연애 리얼리티라며 도대체 이 퀴즈 쇼 같은 분위기는 뭐야?

내게는 현실을 인정하고 싶지 않을 때 세상을 3인칭으로 보려고 하는 버릇이 있다. 그 순간이 그랬다. 섬 온갖 곳에 숨겨져 있을 카메라 중 한 대가 되어 무대에서 펼쳐지고 있는 '자기소개 몸으로 말해요 쇼'를 바라보자, 한층 더 모든 게 장난처럼 느껴졌다. 돌이켜본다고 해서 달라지는 건 아무것도 없지만, 그래도 그쯤이면 내가 카메라가 아니라 출연자이고, 카메라는 나도 찍는다는 걸 알아챘어야 했다. 말로 내뱉지 않았을 뿐, 내 표정에는 몸으로 말하고 있는 다른 출연자들을 우스워하고 있는 속마음이 고스란히 드러나 있었다. 리얼리티 쇼가 실제 상황이 아님을 그 누구보다 잘 알고 있으면서도 언제나 진심을 기대하는 이율배반적인 시청자들이 한 발 뒤에 떨어져 있는 나를 실시간으로 지켜보며 비호감 포인트를 차곡차곡 적립하는 중이라는 걸 알았더라면 뭔가 달라졌을까? 알 수 없는 일이다. 반쯤은 카메라의 시선으로 자기소개를 구경하고, 반쯤은 한 사람을 몰래 훔쳐보는 시선을 들키지 않는 데 신경 쓰느라, 섬 바깥의 시선을 의식할 여유 같은 건 하나도 남아 있지 않았다.

순간 누군가 툭, 하고 내 발을 치며 나를 현실로 데려왔다. 자기소개 시간이 시작된 지 10분 만에 개인 캠 시청자 수에서 압도적인 꼴찌를 기록하며 손 하나 까딱하지 않고 탈락의 무덤을 파고 있던 나를 구한 건, 이 작은 터치였다고 한다. 정신을 차리고 신호를 보내온 쪽으로 고개를 돌리자, 언제부터 내 옆에 있었는지 알 수 없는 출연자 한 명이 나를 빤히 바라보고 있었다. 방금 무슨 일이 일어난 건지 잠시 잊을 정도로 아름다운 눈이었다. 나와 눈을 맞춘 그가 양손 검지를 입꼬리에 가져다 대고 위로 끌어올리더니,

아름다운 눈을 접으며 웃었다. 무슨 의미인지 알 수 없어 미간을 찌푸리고 다시 봤다. 그는 한 손으로는 나를 가리키고, 다른 한 손으로는 자기 미간을 눌러 펴는 시늉을 한 번 하더니, 다시 한 번 환한 미소를 지으며 손가락을 들어 웃는 입 모양을 그렸다. 손가락 끝이 그린 반원은 그의 입술이 만든 호와 정확히 일치했다. 따라 하라는 건가? 나는 입꼬리를 슬쩍 올린 표정을 보여 주었다. 이렇게?

"웃으라고?"

그가 고개를 갸웃했다.

"우스? 우스라?"

웃는 모습을 따라 하게 만들어서 내 표정을 풀게 만들더니, 이제는 웃으라는 자신의 요청을 나의 언어로 어떻게 표현하는지 묻고 있는 것 같았다. 따라 해 보겠다고. 이 섬에서는 이런 식으로 하라는 거군. 그러니까, 소통이라는 걸.

"웃어."

그가 알아들었다는 듯이 고개를 끄덕인 뒤, 퀴즈에 가까운 자기소개가 이어지고 있는 무대 쪽으로 시선을 옮겼다. 따라가 보니 마임에 가까운 현란한 몸짓으로 자신을 소개하던 출연자가 어느 누구도 이해를 하지 못하고 있는 분위기를 느끼곤, 체념한다는 듯이 고개를 절레절레 흔들고 있었다. 다음은 눈이 아름다운 그의 순서였다. 그의 이름은,

"에렌."

누구든 집중하게 만드는 낮은 목소리였다. 일어선 모습을 보니 앉아 있을 때 받은 인상보다 훨씬 키가 컸다. 그가 오른손을 앞으로 뻗었다. 모두의 시선이 그의 손끝으로 향했다. 다시 발끝으로, 몸의

여러 꼭짓점들이 이동하며 보이는 선으로, 밀고 당기는 리듬에 맞추어, 에렌은 춤을 추고 있었다. 이건 좀 흥미롭네. 소개를 안 한 셈이나 마찬가지인 나를 제외한 나머지 출연자들은 자신의 직업이나 상황을 설명하기 위해 흉내 내는 방법을 택했지만, 에렌은 있는 그대로의 자신을 보여주고 있었다. 춤으로는 부족하다고 느꼈는지, 재킷을 벗어 한쪽 어깨에 건 에렌이 리듬을 타는 듯한 워킹으로 출연자들 주위를 돌기 시작했다. 가만히 있어도 모두가 한 번쯤 돌아볼 외모를 가졌으면서도, 어지간히 주목받기를 좋아하는군. 그러니 이런 쇼에 나온 거겠지만.

재미있게도 해변의 공원을 패션쇼장으로 만들며 에렌이 출연자들 주위를 도는 동안, 이상한 긴장감이 피어났다. 바라보게 만들고 기대하게 만드는 매력에, 분위기가 바뀌었다. 출연자들은 무언가 단어를 말해야 한다는 것도 잊은 채 에렌을 감상했다. 자신의 매력을 알고 이용할 줄 아는 사람의 재능까지 카메라가 담아낼 수 있을까. 또다시 출연자인 것을 잊고 시청자 모드로 빠져들어 가려는 나를, 이번에는 어깨에 느껴지는 낯선 감촉이 현실로 잡아채 왔다.

"오우!"

몇몇 출연자에게서 꾸며낸 듯한 환호가 터져 나왔다. 작은 휘파람 소리도 들렸다. 급하게 짐을 싸느라 여름옷만 챙겨 온 바람에 기온에 어울리지 않는 민소매 티셔츠를 입고 있던 내 어깨에 에렌의 재킷이 얹어져 있었다. 출연자들이 야유인지 환호인지를 보내는 사이 알아들을 수 없는 한 마디를 내 귓가에 속삭인 에렌은, 모두를 향해 허리를 숙여 인사하며 공연이 끝났음을 알렸다. 다음으로, 에렌의 하이파이브를 넘겨받은 출연자가 일어났다. 마지막 출연자였다.

　이 순간만을 기다리고 있었기에 그가 작게 심호흡을 한 후
오른손을 가슴 위에 가볍게 얹으며 자신의 이름을 말했을 때, 나는
따라서 중얼거릴 수밖에 없었다.

　"올리."

2.

올리

　알아낼 수 있는 게 아무것도 없는 이름이군. 매칭 화면에 뜬 이름을 보며 제일 먼저 든 생각이었다. 올리라는 이름으로는 추측할 수 있는 게 거의 없다. 굳이 찾아보자면 세대 정도일까. 문화적 배경이나 성별이 모호한 이름을 짓는 것은 우리 부모 세대의 유행이었으니 말이다. 요즘 같은 세상에서 굳이 아이를 낳고 이름을 붙이는 사람들은 오히려 정체성이 선명한 이름을 붙여 주는 경향이 있다. 원래 유행은 돌고 도는 거니까. 그러니 올리라는 사람은 나와 비슷한 나이대일 것이다. 그 정도가 그의 이름을 통해 알 수 있는 전부였다.

　올리와 나는 3년 전, 나의 모험심 덕분에 만났다. 올리는 자신의 오해로 시작됐다고 해야 우리의 연애가 로맨틱한 이야기가 되는 거라며 자신의 실수를 포장하곤 했지만, 나의 생각은 달랐다. 과연 정말 그런지 확인하기 위해 객관적으로 서술해 보자면, 첫 데이트 직전 두 사람의 상황은 이랬다.

바쁜 와중에도 일상이 지루했던 어느 날, 호기심에 데이트 앱을 깔아 보기로 한 올리는 인기 및 추천 순위 맨 위에 있는 '맵MaaP'을 설치한다. 맵은 'Maum and maP'의 줄임말로, '마음의 지도'를 그려주는 데이트 앱이다. 한국 드라마와 영화 같은 콘텐츠가 대유행을 했던 2020년대부터 심장이라 번역되는 영어 단어 마음heart과 정신에 더 가까운 의미인 마음mind을 모두 끌어안는 단어로 한국어 단어 '마음Maum'이 세계적으로 통용되었다. 맵은 마음을 로맨틱한 감정이 담기는 영혼 속 공간이라는 의미로 정의하고, 로맨틱한 관계를 찾는 사람들에게 '마음의 지도'를 찾아 주던 매칭 서비스다. 처음 런칭했던 10년 전에는 후발 주자였지만, 실시간 통역 기술이 적용된 란토, 콘택트렌즈처럼 착용하면 가상현실로 접속이 가능한 서비스인 아이포트와 결합하는 시도로 독보적인 데이트 앱 1위 자리를 굳혔다. 하지만 친구들 사이에서 별명이 공룡일 정도로 기계나 기술을 다루는 데 이상할 정도로 서툴던 올리는 기본 설정을 바꿔야 한다는 사실조차 모른다. 귀 안쪽에 부착하는 실시간 통역기인 란토를 소지한 사람과 연결하는 매칭 기본 설정이 켜진 상태로, 맵은 끊임없이 매칭 상대를 탐색하고, 올리가 원하는 데이트 상대에 가까운 준이라는 사람을 찾아낸다. 올리는 지도의 길을 찾는 몇 가지 퀴즈를 풀며 길을 찾는다. 막다른 길에 도착하면 다시 돌아가고, 장애물이 있으면 계속 시도해서 넘으며, 올리는 마침내 준의 마음에 도착한다. 준에게 말을 걸 수 있는 기회를 얻은 것이다. 그는 공룡답게 인공지능이 골라 준 첫 인연에게 어떤 말로 인사를 건네는 게 옳은지 신중하게 고민한다. 고민 끝에 메시지를 보내려던 순간, 갑자기 맵의 음성 기능이 작동한다.

"안녕, 올리. 나는 준이야."

올리의 귀에는 준의 목소리가 자신이 쓰는 언어로 말을 걸어오는 것처럼 들린다. 맵의 기본 통역 기능이 어떻게 작동하는지 모르는 올리는, 정말 운이 좋게도 같은 언어를 쓰는 사람과 연결이 되었다고 생각한다. 아주 적은 수의 사람만 사용하는 언어이니 실제로 그랬다면 정말 운이 좋았다고 할 수 있을 것이다. 21세기의 한가운데에도 여전히 운명을 믿는 올리는, 운을 운명이라고 바로 오해하고, 그 운마저도 착각이었다는 걸 모르는 채 준에게 데이트를 신청한다. 그렇게 란토 통화라든가 아이포트를 이용한 가상 공간에서의 조우라든가 하는, 실제 만남 이전에 거쳐가는 맵 데이트의 암묵적인 과정을 가볍게 뛰어넘어, 현실 세계에서 나를 만나게 된 것이다. 란토를 끼고 나타나, 모르는 언어로 인사를 건네는 나를.

"알아들은 건 네 이름뿐이었어. 준."

이것이 데이트에 나가게 된 나의 사정이다. 지난 5년간 꽤 멋진 데이트와 짧았지만 나쁘지 않았던 연애를 여러 번 선사해 준 맵의 인공지능 매칭을 무한히 신뢰하고 있었던 나는, 적지 않은 구독료를 내고 맵의 프리미엄 기능을 사용하고 있다. 프리미엄 사용자에게는 매칭 상대가 지도의 어떤 루트를 통해서 마음까지 오는지, 어디에서 포기하는지가 보인다. 어떤 사람은 너무 쉽게 길을 찾고, 어떤 사람은 너무 쉽게 포기한다. 어떤 상대는 다 와서 포기하고, 어떤 상대는 마음에 도착해서도 말을 건네지 않는다. 그러니까 프로필 이미지조차 바꾸지 않은 신입 사용자가 거의 모든 막다른 길에 다

들른 후, 다른 상대들보다 더 많은 장애물을 넘으면서 헤맨 끝에 '준의 마음'에 도착한 걸 보면서, 나는 '올리 님이 준 님의 마음에 들어왔습니다'라는 알림이 뜨자마자 메시지를 보낼 수밖에 없었던 것이다. 내가 음성 메시지를 보내자마자 거의 곧바로, 시간과 장소까지 정해 바로 만나고 싶다는 데이트 신청이 문자로 왔다. 너무 갑작스러워 메시지의 내용을 이해하는 데 긴 시간이 걸릴 지경이다. 만나고 싶다고? 이렇게 바로? 데이트와 만남에 있어서는 무조건 안전을 우선으로 하는문화권에서 자란 나는, 의심한다. 위험한 사람은 아닐까? 평소라면 바로 거절했을 메시지 앞에서 왜인지 망설이게 된다. 탐색이나 확인의 절차 없이 아무것도 모르는 상태로 누군가를 만나 데이트를 해 보고 싶은 마음이 불쑥 튀어 올라온다. 다시 메시지가 온다.

　— 이 앱을 처음 사용합니다. 혹시라도 제가 예의가 없었다면 이야기해 주세요.

　기대하지 않은 반응이 따라오자 호기심이 생긴다. 그의 언어의 어떤 부분을 존댓말로 번역했는지, 왜 포기하지 않고 길을 찾았는지 궁금하다. 게다가 누군가의 처음이 될 수 있다면, 대체로 환영이다.

　자그마한 모험심과 그보다는 큰 호기심을 품고 나간 약속 장소에는, 올리가 먼저 도착해 기다리고 있었다. 나를 이해할 준비가 되지 않은 상태라는 건 상상도 하지 못한 채로.

　나 역시 그가 준비되어 있지 않으리라고는 상상하지 못했다. 내 나이 또래에 란토를 쓰지 않는 사람은 거의 드물었다. 2030년대에 개발되어 급속도로 발전한 통번역 기술의 집약체가 바로 란토다.

19세기에 만들어졌지만 널리 사용되는 데에는 실패한 세계 공용어인 '에스페란토'에서 이름을 따온 이 작은 기계가 지구에 살아가는 인류의 소통 방식을 완전히 바꿨다. 처음에는 실시간 통역 기능에만 집중했던 란토는 수많은 사람들의 음성 데이터를 분석해 대화의 맥락을 이해하고 뉘앙스까지 파악해서 통역하는 방식으로 진화하면서 상용화되었다. 목소리 톤까지 복제하는 기술이 적용되어 상대의 목소리로 더빙된 실시간 통역이 가능해지자 모국어라는 개념은 희미해졌고 란토의 소유 여부가 더 중요해졌다. 모국어의 중요성을 설파하거나 다른 언어를 배우는 무용한 시도를 이어가는 사람들도 있었지만, 대부분의 사람들은 편리한 삶에 빠르게 적응했다.

올리가 대부분의 사람들에 속하지 않는다는 걸 알았을 때, 시작과 동시에 끝을 낼 수도 있었던 첫 데이트를 이어가기로 선택한 쪽은 나였다. 첫눈에 대충 상황을 파악한 나는 데이트를 끝낼 때 끝내더라도, 궁금한 걸 묻기로 했다. 내 앞에서 불안한 표정을 짓고 있는 그가 왜 란토를 쓰지 않는지, 그런데 어떻게 나와 매칭이 됐고 도대체 어쩌다가 이 자리에 나와 있는 건지 알고 싶었다. 내 오른쪽 귀 안쪽의 란토를 가리킨 다음, 맵으로 문자 메시지를 보냈다.

— 너의 이야기를 들려줘.

나는 들을 수 있으니까. 예상하지 않은 상황에 당황한 것 같던 올리는, 메시지를 확인한 뒤 작게 심호흡을 했다. 긴장했을 때 나오는 버릇이라는 걸 알게 된 것은 훨씬 나중의 일이다. 호흡을 가다듬은 올리는 맵을 설치한 날에 대해서부터 이야기를 시작했다.

란토 설정을 끄지 않은 걸 그 순간에도 모르고 있다는 것 때문에, 자꾸 웃음이 났다.

"왜 웃어?"

곤란해 보이는 표정이 귀여웠다. 맵의 음성 변환 기능을 이용하면 띄엄띄엄 대화를 할 수 있다는 걸 알았지만, 그러고 싶지 않았다. 일단 올리의 이야기를 계속 듣고 싶었다. 듣다가 짧게라도 대답이 하고 싶을 때는 메시지를 보냈다. 올리는 내 메시지를 보며 한 박자 늦게 웃거나, 심각해지거나, 눈썹 각도가 바뀌거나 했다. 그걸 관찰하는 게 재미있었다. 인정하지 않을 수 없었다. 나는 올리가 흥미로웠다. 비슷한 나이인데도 란토를 쓰지 않고, 앞으로 쓸 생각이 없다는 것도, 데이트 앱을 처음 사용한다는 점도 그랬다. 마치 과거에서 온 사람 같았다. 올리는 느리고 오래된 것이 좋다고 했다. 나는 빠르고 새로운 것이 좋았다. 이토록 다른데도, 어쩌면 다르기 때문에 올리가 어떤 사람인지 알고 싶었다. 란토를 당연하게 써 왔던 옛 연인 중 어느 누구도 올리만큼 궁금하지 않았다.

— 란토 없이 데이트한 건 10년 만이야.

— 그러면 그때는 어떻게 대화했어?

— 그 사람은 내가 만난 사람 중에 한국어를 쓰는 유일한 사람이었거든.

— 유일한?

나는 고개를 끄덕이고 마저 메시지를 보냈다.

— 계속 이렇게 대화할 수는 없으니까 우리가 또 만날 수는 없을 것 같아.

올리의 표정이 눈에 띄게 어두워졌다. 나는 맵을 켜고, 소리 내 말했다.

― 그래도 즐거웠어.

올리의 맵에 알림이 떴다. 나와 같은 톤의 목소리가 그의 언어로 나의 말을 전달했다. 그의 눈썹 각도가 다시 한 번 변했는데, 어떤 의미를 담은 표정인지는 알 수가 없었다.

"30분만 기다려 줄 수 있어?"

데이트가 끝나는 게 내심 아쉬웠기에 그 정도는 기다려 주기로 했다. 잠시 나갔던 그가 돌아왔다. 나가기 전에는 맞은편에 앉았던 그가 옆자리에 앉더니 자신의 귀를 가리켰다. 유난히 끝이 뾰족한 귀의 귓바퀴 안쪽에, 검지 손가락 한 마디 정도 크기의 란토가 걸려 있었다. 훗날 나의 친구들이 올리에게 멸종한 줄 알았던 로맨티스트, '로맨틱 다이노'라는 별명을 붙여 주게 된 역사적인 순간이었다. 이날의 하이라이트인 감동의 란토가 나를 위해 급하게 산 게 아니라 병원에서 공용으로 사용하는 구형 모델이라는 사실을 알고 배신감을 느낀 일과 내가 로딩 없는 대화를 하고 싶다고 진지하게 말할 때까지 최신형 란토 구매를 미루다가 싸우게 되는 사건은 모두, 내가 이미 그에게 반해 버린 이후의 일이었다.

"너의 이야기를 들려줘."

란토를 낀 올리의 첫마디에 웃음이 나왔다. 나를 웃게 하는 사람. 올리의 첫인상이었다. 좋아. 그렇다면, 정식으로 한 번 더 자기소개를 해야겠지.

"내 이름은 준이야."

너의 오해와 나의 이해가 만나, 우리의 이야기가 시작됐다. 우리는 3년 동안 연애를 했고, 헤어졌다.

3.

아날로그 로맨스

헤어졌는데도 끝나지 않은 나와 올리의 이야기가 이어지고 있는 이 섬의 이름은 '아날로그 로맨스 아일랜드'다. 글로벌 러브 리얼리티 서바이벌 쇼 <아날로그 로맨스>의 배경이 되는 섬으로, 2020년대까지만 하더라도 섬 투어를 다니는 관광객이 꽤 많이 드나들던 테마파크였다. 해변 끝에 위치해 절반은 바다 위에 걸쳐 있는 대관람차가 특히 유명했다고 한다. 팬데믹 이후 급격히 줄어든 관광객으로 인해 테마파크가 폐장한 후 한 다국적 제약업계의 투자자가 대피처로 섬을 사들였으나 기후 위기의 존재를 잊기 쉬운 빌딩 꼭대기에서 더 많은 돈을 벌어들이느라 30년 넘게 섬의 존재를 잊은 동안, 2050년대의 문명과는 동떨어진 낭만을 간직한 풍경을 찾고 있던 <아날로그 로맨스> 제작진의 레이더에 이 무인도가 걸려든 것이다.

나는 방송 녹화 직전 갑작스러운 사정으로 빠지게 된 한국인 출연자의 대타로 쇼에 출연하게 됐다. 이 문장에는 거짓이 없다. 한 줄로 요약된 모든 이야기가 그렇듯이, 숨겨진 사정이 있을 뿐이다.

<아날로그 로맨스>에 대해 알게 된 건 섬에 도착하기 한 달 전, 올리와 헤어지고 함께 살던 도시와 집을 떠나 한국으로 돌아온 지 두 달쯤 지났을 때였다. 5년 만의 귀국이었는데도, 절친인 나나를 만나기 어려웠다. 방송 작가인 나나는 글로벌 로맨스 리얼리티 서바이벌 쇼 런칭을 앞두고 정신없이 바쁘다고 했다. 쇼의 콘셉트가 좀 특이했는데, 한 번에 이해가 되지는 않았다.

— 요약하면, 언어가 통하지 않는 출연자들이 모여서 소통을 하며 서로를 알아가고, 연애도 하고 뭐 그러는 거라고 보면 돼.

— 란토 없이?

— 어. 란토도 없고, 폰도 없고, 아이포트 같은 건 당연히 착용하면 안 되고. 외부랑 연결되는 기계는 하나도 없어.

그것참 답답하겠네. 세상에는 시간을 거꾸로 돌려 억지로 불편한 가짜 세계를 만든 다음, 그 안에서 기다리고 오해하고 엇갈리는 게 사랑이라고 믿는 사람들도 있는 모양이었다. 그걸 재미있어하면서 구경하는 사람들도 있고. 어차피 나와는 상관없는 일이었다. 계속 상관이 없었더라면 좋았을 텐데, 쇼의 정식 타이틀과 일부 출연자의 이름이 선공개 되자, 나나가 설계자 중 하나로 이름을 올린 가짜 세계와 내가 지나치게 닮은 걸 깨달았다.

— 얼굴 보고 얘기 좀 하자.

메시지 하나만 보내 놓고, 나나의 집 앞으로 찾아갔다. 각오했다는 표정으로, 나나가 문을 열어 주었다.

"폰이든 란토든 기계를 통하기만 한다면 세계 어디의 누구와도

22 23

대화를 할 수 있는 시대에, 얼굴 보고 해야 하는 이야기가 따로 있다는 게 좀 웃기지 않아?"

오랜만이라는 인사도 없이 쏘아붙인 질문에, 나나가 피곤한 얼굴로 대꾸했다.

"하나도 안 웃겨."

"그럼 이건! 이건 웃겨!"

나는 글로벌 로맨스 리얼 서바이벌 <아날로그 로맨스>의 출연자 목록이 떠 있는 폰을 내밀었다. 나나는 폰을 받지도 않고 흘낏 보더니, 여전히 입을 꾹 다물고 있었다.

"설명 안 해 줄 거야? 출연자 목록에 이 이름. 내가 읽어?"

"올리. 흔한 이름은 아니지만, 세계 전체로 보면 아주 드문 이름도 아니지."

"그건 맞아. 근데 이 출연자가 하필이면 눈알이 달린 오(Ö)를 쓰네?"

"독일인인가 보지."

"지랄 말고."

나나가 피식 웃었다.

"이럴까 봐 너한테 얘기 안 한 거야."

"이럴까 봐? 나 많이 참고 있는데. 친구가 방송 작간데 자기가 만드는 연애 놀음 쇼에 내 애인을 출연시켰어. 그럼 이런 경우에 다른 사람들은 어떻게 해? 보통은 싸대기라도 올려치지 않나?"

"엑스잖아. 너도 솔로, 걔도 솔로."

"우리가 진짜 끝났는지 안 끝났는지 네가 어떻게 알아?"

"너도 헤어졌다며. 이번에는 정말 다시 만나기 어려울 것 같다고, 분명히 그랬잖아. 그리고 안 끝났으면 올리가 우리 쇼에 안 나왔겠지."

"걔가 그래? 다 끝났다고? 말도 안 통하는 데 가서 다시 시작이라도 하고 싶대?"

나나는 내 질문에 대답하는 대신 필요도 없는 사과를 했다.

"미리 알려 주지 못한 거, 너한테는 미안해. 올리는 세팅에 딱 맞는 출연자라 포기할 수 없었어. 속이려고 한 건 아니야. 말하려고 했어. 네가 이런 것까지 찾아보는 애가 아니라서 벌써 알게 될 줄 모른 거지."

나는 원래 이런 것까지 찾아보는 애였다. 올리와의 이별이 나를 그렇게 만들었다. 검색으로 찾아낼 수 있는 정보가 거의 없다는 것을 알면서도 그의 이름을 몇 번이나 입력하고, 다시 뒤져 보고, 또 털어 보며 작은 흔적을 확대해서 보고 그가 나를 잊지 못했다는 증거라고 우기는, 정신 나간 이별증후군 환자. 올리와 헤어지기 전까지는 한 번도 경험해 본 적이 없는 감정과 고통이라, 그때는 아픈 줄도 몰랐다. 그러니까 나나가 대답을 피하는 걸 보면서도, 진실보다는 희망을 읽으려고 했겠지.

"무슨 세팅? 말 안 통하는 사람들 모아 놓고 짝짓기하는 세팅? 거기에 왜 올리가 딱 맞아? 걔 그냥 나 열 받게 하려고 출연한 거야."

"올리가 너 때문에 출연했다고 생각해?"

"당연하지. 걔 성격에 유명해지자고 한 건 절대 아니고, 상금이 궁할 리도 없고. 연애나 사랑? 걔가 아무리 로맨티스트여도, 말도 안 통하는데 그게 돼? 올리는 그거 못해. 내가 알아. 그냥 홧김에 한 거 맞아."

"그럼 그렇게 생각하든가."

굳이 다른 사람들 이야기까지 덧붙인 건, 끝까지 올리를 섭외한 이유를, 올리가 출연한 이유를 말해 주지 않는 나나가 얄미워서였다. 어디라도 찌르고 싶었다.

"다른 사람들이라고 그런 불통 상황에서 뭐가 될 것 같아? 뭐, 섹스는 할 수 있겠지. 그게 목적인 게 아니면 이거 완전히 실패한 기획이야. 할 수 있는 거 아무것도 없다고. 21세기도 절반이 지났어. 인간이 과학 기술 없이 어떻게 사니? 오프피플도 아니고."

낯선 이름들과 그의 이름이 로맨스라는 단어 아래 늘어서 있는 게 끔찍하게 싫어서, 올리가 출연한 이유가 나라는 걸 확인하고 싶어서, 뾰족한 말들을 내뱉어 나나를 찔렀다. 어이없게도 나나는 내가 별 의도 없이 덧붙인 오프피플이라는 단어에 찔렸다. 오프피플은 현대 과학 기술 중에서도 특히 온라인 세계로의 연결을 증오하며 통신 테러를 일삼으며 무리 지어 사는 사람들을 일컫는 말이다. 현대 원시인이라고도 불렸다. 오프피플의 테러가 늘어나면서 꽤 심각한 사회 문제가 되고 있는 상황이긴 했지만 나나의 자존심을 건드린 단어가 실패도 불통도 아니고 오프피플이라는 건, 다시 생각해도 웃긴 일이다. 피곤한 얼굴로 말을 돌리던 나나가 발끈했다.

"오프피플이랑은 다르거든! 그런 극단적인 상황이 아니라고. 놀이기구 돌릴 만큼의 자가 동력도 있고, 외부랑 통신 수단만 끊는 거야. 섬에서 실험하려는 건, 생존보다는 사랑이고. 근데 내가 이걸 설명해서 뭐 하니? 넌 이해할 생각도 없는데. 됐다. 그만하자."

"아니 뭘 했다고 그만해. 너 아직도 대답 안 했어. 네가 생각하는 올리가 출연하는 이유가 뭔데?"

"왜 이런 조건을 세팅한 건지 전혀 이해를 못 하는데, 올리가 나온 이유를 네가 어떻게 이해하겠어. 준이 넌 란토 없이 연애한 적도 없잖아."

나나를 건드린 게 오프피플이었다면, 나를 건드린 건 란토였다.

"있는데?"

"그래? 몰랐네. 그럼 지금까지 만난 애인 중에 네가 란토를 쓰지 않았으면 못 만났을 사람이 몇 명이나 되는데?"

"……절반?"

거짓말이었다. 90퍼센트 정도였다.

"그렇다 치고, 네가 만약에 서로의 언어를 전혀 이해하지 못하는 상태에서 누군가를 만났어. 관심은 있는데 란토가 없네? 그럼 어떻게 할 거야?"

당연히 포기한다. 그래도 입을 다물 때라는 것 정도는 알았다. 내가 대답이 없자 나나가 질문을 바꿨다.

"예를 들어, 정말 만약에 네가 출연자로 섬에 갔어. 당연히 란토는 없지. 그럼 올리한테 왜 출연했는지는 어떻게 물어보고 대답은 어떻게 들을 건데?"

함정 질문이었다. 그때는 몰랐지만.

"방법을 찾아야지."

"어떻게?"

"날 거기 보내 보면 알 거 아니야."

예상치 못한 대답이었는지, 나나의 표정이 심각해졌다. 물론 나조차도 예상한 적 없는 답이었다. 얼떨결에 진심을 꺼내 버린 것이다. 올리의 얼굴을 직접 보고, 대화를 나누고, 우리가 끝나지 않았다는 걸 확인하고 싶은 나의 진심.

"끝났다고? 웃기지 말라고 해. 올리는 거기, 내가 없으니까 가는 거야. 내가 있는 세계면, 올리는 언제나 나를 선택해."

"자신 있나 보네?"

"어, 자신 있어. 나보다 올리를 잘 아는 사람은 없거든."

아마 나의 이 대답이 나나의 승부욕을 자극했던 것 같다. 내가 절교 선언을 하는 극단적인 선택을 한 뒤에도, 올리의 출연을 미리 알려 주지 않은 일에 대해서만 한 번 더 사과하고 올리가 출연한 이유는 끝내 말해 주지 않은 걸 보면.

상황은 녹화 일주일 전에 갑작스레 바뀌었다. 긴급한 사정으로 출연이 어려워진 한국인 출연자에게는 안된 일이지만, 나나는 흥미로운 이야기를 만들 기회를 놓칠 사람이 아니었다. 절교는 절교고 일은 일. 나에게 출연 의사를 물은 건, 나나로서는 당연히 해야 할 일이었다.

"네가 올리의 모국어를 못 알아듣는 건 내가 알고 있고, 다른 조건도 우리 출연자들이랑 비슷해. 캐릭터도 확실하고."

나도 몰랐던 내 캐릭터는 1회 자막으로 알게 됐다. 소통불가 무인도에 떨어진 고집불통 란토 지상주의자.

"나머지 상황은 내가 밖에서 정리할 테니까, 넌 섬에 가서 하고 싶은 대로 하면 돼. 어때? 갈 거야?"

"갈래."

나나의 표현으로는 땜빵, 제작진 사이에서는 공식적으로 '히든 카드 X'가 된 나는, 이런 과정을 거쳐 섬에 오게 된 것이다. 선공개

된 출연자 중 한 명과 연인이었던, 옛 연인의 언어를 전혀 알아듣지 못하는 히든 카드의 갑작스러운 출연. 물론 이건 나나의 시나리오일 뿐, 나는 호락호락하게 과거가 되어 줄 생각이 없었다.

4.

혜이, 듣고 있어?

　　섬 안에 외부와 소통할 수 있는 기계가 하나도 없다는 나나의
설명에는 부연이 필요하다. 하나도 없는 건 아니었기 때문이다.
　　"그렇게 해서는 방송을 할 수 없으니까. 제작진과는 연결될
통로가 필요하지."
　　통로의 이름은 혜이, 바퀴로 이동하는 깡통 로봇이다. 원통형의
몸통에는 색깔이 변하는 레이저 눈이 달린 반구형 머리가 얹혀
있었는데, 머리는 때에 따라 뚜껑처럼 열리기도 했다. 쇼의 기획
의도에 맞춰 20세기 사람들이 상상한 로봇에게서 본뜬 겉모습과는
달리, 최첨단 기술의 집약체였다. 섬 곳곳에 숨겨진 카메라와
연결되어 있었고, 혜이 자체가 고성능 카메라였다. 언제 어디에서든
허공에 대형 가상 스크린을 펼쳐, 제작진의 메시지나 미션을 전달할
수도 있었다. 세계 30개국의 언어로 대화할 수 있었지만, 개인
인터뷰 상황이 아닐 때는 어떤 질문을 해도 답이 돌아오지 않았다.
출연자들은 혜이로부터 각자의 언어로 일정과 미션을 전달받았다.
혜이는 제작진과 우리를 연결해 주는 통로인 동시에 제작진의

스파이였고, 모두를 바라보는 눈이고, 모든 소리를 듣는 귀였다.
마지막으로 정말 중요한 역할 하나 더. 헤이는 심판이었다.

"디제이!"

마임맨은 현란한 몸동작 외에는 어떤 정보도 주지 못한
소개 타임을 만회라도 하려는 듯이 지나치게 열정적으로 올리의
자기소개 퀴즈에 임하고 있었다. 그의 외침을 듣자마자 헤이의 몸통
색이 변하며 빙그르르 돌아갔다. 모두의 눈이 헤이를 향했다. 영어를
써서 옐로 카드를 받는 걸까?

섬에서 지켜야 할 가장 기본적인 규칙은 자신의 언어만
사용하는 것이다. 서로의 언어를 알아 가면서 소통하는 건 상관없다.
오히려 장려한다. 대신 제3의 언어로 ─ 대부분 영어일 테지만 ─
대화하려고 시도하다가 걸리면 옐로 카드를 받는다. 경고가 세 번
누적되면 탈락. 디제이라는 단어를 세계 공용어라고 판단했는지,
헤이가 움직임을 멈추었다. 제작진이 융통성이 없지는 않은 것
같았다. 옐로 카드를 줘야 하는 게 아닌지 묻고 싶을 때 노란 종이
쪼가리를 보여 줄 때가 된 게 아니냐고 말할 수는 없는 일이니까.

다시 올리의 자기소개 타임이 이어졌다. 가까스로 경고를
피한 걸 아는지 모르는지 계속 단어를 쏟아 내고 있는 마임맨보다
올리의 설명이 더 답답하다는 게, 자기소개 시간이 끝나지 않고
있는 이유였다. 곤란하다는 듯 얼굴을 찌푸리고 배를 부여잡았다가
무언가를 들어 팔 근처에 갖다 댔다가, 한 손을 엉거주춤 내밀고
또 다른 손을 귀로 가져가는 동작 같은 걸 보면서 뭘 맞추는 게 더

이상한 일이었다. 일단 어떻게 흘러가는지 지켜보고 있던 나는, 올리가 네 번째로 장갑을 끼는 시늉을 했을 때 결국 참지 못하고 터지고 말았다.

"와, 정말 못 봐주겠네. 이 멍청이들아. 의사! 의사잖아!"

딩동. 맞았다는 신호가 들렸다. 내가 맞추다니 의외라는 듯한 눈빛과 표정이 눈에 들어왔다. 자존심이 상했다. 내 목소리에 잠시 움직임을 멈추었던 그가, 나머지 사람들을 위해 자기가 생각할 때에만 수술을 준비하고 주사를 놓는 제스처이고 겉으로 보기에는 고장 난 로봇 춤 같은 동작을 또다시 보여주기 시작했다. 자존심이 상한 나는 손을 들었다. 그의 눈을 포함한 모두의 눈이 나를 향했다. 내가 이 정도도 못 할 것 같아? 못 한 게 아니고 안 한 거야. 자리에서 일어난 나는 그의 옆으로 가서 바닥에 누웠다. 걱정과 질문이 뒤섞인 표정의 그와 눈이 마주쳤다. 도대체 이 멍청한 소통이라는 걸 언제까지 할 건데?

"날 믿어."

무슨 소리냐고? 이렇게 하면 알아듣겠지.

"아이고, 아야. 아이고 내 배."

내가 배를 잡고 뒹굴고 나서야 상황을 이해한 그가 다가왔다. 나는 반듯하게 누웠다. 잠시 망설이던 올리가 결심한 듯, 진찰하는 것처럼 내 배 위쪽의 공기를 눌렀다. 전통적인 방법으로 이마의 열을 재는 척했고, 주사를 놓는 시늉도 했다. 조금 전에는 디제이로 보였던 몸짓이, 올리의 오른손이 내 심장 위쯤에 머물자 청진기로 심장 소리를 듣는 상황으로 바뀌어 보였다. 출연자들이 있는 쪽에서 '아!' 하는 깨달음의 탄성이 아주 짧은 차이를 두고 연쇄적으로 터져 나온 걸 보면 모두의 눈에 그렇게 보인 것 같았다.

여덟 개의 언어로 '의사'라는 단어가 울려 퍼지고 여덟 번의 딩동이 이어진 이 장면이 1회의 최고 순간 시청률을 기록했다는 건 섬을 떠나고 나서야 알게 된 일이다. 1회가 방송된 뒤 <아날로그 로맨스>는 몸으로 말할 수 없거나 몸으로만 말하는 사람들을 배려하지 않은 음성 언어 소통 중심의 기만적인 기획이며, 성 지향과 인종의 다양성으로 구색만 맞췄을 뿐 누가 봐도 매력 자본을 가진 젊은 출연자들만 모아 놓고 흔해 빠진 사랑 타령을 하는 낡은 쇼라는 비판적인 평가가 쏟아졌다. 한편으로는 그러거나 말거나 레트로가 또다시 유행하는 시기에 아날로그 감성의 색다른 소재로 찾아온 쇼에 열광하며 실시간 중계까지 챙겨 보는 광적인 팬층도 생겨났다. 2020~2030년대에 절정의 인기를 끌다가 사라진 장르가 과거로의 시간 여행 콘셉트로 부활한 것이다. 란토 소지자는 발화자의 목소리와 톤까지 재현하는 초고품질 실시간 통역으로 더빙된 쇼를 시청할 수 있었는데, 정작 란토가 없고 단어의 조합일 뿐인 출연자들의 대화는 나의 예상대로 소통보다는 불통에 가까웠으므로 코미디에 가까운 재미까지 얻을 수 있었다. 출연자들은 알지 못하는 정보가 시청자들에게는 모두 주어졌기 때문에, 전지적인 위치에서 관전하는 것 같은 느낌을 주는 것도 인기 요인 중 하나였다. 전지적 시청자 시점의 커플 예측, 관계 탐구, 향후 진행 같은 2차 창작 시나리오가 쏟아졌다. 본방을 방해하지 않는 잡음은 광고나 마찬가지라는 굳은 신념을 가진 쇼 러너 나나는, 이 모든 소음들을 적극 장려, 때로는 유도하며 증폭시켜 더 많은 사람들에게 닿게 하는 중이었다.

정작 해변에 둘러앉아 온갖 몸짓으로 자신이 누구인지 알려 주고 또 알아 가고 있던 우리에게는 섬 바깥의 소음이 전혀 들리지 않았다. 내가 상상조차 할 수 없는 많은 수의 눈이 나를 지켜보고 있었을 그 순간, 내가 마주 볼 수 있는 눈은 단 한 쌍이었고 들을 수 있는 소리는 내 심장 소리뿐이었다. 올리의 손에 진짜 청진기가 들려 있지 않은 게 얼마나 다행이라고 생각했는지, 지나치게 빨리 뛰는 심장이 담긴 내 가슴과 올리의 손 사이 1센티미터의 틈이 얼마나 가깝고 또 멀게 느껴졌는지, 아무리 기술이 발전했어도 카메라가 그런 것까지 보여 줄 수는 없다는 걸 나중에 1회를 시청한 뒤에야 알게 됐는데, 그건 어쩌면 다행인 일이었다.

올리의 소개가 끝나고도 하늘을 보며 누워 있는 내게 올리가 다가와 일어나라는 듯 손을 내밀었다. 나는 손을 잡는 대신 단 둘이 대화할 첫 번째 기회를 놓치지 않았다.

"계속 나한테 말 안 할 거야?"

올리는 대답하지 않고 어서 잡으라는 듯 한 번 더 손을 내밀었다.

"그래. 어디 맘대로 해 봐."

올리의 손을 잡고, 힘을 주어 일어났다. 영차. 손을 내미는 쪽이 언제나 올리인 것이 당연하게 여겨졌으므로, 달라진 건 아무것도 없다고 믿는 데 도움이 됐다. 이 손을 잡고 섬을 나갈 사람이 내가 아닐 수는 없었다.

5.
큐피드

<아날로그 로맨스>의 커플 매칭은 성별과 성 지향을 가리지 않는다. 사랑의 화살표가 누구에게라도 향할 수 있다는 의미다. 커플의 개념이 짝지은 두 사람이라고 할 때, 출연자 열 명으로 만들 수 있는 경우의 수는 마흔다섯 커플이다. 따로 비행기를 타기 전에 받았던 프로그램 규칙 속성 강의 시간 동안, 나나는 내게 줄 수 있는 모든 정보를 주려고 했다.

"화살표가 누구한테나 갈 수 있다는 건 알겠어. 근데 그 수가 왜 중요한데?"

"당연히 진행되면서 조합이 모두 드러나지는 않겠지. 그래도 시청자들은 커플로 투표를 한다는 게 중요해. 커플 조합 중의 하나를 고르는 거니까, '케미스트리'가 관전 포인트가 되는 거야. 한 사람한테 올인을 해서 표를 절대적으로 많이 받는 방법도 있겠고, 반대로 누구랑 조합해도 매력적이라면 표가 올라가겠지? 시청자들은 회차마다 투표하고, 출연자들은 미션이 끝나고 나서 탈락 후보를 개개인이 투표할 건데 이 둘을 합산해서 라운드 탈락자가 나올 거야."

"그게 나한테 유리할까?"

"유리하게 만들어야지. 1라운드 만에 올리랑 커플 돼서 나올 거
아니면 일단 살아남아야 하잖아? 자신 있다며."

자신 있었다. 나는 올리를 알고, 올리는 나를 안다. 난생처음
만나 말조차 통하지 않는 사람들 속에서 서로를 아는 우리가 연결될
수 있는 방법이 없을 리가 없었다. 대화를 할 수만 있다면, 올리의
오해와 침묵을 푸는 건 어려운 일이 아니라고 나는 믿었다. 기회는
생각보다 빨리 찾아왔다.

"미션!"

몸통에 'MISSION'이라는 빨간 글자를 왼쪽으로 흘려보내며,
16화음 정도 되는 구식 벨소리에 맞추어 빙글빙글 돌아가던 헤이의
머리가 열렸다. 출연자들이 쓰는 문자로 각자의 이름이 적힌 열
장의 카드 봉투가 들어 있었다. 이런 것까지 아날로그적일 필요가
있는지를 생각하며 '준'이라고 적힌 봉투를 열었다. 미션 카드와
지도가 한 장 들어 있었다.

─ 첫 번째 커플 미션이 시작됩니다. 첫 번째 미션은
보물찾기입니다. 보물은 황금색 상자에 담겨 있으며, 대관람차를
제외한 모든 놀이기구에 숨겨져 있습니다. 24시간 동안 숨겨진
보물을 가장 많이 찾아낸 커플이 우승합니다.

※ 개인 침낭과 모험 가방, 선물을 소지하고 이동합니다.

※ 1라운드 우승 커플에게는, 탈락 면제권과 함께 각각 선택한 출연자 한 사람과 란토 데이트를 할 수 있는 기회가 주어집니다.

란토 데이트. 나나가 이렇게 쇼가 중구난방으로 흘러가는 상황을 내버려 둘 리가 없었다. 역시 란토가 있어야 한다니까. 올리 쪽을 슬쩍 바라보니 심각한 표정으로 카드를 읽고 있었다. 관자놀이를 문지르는 것을 보니 꽤 깊은 생각에 빠진 모양이었다. 잠시 눈을 떼지 못하고 바라보고 있는데 올리가 갑자기 고개를 들었다. 황급히 눈을 피하자, 피한 쪽에서 아름다운 두 개의 눈동자가 날 바라보고 있었다. 에렌은 입꼬리를 슬쩍 올리며 검지와 중지 손가락으로 자기 눈을 한 번, 나를 한 번 가리켰다. 해맑은 표정 때문인지 의도는 로맨틱한 것처럼 보였지만, 우리 문화권에서는 "내가 너를 지켜보고 있고, 걸리면 죽는다"는 의미를 가진 제스처라는 것을, 기회가 된다면 꼭 알려 주고 싶었다. 아무래도 섬 안에서는 불가능하겠지만.

헤이가 커플 연결을 위한 스크린을 띄웠다. 나나가 가능한 커플의 경우의 수를 알려 줄 때 보여 준 화면과 비슷했다. 한쪽 끝에는 영어로, 반대편 끝에는 사용하는 언어의 표기 문자로 출연자들의 이름이 적혀 있었다. 자기소개 미션 후 진행한 첫인상 투표 결과로 커플을 연결할 예정인 것 같았다.

헤이가 로맨틱한 20세기 음악을 틀며 분위기를 잡는데, 올리가 양손을 T모양으로 만들어 들며 "헤이!"하고 외쳤다. 시간을 달라는 요청이었다. 손짓 발짓을 동원한 올리의 건의사항을 보이는 대로 대충 해석하자면, 커플 결정 전에 조금이라도 서로를 알아가기 위해 무언가를 해 보자는 이야기인 것 같았다. 쉬운 단어나 간단한 문장을 설명하고, 모두의 발음을 돌아가며 듣고 가능하다면 몇 개라도 외워서 미션에서 더 나은 소통을 해 보자는, 정말 쓸데없고 올리다운 아이디어가 아닐 수 없었다. 마임맨 — 그의 이름은 하산이다 — 이 요란하게 동조하는 바람에 일단 시도를 해 보는 쪽으로 분위기가 흘러갔다. 나는 첫날 올리의 자기소개 때처럼 일단 지켜봤다.

　열 번의 안녕, 열 번의 밥, 열 번의 고마워가 우리 사이를 빙글빙글 돌았다. 내가 방송을 보고 있었다면 하산이 활짝 웃으며 '나마스카'라고 했을 때쯤 화면을 껐을 것이다. 이게, 재밌어? 그게 아니면, 의미가 있어? 나는 첫날에 이어 다시 한 번 조용히 손을 들었다. 일단 의심스럽긴 하지만 대안은 없다는 느낌으로 유아용 단어를 각자의 언어로 말하고 있던 출연자들의 시선이 나를 향했다.

　"아니 근데, 우리가 10개 국어를 하자고 모인 건 아니잖아?"

　더빙으로, 번역된 자막으로 전 세계의 시청자에게 전달된 나의 이 말은, 이후에 '10개 국어' 자리를 여러 단어가 대체하면서 쇼의 상황을 묘사하는 관용구로 쓰이게 된다. 아니 근데, 우리가 삽질을 하자고 모인 건 아니잖아? 아니 근데, 너희들이 미션만 하려고 모인 건 아니잖아? 아니 근데, 우리가 밥만 먹자고 모인 건 아니잖아? 아무튼 중요한 건 그게 아니었다. 그 순간만큼은 올리가 모두의 시간을 낭비하고 있으며, 그걸 지적하는 게 다른 누구도 아닌 나라는 게 중요했다.

　"시간 낭비야."

일 년쯤 만나고 같은 집에 살게 되었을 때부터 올리는 한국어를 배우고 싶어 했다. 나는 곧바로 반대했다.

"세종대왕이 말이야, 엄청 위대하고 아름다운 문자를 만든 건 맞아요. 하지만 21세기의 지성과 과학, 기술이 더욱 위대하다고. 난 너랑 밥, 섹스, 가다, 오다, 화장실, 뭐 이런 단어들로 대화할 생각이 없어."

"좋아해, 사랑해, 이런 건?"

"그건 말 안 해도 알아. 고마워."

올리가 졌다는 듯이 웃었다.

"준. 그럼 21세기의 위대한 과학 기술이 우리에게 준 기적으로, 넌 어떤 대화를 하고 싶어?"

그 질문에 뭐라고 대답했는지는 기억이 나지 않았다. 그래도 몇 개의 단어를 더 알고 말할 수 있는 게 별 소용이 없고 시간 낭비일 뿐이라는 생각은 변함없었다. 솔직히 올리가 집중하고 있는 일을 망치고 싶은 마음이 없었다고 한다면 거짓말이다. 제대로 된 문장을 만들 수 있는 게 아닌 이상에야 이런 방식으로 노력할 이유가 없으며 무엇보다 시간이 없다는 걸 모두에게 알려 주고 싶었다. 특히 올리에게.

지구 위에서 문명을 만들고 함께 살아가는 인류에게는 공통의 신호라는 게 있고, 그걸로 생존 소통은 대충 다 가능하다는 게 이렇게 감사한 날이 올 줄은 몰랐다. 조금 전에 모두가 나를 바라본 것처럼 누가 손을 들면, 사람들은 주목한다. 양손이나 팔로 원을 만들면, '그렇다, 맞다, 좋다'라는 뜻이다. 손가락이나 팔을 가로지르게 해서 알파벳 'X'자를 만들면, '아니다, 틀리다, 싫다'라는 뜻이다. 대충 의미가 통한 것 같으면 O, X로 의견만 물어도 충분하다는 게 내 주장이었다.

나는 일단 출연자 전부를 돌아가며 가리켰다. "우리." 시계가 없는 왼쪽 손목을 오른손 검지와 중지를 모아 두드렸다. "바빠." 내 카드의 '커플' 부분을 짚고, 여전히 이름만 떠 있는 화면을 가리키며 대충 연결하는 제스처를 했다. "커플 연결." 'MISSION'을 빨간 글씨로 띄워 둔 헤이의 전광판을 가리킨 다음, 카드의 '시작' 부분을 짚었다. 멤버들의 눈이 나와 카드, 화면 사이를 분주하게 오갔다. 마지막으로 검지 손가락으로 바닥을 내리꽂듯이 두 번 가리키는 제스처를 했다. "지금 당장."

"우리 바빠. 커플 연결해서 지금 당장 미션 시작하자."

대충 다 이해한 눈치였다. 난 검지 손가락과 엄지 손가락을 붙여 동그라미를 만들고 남은 세 손가락을 뻗어 세웠다. "오ㅋ……"라고 말하면 안 되는구나. 하마터면 하산보다 먼저 경고를 받을 뻔했다. 솔직히 말하자면 말을 하지 않는 것보다 영어를 쓰지 않는 게 더 어려웠다. 슬쩍 헤이의 눈치를 본 나는 조금 더 큰 목소리로 다시 말했다.

"알았어?"

이미 한참 전부터 지루해 보였던 출연자들이 한 사람씩 나와 똑같은 손 모양을 하거나 고개를 끄덕이며 내 눈을 마주 보았다. 내가 이번 미션에서 꼭 우승을 해야 하는 이유, 올리는 어떤 표정의 변화도 움직임도 없었다. 분했다. 너, 내가 여기까지 와서 이런 짓까지 하게 만든 거 반드시 미안하다고 말하게 될 거야.

헤이가 요란한 효과음을 내며 이름에서 이름으로 화살을 쏘아 올렸다. 출연자들에게 두 표씩 주어졌기 때문에, 하나의 이름에서 뻗어 나가는 화살표는 두 개였다. 엄청 복잡한 구도가 만들어질 것 같지만 그렇지는 않았다. 에렌이 나머지 출연자 전부에게 화살표를 받은 상황이 제일 먼저 공개됐기 때문이다. 가장 많은 표를 받은 에렌에게 헤이와 함께 미션에 참여할 수 있는 보너스가 더해졌다. 에렌은 일어나 활짝 웃으며 헤이를 안은 뒤, 빙그르르 턴을 돈 다음 모두에게 인사했다. 정말 미워할 수 없는 캐릭터였다.

에렌이 쏘아 올릴 두 개의 화살을 제외한 모든 화살표가 공개되는 동안, 나는 두 번 충격을 받았다. 첫 번째 충격은 올리의 화살표가 공개됐을 때였다. 올리는 에렌과 하산을 뽑았다. 하산도 올리와 에렌을 뽑아서 하산과 올리는 이어진 상태였다. 에렌의 화살표가 어디로 향하는지에 따라서 상황이 바뀔 수도 있었다.

두 번째 충격은 내가 0표라는 사실이었다. 화면 맨 끝에 있는 내 이름 '준'이 한 글자인 바람에 더욱 외롭게 무인도처럼 홀로 떠 있었다. 그 어떤 이름과도 연결되지 않은 채. 올리가 나를 뽑지 않는 경우의 수를 떠올린 적도 없었지만, 0표를 받을 거라는 건 상상도 한 적이 없었기에 누가 뒤통수라도 후려친 것 같은 기분이었다.

하이라이트가 다가왔다. 에렌의 화살표 공개 시간이다. 첫 번째 화살이 날아가 올리의 이름에 닿았다. 그 순간, 눈에 띄게 밝아지는 올리의 표정을 읽은 건 나 혼자만은 아니었을 것이다. 올리의 이름이 아니라 내 심장에 화살이라도 맞은 것 같았다. 에렌의 두 번째 화살. 모두의 얼굴에 기대가 피어올랐다. 준. 외로운 무인도 한복판에 화살이 날아와 꽂혔다. 비로소, 충격과 아픔이 아주 조금 사그라드는 것 같기도 했다.

에렌의 선택만 남았다. 올리를 선택한다면 다시 올리에게로 공이 넘어간다. 나를 선택하면 나는 다른 누구와도 연결이 되지 않았으므로, 에렌과 내가 커플이 되는 것이었다. 방송을 아는 에렌이 활시위를 당기는 시늉을 했다. 왼쪽 눈을 감고 오른쪽 눈만 뜬 채로 투명한 화살의 방향을 나와 올리 사이에 두었다. 보이지 않지만 보이는 듯한 화살촉이 천천히 올리 쪽으로 갔다가 다시 나에게 왔다. 이런 상황에서 긴장을 해야 하다니. 다시 올리 쪽으로 가는 듯했던 에렌이 정확히 내 쪽을 보며, 활시위를 놓았다.

아름다운 에렌. 나의 구명조끼, 동아줄. 플랜A밖에 없던 내게 플랜B를 상상하게 해 준 <아날로그 로맨스>가 낳은 최고의 스타가 쏜 큐피드의 화살이 나에게 명중했다. 심장이 아니라, 머리에.

6.

첫 번째 찬스

"아오, 속 터져."

"아오, 속 터져."

그럴 의도 없이 어른을 놀리는 어린아이처럼 내가 했던 말을
반복하고 있는 에렌을 보고 있자니, 화가 나기 전에 헛웃음이
나왔다.

"아니, 이쪽으로 가야 한다니까?"

에렌은 고개를 흔들며 내가 가리킨 방향의 반대쪽을 가리켰다.

"그쪽은 길이 없어. 없어! 아니야!"

다시 한 번 양팔을 가로질러서 커다란 엑스자를 만들자, 에렌은
꿈쩍도 하지 않았다. 고집이 어지간히 센 게 아니었다.

"알았어. 네 마음대로 해. 아이 돈……"

케어가 나오기 전에 겨우 입을 다물었다. 에렌 옆에 있던 헤이가
내가 멈칫하는 걸 감지했는지 뚜껑이 제자리에서 빙글, 360도
돌아갔지만 옐로 카드가 나오지는 않았다. 별 게 다 신경 쓰이게
하네. 저 깡통 로봇을 모시고 다녀야 하는 게 보너스라니, 차라리

벌칙이 아니냔 말이다.

　헤이와 함께 다니는 게 보너스인 이유는 찬스 때문이다. 긴급한
상황에 처했을 때 도움을 요청하거나 미션과 관련한 중요한
질문을 던질 수 있는 '헤이 찬스'를 세 번까지 쓸 수 있었다. 헤이가
바퀴로만 이동하기 때문에 잘 닦인 길을 찾아야 하는 불편을
감수해야 했다. 그만한 보너스라고 생각하긴 했지만, 여간 신경이
쓰이는 게 아니었다.

　하지만 막상 출발해 보니 문제는 헤이가 아니라 에렌이었다.
도무지 진지한 게 뭔지 모르는 것 같은 에렌은 시도 때도 없이
헤이를 불렀다. 그때마다 놀란 내가 장난으로 찬스를 쓰지 말고 제발
닥치라는 의미로 검지 손가락에 입을 갖다 대는 걸 구경하는 게
재미있는 모양이었다. '아름다운 얼굴이면 다 용서가 되는 줄 아나
본데'라고 생각하며 화가 차오를 때쯤이면, 생각을 읽은 것처럼
꽃을 꺾어 오거나 해서 바로 용서하게 만드는 재주가 있었다.

　"몰표를 받은 이유가 있긴 있어."

　내게 건넨 풀꽃 다발에서 꽃 하나를 뽑아 귀에 꽂은 에렌은,
지도를 펼치고 다시 한 번 해변 쪽이 아닌 산을 가리켰다. 해변
길이 아니라, 산길로 가서 섬 안쪽과 반대편 해변의 놀이기구를
공략하자는 이야기 같았다. 일리가 없는 이야기는 아니었다. 해변을
둘러 있는 가까운 놀이기구들은 경쟁이 심할 테니까.

　"질러가자는 거지!"

　"질러?"

　"모험을 할 줄 아는 타입이네. 그래, 질러 보자."

　내 한국식 말장난을 전혀 이해하지 못한 에렌의 눈이

의심스럽다는 듯이 가늘어졌다. 나는 다시 한 번 손으로 OK 모양을 만들었다.

"알았다고. 가 보자고."

길을 잃었다는 사실을 인정한 건 정확히 반나절 뒤였다. 모험은 혼자 있을 때나 하는 거지, 딸린 짐들이 있을 때는 절대 안전한 길을 택해야 한다는 인생의 뻔한 진실을 이런 식으로 되새기게 될 줄은 몰랐다. 사람들이 길을 만드는 건 다 이유가 있으며, 대관람차 공원과 숙소가 해변에 있는 것도 다 이유가 있었다. 하지만 자기 고집이 이런 상황을 초래했다는 후회는 전혀 없어 보이는 1호 짐 에렌이, 내 등에 2호 짐 헤이를 업혀 주는 중이었다. 사이즈가 큰 에렌의 재킷으로 할머니가 아기인 나를 재울 때 쓰던 포대기처럼 묶어 헤이를 업었다. 허리가 앞쪽으로 훅 꺾였다. 몸이 가벼워진 에렌이 툭툭 손을 털더니 내 얼굴을 한 번 보고 미소를 지었다. 흙이 묻어도 여전히 아름다운 얼굴이 눈앞에 있었지만, 이번에는 도무지 화가 풀리지 않았다.

"길이 끊겼을 때 돌아갔어야 했어."

마음에도 없는 소리이기는 했다. 끊겼던 자리에서 돌아갔으면 헤이는 업지 않아도 됐겠지만, 보물을 찾을 시간이 거의 남지 않았을 테니까. 나머지 커플들이 대부분 대관람차가 있는 서쪽 해변을 공략 중이었기 때문이다. 계속 가는 것 말고는 방법이 없었다.

맹렬하게 번식한 잡초와 제멋대로 자라난 나무로 빽빽한 숲을 헤치면서 가는 것만으로도 시간이 드는데, 바퀴로 이동하기 때문에

장애물이 없는 길이 아니면 움직이지 못하는 헤이까지 둘러업고
가려니 죽을 맛이었다. 나침반과 헤드 랜턴, 주어진 24시간이
줄어가는 걸 확인할 수 있는 스톱워치, 침낭, 만약을 대비해 우비,
보물 상자가 들어 있는 배낭 두 개를 드는 게 낫다고 느껴질 만큼,
헤이는 무거웠다. 30분씩 번갈아 가면서 헤이를 안고 업고 이동하다
보니 도무지 속도가 나지 않아 마음이 조급한데, 에렌은 콧노래까지
불렀다.

"속 터져, 진짜. 재밌니? 재밌어?"

내 말을 어떻게 이해한 건지, 에렌이 정식으로 노래를 부르며
앞서 걷기 시작했다. 속 편하고 낙천적인 예술가 캐릭터가 나나의
시나리오에 있었다는 걸 믿을 수가 없었다. 뻔해, 얼굴만 보고
뽑았겠지. 벌써 해가 지고 있었다. 이 시간쯤이면 동쪽 해변에
도착해서 보물을 세 개쯤은 찾아야 했다. 올리는 어디쯤일까? 다른
출연자들은? 마음이 조급해졌다. 혼자 걷기에도 좁은 길을 헤이까지
업고 가려니까 몸이 자꾸 흔들렸다. 마음은 더 흔들렸다.

"우리 진짜 똑바로 하자. 나 이번에 꼭 우승해야 해. 너는
떨어질 일 없겠지만 나는 아니거든? 란토 데이트도 못 하고 이대로
떨어지면……."

이대로 떨어지면, 올리와 제대로 된 대화 한 번 하지 못하고
탈락해 버리면 나는 섬까지 따라온 미친 과거의 애인으로만 남는
거였다. 그 생각을 하니 차라리 어디 한 군데라도 부러져서 섬에서
실려 나가는 게 나을 것 같았다. 정말이야. 그게 명예로울지도 몰라.

그 순간 갑자기 누가 나를 뒤에서 잡아당기는 느낌이 들었다.
등 뒤에 불안하게 얹혀 있던 헤이가 아마도 다람쥐 정도였을 작은

산동물의 움직임에 반응해 갑자기 머리를 돌리자, 안 그래도 애매한 경사의 비탈길을 가까스로 오르고 있던 내 몸의 균형이 흔들리면서 뒤로 넘어간 것이다.

"헤이!"

위급한 순간에는 시간이 멋대로 흘러서, 에렌이 나와 헤이를 향해 미끄러지듯 손을 뻗는 장면이 슬로우 모션으로 보였다.

에렌의 상체를 뭉개며 바닥에 뻗었다가 몸을 일으켰을 때, 내가 제일 먼저 찾은 건 헤이였다. 두고두고 후회한 순간이다. 재킷 포대기에서 빠져 튕겨 나간 헤이는 몸통이 누워 있었지만 딱히 문제가 생긴 것 같지는 않았다. 헤이를 세워두고, 나와 헤이를 받은 자세 그대로 누워 있는 에렌의 곁으로 갔다.

"괜찮아? 역시 몸을 쓰는 일을 하는 사람은 다르다. 이런 쓸모가 있었네."

나는 일어나라는 제스처로, 에렌에게 손을 내밀었다. 에렌이 미소 띤 얼굴을 찌푸리며, 보라는 듯이 오른쪽 팔 쪽으로 턱짓을 했다.

"준. 찬스."

에렌의 팔뚝에 나뭇가지 끝에 깊게 긁힌 상처가 나 있었고, 피가 흐르고 있었다.

"준!"

놀라서 잠시 정신이 빠진 나를 에렌이 다시 불렀다.

"찬스!"

나는 허겁지겁 에렌의 옆에 앉아 재킷으로 상처를 막았다.

상처가 많이 아픈지 에렌이 이를 물고 신음하다가, 고개를 떨어뜨렸다. 피를 너무 많이 흘려 순간적으로 기절한 것 같았다. 팔의 모양이 심상치 않았다. 부러진 것 같았다.

"헤이! 찬스!"

'찬스'라는 단어를 들은 헤이의 머리가 빙그르르 돌았다. 우리를 향해 있는 쪽의 전광판에 요란한 무지갯빛 화면이 뜨고 'CHANCE'라는 글자가 흩어지며 폭죽처럼 터졌다. 분위기 파악도 못하는 로봇 같으니라고.

— 무엇을 도와드릴까요?

"올리를 불러 줘. 지금 당장."

헤이의 몸통 전체가 빙글빙글 돌아갔다. 에렌의 상처에 덧댄 재킷 위로 피가 번져 나오고 있었다. 나는 에렌의 길고 검은 머리를 동그랗게 묶고 있던 머리끈을 풀어 상처 위에 단단히 묶어 지혈을 했다. 에렌이 도무지 정신을 차리지 못하는 것 같아 갑자기 무서워졌다.

"도대체 언제 와! 올리!!!"

헤이가 낸 경고음이 들렸다. 나는 에렌의 팔을 향해 있던 얼굴을 들어 소리가 난 방향을 바라보았다. 내 목소리를 듣고 소환된 것처럼, 창백한 올리가 나와 에렌을 향해 달려오고 있었다.

7.
에렌

에렌을 치료할 만한 장소를 찾아다니는 내내 제작진을 향해
욕설을 쏟아 내는 내 모습을 녹화한 건, 품에 안겨 있던 헤이였다.
나는 출연자가 다치는 긴급 상황에 제작진이 개입하지 않는 것이
이해가 되지 않는다고 끊임없이 말했는데, 이 장면은 편집이
되었다가 에렌의 부상 장면이 나간 후 비판이 쏟아지자 면피용으로
제작한 특별 영상 클립에 등장하게 된다. 댓글과 팬덤 분위기가 내게
아주 조금 호의적으로 돌아서긴 했지만, 자기소개 첫인상으로도
모자라 에렌의 부상 당시 헤이를 먼저 챙겼을 때 한 번 더 적립된
비호감 포인트를 깎아 내기에는 역부족이었다. 오히려 호감 점수를
얻은 건 언제 어디에나 있는 든든한 헤이였다. 이 모든 일을 초래한
게 애초에 내 등에 업혀 있던 헤이가 흔들려서였다는 걸 완전히
잊은 듯한 시청자들의 반응을 도무지 이해할 수 없었지만, 그 섬에서
벌어진 일은 대체로 그런 식이었다.

어둠 속에서 오두막집을 찾아낸 것도 헤이였다. 헤이의 눈은
고성능 레이저 조명인 동시에 적외선 카메라였다. 공간은 꽤

넓었다. 올리가 에렌을 오두막 안으로 업고 들어와 눕히고, 의사용 구급상자를 펼쳤다. 나나가 올리를 '세팅에 딱 맞는 출연자'라고 표현한 이유가 있었다. 이런 상황이 생길 것을 대비한 섭외이기도 했던 것이다. 올리가 육지에서 가지고 온 선물은 바로 구급상자였다.

출국 직전 사전 인터뷰의 마지막 질문은 '아날로그 로맨스 아일랜드에 가지고 가고 싶은 한 가지'가 무엇이냐는 것이었다. 나는 재지도 따지지도 않고 란토라고 대답했다. 물론 바로 편집되었다.

"란토가 아니라면요? 멀티 충전기 가져갈게요. 만약을 대비해서."

그 대답에 후회 없겠느냐는 질문이야말로 함정이라고 생각했는데, 아니었다. 섬에 도착하자마자 기본 생활용품과 함께 모두에게 각기 다른 선물이 지급됐다. 혼자 있을 때 열어 봐야 한다는 말에 괜히 설렌 마음이 무색하게, 포장 속에는 여기서는 절대 쓸 일이 없을, 멀티 충전기가 들어 있었다. '소중히 다루고, 꼭 필요한 곳에 사용하세요'라는 선물 카드의 메시지마저 날 놀리는 것 같았다.

왜 러브 리얼리티가 아니라 서바이벌이 붙는지, 이제야 이해했다. 살아남을 방법에 대해서는 하나도 생각하지 않고 무작정 섬을 찾아온 나와, 모두의 서바이벌을 가능하게 하는 올리. 우리 둘 사이에는 중요한 순간마다 나를 살려 준 에렌이 누워 있었다.

에렌의 팔뚝에 대충 감아 두었던 붕대를 풀고 상처를

들여다보던 올리가 손짓으로 나를 불렀다. 오래된 나무 바닥의 불길한 삐걱거림에 불안을 느끼며, 조심스럽게 에렌과 올리 곁으로 다가갔다. 에렌은 아직도 정신을 제대로 차리지 못하고 있었다. 올리는 에렌의 팔을 붙든 채로, 그 위로 뭘 붓는 흉내를 냈다.

"뭐야. 말을 해."

얼굴을 찌푸린 올리는 다시, 에렌의 팔 위를 닦아 내는 손짓을 하고 그 위에 무언가를 붓는 시늉을 했다. 이런 응급 상황에서도 나와 말을 섞지 않으려는 태도에 짜증이 났다.

"말로 하라니까."

작게 한숨을 쉰 올리가 두 음절의 단어를 말했다. 알아들을 수 없었다.

"뭐 언제까지 규칙을 지킬 건데? 똑바로 말해. 물! 워터! 어차피 이번 미션은 망쳤고, 나는 탈락자 후보야. 좆 됐다는 얘기지. 경고 몇 장 추가된다고 달라질 거 하나도 없어."

삐이이이익—

휘슬을 부는 소리 같은 게 들리더니 전광판에 온통 노란 빛을 띄운 헤이가 내 쪽으로 다가왔다. 머리 뚜껑이 열렸다. 노란색 카드가 한 장 들어 있었다. 올리가 카드를 집어 드는 나를 빤히 바라보았다. 도무지 감정을 읽을 수 없는 눈을 보자, 화가 치밀어 올랐다.

"진짜 좆 됐네. 너 이 말 무슨 뜻인지 알지?"

알잖아. 내가 너에게 알려 준 몇 안 되는 한국어 단어잖아. 여기 와서는 세상에서 제일 멋있는 사람인 척하고 있지만 너도 더럽거나 나쁜 말들을 제일 먼저 궁금해하는 그런 사람이었잖아. 아니야?

내가 쏘아붙이는 내내 올리는 아무것도 모르겠다는 표정으로 나를 바라보았다.

"거짓말하지 마. 모른다고?"

내가 다그치자, 올리가 겨우 입을 뗐다.

"아니."

안다는 거야, 모른다는 거야? 그것도 아니면, 나를 부르고 있는 거야?

나와 연애를 시작한 후 올리가 가장 먼저 의미를 물어본 한국어 단어는 '안녕'도 '사랑해'도 '고마워'도 아니었다. '아니'였다. 그게 내가 말을 시작할 때의 입버릇이었기 때문이다. 문제는 란토가 '아니'를 상황에 따라 정확하게 통역해서 들려주지 못한다는 데 있었다. 별생각 없이 '아니'는 '아니다'라는 의미라고 알려주자, 올리는 혼란스러워했다. 아무래도 그런 의미로 들리지 않는다고 했다.

"아. 무슨 얘긴지 알겠어. 만약에 내가 '아니'라고 말을 시작하면 그건 그냥 공백 같은 거야. 말을 시작한다는 신호 같은?"

이 말로도 '아니'는 충분히 설명되지 않았다. '아니'는 때로는 '알고 있니?'였고, 특정 언어의 긍정과 부정이 바뀌는 과정에서는 반대로 '응'이 되기도 했다. 이유는 알 수 없지만, 란토는 한국어의 '아니'를 상황과 뉘앙스에 따라 제대로 통역하지 못했다. 답답해하던 올리는 란토의 설정을 바꿔 '아니'가 나올 때 소리가 나오지 않게 비워 두었다. 그래서 올리는 늘 나의 '아니'를 내 목소리 그대로 들었고, '아니'로 말을 시작하는 법을 빠르게 익혔다. 올리의

'아니'는 보통 영어로 'You know'와 같은 시작으로, '너도 알고
있다시피' 같은 의미였다. 가끔은 나를 부르는 애칭처럼 쓰기도
했다. 우리는 서로만 이해하는 이 상황을 '아니 바이러스'라고
불렀다. '아니'는 나와 올리가 만든 작은 세계에서 태어나 둘
사이에만 통하는 의미를 부여받은 유일한 단어였다.

　"아니."

　올리는 내 눈을 똑바로 보며 다시 한 번 말한 뒤, 왼팔을 들어
비어 있는 왼쪽 손목을 톡톡톡 두드렸다. 시간이 없다는 의미라는
건, 그 누구보다 내가 더 잘 알고 있었다.

　오두막에서 조금 떨어진 시냇가를 찾았을 때, 빗방울이
떨어지기 시작했다. 헤드 랜턴이 붙어 있는 안전헬멧을 바가지 삼아
물을 채웠다. 아무리 외딴 지역의 섬이라고 해도 비에는 어떤 나쁜
성분이 녹아 있을지 몰랐다. 물에 빗방울이 들어가지 않도록 헬멧을
티셔츠로 덮어 배를 끌어안고 뛰듯이 걸었다. 올리는 올리고, 다친
사람을 위한 거니까. 에렌보다 헤이를 먼저 챙긴 게 미안한 마음에,
더 빠르게 발을 옮겼다.

　"쉿!"

　천천히 나무 사다리를 올라 오두막 입구에 섰을 때, 작게 바람
새는 소리가 들렸다. 에렌이 잠든 모양이라고 생각했다. 바닥에
무게가 더해져 소리가 나지 않도록 조심하며, 문 안쪽으로 들어갔다.
내 티셔츠를 뚫고 나온 은은한 랜턴 빛이 방을 밝혔다. 하지만
뒤늦게 눈에 들어온 풍경은 예상과 전혀 달랐다.

에렌이 깨어 있었고, 올리는 에렌의 어깨에 머리를 기댄 채로 잠들어 있었다. 피가 말라 굳은 에렌의 재킷을 덮고 있는 올리의 잠든 얼굴에 피곤이 가득했다. 조금 전까지 정신을 못 차리고 있던 쪽이 에렌이라는 게 믿어지지가 않았다. 문득 생각보다 심하게 다친 게 아닐 수도 있다는 생각이 들었다. 만약에 에렌이 올리를 부르기 위해 이 상황을 만들어 냈다면?

"너, 배우구나?"

딩동. 헤이 쪽에서 소리가 났다. 퀴즈 쇼, 자기소개 때 끝난 게 아니었어? 어이가 없었다. 당연하지만 분위기 파악을 하지 못하는 멍청한 깡통 로봇도, 머리가 이해를 거부하고 있는 지금 내 상황도. 그러니까 지금 이게 뭔데?

내 생각을 읽은 것처럼 에렌이 검지 손가락과 중지 손가락을 들어 자신의 눈을 가리켰다.

"나를"

그리고 그 손가락으로 다시 나를 가리켰다.

"본 게"

고개를 흔들었다.

"아니다?"

에렌은 다시 한 번 자신의 가슴 부근을 툭툭 쳤다. 검지 손가락을 들어 감긴 올리의 눈을 가리킨 다음, 내 눈까지 기다란 선을 그었다. 길게 뻗은 검지와 중지가 각각 에렌의 두 눈을 가리켰다가, 모아진 채로 나를 향해 똑같은 선을 그어 내 눈을 가리켰다. 살짝 깜빡이는 왼쪽 눈과 살포시 올라간 입꼬리. 윙크겠지. 믿기지 않았지만 단 한 마디의 음성 언어 없이도, 에렌의 말을 정확히 이해할 수 있었다.

깜찍하고 끔찍하게 아름다운 에렌의 눈까지 같은 말을 하고 있었다.

'나는 너를 본 게 아니야. 너를 보는 올리의 눈을 따라간 거지.'

그래서 에렌은 나를 택했다. 올리를 원했기 때문에. 나를 떨어뜨리기 위해서. 이건 나나도 쓰지 못할 시나리오였다.

8.
선물의 쓸모

이제야 모든 걸 알 것 같았다. 나는 이 쇼에 과거로서 소환된 것이었다. 내 역할도, 캐릭터도 모두 과거였다. 구질구질한 미련이었고, 혹시나 하는 기대였으며, 남겨진 감정이었고, 새로운 시작의 방해물이었다. 그게 나나의 진짜 시나리오였다.

나나가 나를 섬으로 보낸 건, 란토 지상주의자 캐릭터가 재미있어서도, 내가 올리와 대화를 해낼 방법을 찾아내는지 확인하기 위해서도 아니었다. 올리가 출연한 이유도 내 고집도 모두 알고 있는 나나는, 내가 올리와 대화할 기회를 얻지 못할 거라는 걸 이미 예상하고 있었던 게 틀림없었다. 나나가 원하는 건 다른 그림이었다.

나와의 관계를 알면서도 올리를 섭외했다는 건, 이 세계에서 올리가 매우 중요한 인물이라는 이야기였다. 올리는 주인공 중 하나였다. 주인공의 새로운 시작에 과거가 들이닥친다면? 등장한 과거가 자신이 과거인지 모르는 채로 자신이 현재라고 착각하면 얼마나 웃길까? 기대가 박살 나면 얼마나 비참할까?

나는 나나의 시나리오대로만 움직인 것은 아니었지만, 완전히 뒤집거나 벗어나지도 못했다. 내가 비참하다는 것이 그 증거였다.

올리를 흔들어 깨웠다. 에렌이 나를 말리려고 했지만 올리가 눈을 뜬 게 먼저였다.

"너 도대체 여기 왜 왔어?"

올리가 피곤이 가득한 눈을 깜빡였다. 정신이 없는 것 같았다. 올리가 멀쩡한 상태라고 해도, 대답을 들을 방법이 없다는 것이 절망적이었다. 도대체 왜 이딴 프로그램에 출연해서, 내가 널 되찾기 위해 이렇게까지 하는 걸 온 세상 사람들에게 중계까지 하게 만든 거야? 도대체 왜? 올리는 내가 해석할 수 없는 말조차 꺼내지 않았다. 표정에서는 아무 감정도 읽을 수 없었다.

"내가 읽을 수 없는 거야, 아니면 네가 보여 주지 않는 거야? 나는 네 대답을 들을 수 없는 거야? 내가 지금 너 오해하는 거야?"

딩동.

올리의 키워드 중 하나는, 오해였다. 그러니까 방법은 있었다. 오해를 풀 방법은 단 하나, 미션에서 우승하면 된다. 깨닫자마자 미친 듯이 배낭을 뒤졌다. 스톱 워치를 보니 아직 열두 시간이 남아 있었다. 떠온 물을 밖에 던져 버리고 헤드 랜턴을 쓰고 우비를 입었다. 올리와 에렌은 내가 왜 이러는지 혼란스러운 것 같았다. 두 사람만 남겨 두고 가는 게 마음에 걸렸지만, 내가 어쩔 수 있는 일이 아니었다. 조금 전에 받은 옐로 카드를 에렌에게 건네면서, 검지와 중지 손가락으로 내 눈을 한 번, 에렌의 눈을 한 번 가리켰다.

"너, 경고야. 내가 지켜보고 있다. 얘한테 엉뚱한 짓 하면 죽여

버릴 거야."

섬을 떠나기 전에 이 손동작의 의미를 알려 주게 되어서, 아주 기뻐.

"헤이, 찬스."

오두막 구석에 가구처럼 박혀 있던 헤이의 머리가 다시 한 번 빙그르르 돌았다.

— 무엇을 도와드릴까요?

"여기서 가장 가까운 놀이기구가 뭔지 알려 줘."

— 가장 가까운 놀이기구를 알려 드리겠습니다. 귀신의 집, 동쪽으로 1425미터 직진하십시오.

헤이를 데리고 밖으로 나갔다. 빗줄기가 굵어져 있었다. 상황을 이해했는지 따라 나온 올리가 피 묻은 에렌의 재킷을 건네주었다. 듣지도 않을 테니 말릴 생각은 없고, 얼어 죽지는 말라는 의미인 것 같았다. 나는 잠자코 재킷을 받아들고, 헤이를 업었다. 배낭은 앞으로 멨다. 그런 꼴로 말하기엔 너무 비장한 이야기라는 걸 알았지만, 이해하지 못한다 해도 할 말은 해야 했다.

"올리. 우리 아직 안 끝났어. 난 끝까지 해 볼 거야."

오두막 바닥에서 다시 심상치 않은 소리가 들렸다. 꺼져 줄 시간이었다.

우비 정도로 막을 수 있는 비가 아니었다. 귀신의 집에 도착했을 때는 나도 헤이도 쫄딱 젖어 있었다. 헤이에게 문제가 생기는 건 아닐지 걱정했지만, 완전 방수 기능쯤은 기본적으로 갖추고 있었다. 역시 최첨단 로봇이었다.

귀신의 집을 뒤져 찾아낸 보물 상자는 두 개였다. 핼러윈 호박 아래에서 찾아낸 상자에는 오르골이 들어 있었고, 드라큘라의 품 속에서 찾아낸 상자에는 스노우볼이 들어 있었다. 두 개로 될까? 아무래도 안 될 것 같은데. 다른 놀이기구까지 찾아가기엔 비가 너무 세차게 내리고 있었다. 일단 비가 그치기를 기다렸다가 이동을 해야 할 것 같았다. 비만 안 맞았어도 좀 나았을 텐데, 몸이 으슬으슬 떨려오기 시작했다. 아무리 배낭을 뒤져 봤자 나오는 건 쓸모없는 선물, 충전기뿐이었다.

"차라리 라이터를 가져왔어도 이것보다는 나았을 텐데. 헤이, 나는 대체 왜 충전기를 가져온 걸까?"

대답을 바라고 던진 질문이 아니라 혼잣말이었다.

— 저는 그 이유를 모릅니다.

그러니 헤이가 대답했을 때 기절할 것처럼 놀랐을 수밖에.

"뭐야? 대화가 되네?"

— 단둘이 있을 때는, 언제나 대화가 가능합니다. 대신 모두 녹화가 되지요.

"아, 인터뷰 같은 거구나. 정말 세상 많이 좋아졌다. 로봇이랑 이 정도까지 대화가 되고. 넌 충전 안 해도 돼?"

— 1회 완충으로 1년 동안 구동됩니다.

"그렇다고 자신만만하지는 마. 그 1년이 언제 찾아올지 모르는 거니까."

— 그래서 충전기를 가지고 다니는 겁니까?

맞다. 그래서였다.

"충전기가 없으면 불안해."

— 왜 불안합니까?

"1년 전인가? 그때 애인이랑 엄청나게 외진 곳으로 여행을 간적이 있어. 근데 숙소에 도착해서야 란토 충전기를 안 가지고 갔다는 걸 알게 된 거야. 란토 알지? 통역기."

— 네.

"나랑 애인은 상대의 언어를 몰랐거든. 란토가 없으면 대화를 할 수가 없었어. 충전기를 못 챙긴 건 둘 다의 책임이었는데, 화를 낸 건 나 혼자였던 것 같아. 그 사람은 계속 괜찮다고 했는데 나는 괜찮지가 않았어. 눈앞에 있는 사람이랑 말하기 위해 폰을 두드리거나, 한두 박자씩 늦어지는 대화를 나누는 게 정말 싫었거든. 불편해서 싫었고 차이가 생기는 게 싫었어. 이해하는 정도가 다른 것도 싫고."

시작은 분명히 충전기 때문이었다. 하지만 싸우다 보면 싸우게 된 이유를 잊게 되는 순간이 찾아오기 마련이다. 싸움에는 이미 내가 아닌 과거의 나, 과거의 너까지 끌려 나왔다. 예전에 올리가 했던 행동, 말들, 나의 태도, 눈빛, 묻어 버린 사건과 감정, 오해들. 그런 걸 서로 막 쏟아 내다가, 내가 문득 이렇게 물었다.

이런 일들을 다 기억하고 있다는 걸 알아버렸는데도, 우리 사랑이 영원할 수 있을 거 같아?

그때 란토가 뚝, 하고 끊어졌다. 나와 올리도 끊어졌다. 우리 사이에 지독한 침묵이 흘렀다. 슬펐다. 란토가 없으면, 손톱만 한 작은 기계가 없으면 우리는 제대로 싸울 수도 없다는 게.

내가 뱉어 낸 날카로운 말에 스스로 베인 나는 천장을 보며 울고 있다. 누운 채로 울다 보면 흘러내린 눈물이 귀에 고인다. 마치 물속 같다. 올리가 다가와 나를 안는다. 말한다. 길지도 않고, 아주 짧지도 않은 한 문장. 다시 말한다. 나는 그 문장의 단 한 단어도 이해하지 못한다. 내가 이해하지 못하는 걸 알면서도 올리는 다시 말한다. 먹먹한 귀로 올리의 목소리가 눈물과 함께 스며든다. 빨갛게 변했을 눈에 낯선 발음을 하는 올리의 입 모양이 보인다. 내가 눈물을 그칠 때까지, 올리는 몇 번이고 같은 말을 반복한다.

올리는 내게 입 맞추며, 다시 한 번 같은 문장을 말한다. 문장의 모양을 입술로 더듬다가, 문득 예감한다. 언젠가 다시 이 말을 다시 듣게 될 것 같다고. 그러니 잊어버리기 전에 무슨 뜻인지 물어봐야만 한다고 생각하는 동안, 문장이 키스로 변하고, 나는 잊고 만다. 이 키스가 말이었다는 것도, 우리가 싸웠다는 것도. 너와 나의 체온이 같아지고, 지금이 과거가 되는 동안, 내가 느끼고 있는 건 단 하나. 올리, 너의 음악 같은 말이 지금 네가 느끼는 감정을, 마음을 전하고 있는 거라면, 나도 알 것 같아. 우리 사랑이 영원할 수 있는지는 모르겠지만, 사랑하고 있는 지금만은 영원하다는 걸.

나는 남은 이야기를 더 하는 대신, 헤이를 불렀다.

"헤이, 찬스."

세 번째 찬스이기 때문인지 전광판 쇼로 그치지 않고, 머리가 열리더니 폭죽까지 터졌다. 귀신의 집과 가장 어울리지 않는 색색의 종이 리본이 쏟아져 내렸다.

"너는 다 좋은데, 정말로 눈치가 없어."

— 무엇을 도와드릴까요?

"여기서 내가 한 이야기 모두 지워 줄 수 있어?"

— 도움을 요청하시는 건가요?

"그래. 도와줘. 삭제해 줘."

헤이가 빨갛게 변한 눈을 깜빡였다.

— 삭제되었습니다. 울지 마세요.

언제부터 울었는지는 알 수 없었다. 눈물이 흐르기 시작하자 걷잡을 수가 없었다.

— 보여 드릴 게 있어요.

헤이가 스크린을 띄웠다. 화면 속에는 조금 긴장한 듯한 표정의 올리가 카메라를 향해 앉아 있었다.

긴장하지 마시고요. 란토 잘 작동되고 있나요?

나나의 목소리에 올리가 고개를 끄덕였다.

사전 인터뷰 시작하겠습니다. 올리. 이 프로그램에 출연한 이유가 무엇인가요?

올리가 대답했다. 화면에 한국어 자막이 흘러갔다.

올리: 사랑했던 사람과 헤어진 지 얼마 되지 않아서, 처음에는 좀 망설였는데요. 연애를 할 때 한 번도 모험을 해 본 적이 없는 것 같아서 도전하게 됐습니다.

〈아날로그 로맨스〉의 어떤 면이 모험이라고 생각하나요?

올리: 아무것도 모르는 상태에서부터 알아 가려고 하는 점?

그럼 이전 연애에서는 그렇지 않았나요?

올리: 음……

꽤 긴 침묵이 이어졌다. 관자놀이를 문지르던 올리는 다시 입을 뗐다.

올리: 생각해 보니까 이전에도 그랬네요. 연애는 원래 다 그렇게 시작하는 건가 봐요. 그런데 지난번에는 제가 아니라 상대가 모험을 했거든요. 저를 만날 용기를 내고, 제 이야기를 들어 주고, 기다려 주기를 선택해서 시작할 수 있었어요. 먼저 반한 건 저였는데도요. 이제 제가, 그렇게 해 주고 싶은 사람을 만나고 싶어요.

스크린이 꺼졌다.
"나나야, 너지?"
헤이가 대답 없이 눈을 깜빡였다.
"아까부터 너라는 거 알고 있었어. 고마워. 근데 있지……"
너무 울어서 더 이상 부을 수도 없는 눈이 감기기 시작했다.
"나 춥고 졸려."
추위 속에서 천천히 잠 속으로 빠져들어 가며 마지막으로 한 생각은 이거였다. 내가 무인도에 가지고 가고 싶은 한 가지는 실은 란토도 충전기도 아니었다고. 내가 늘 곁에 두고 싶은 건 안고 있으면 늘 따뜻했던 한 사람이고, 그는 이미 무인도에 가 있으므로 이제 내가 갈 거라는 말을 하고 싶었다고. 내 인생이 너를 찾아내기 위한 모험이었다고 믿게 해 줬던 단 한 사람에게, 내가 있는 세계에서 날 택하지 않은 너에게, 아직 할 말이 남아 있어서 여기에 왔다고.

9

지도 위의 점

오래된 스톱워치에서 갑자기 비상 신호가 울리더니 화면에 뜬 메시지를 확인한 올리가 황급히 사라진 뒤, 하산은 미션 파트너를 잃고 외톨이가 됐다. 하지만 하산의 사전에 포기란 없었다. 당연히 있겠지만 말이 그렇다는 얘기다. 포기하지 않는 하산은 첫날 밤에만 놀이기구 세 개에서 일곱 개의 보물을 찾아냈고, 다음 날 아침에도 또 다른 놀이기구에서 두 개의 보물을 획득한 뒤, 마지막으로 들른 귀신의 집에서 보물이 아니라 쓰러진 나를 발견하게 된다. 하산의 등에 업혀 숙소로 돌아간 이후의 기억은 거의 없다. 지독한 열감기로 앓아 누운 나는, 정신을 차리지 못하고 잠만 잤다.

깨어난 건 꼬박 하루를 앓은 뒤였다. 섬에 머문 지 닷새가 채 지나지 않았는데, 한 계절은 보낸 것 같았다.

앓아 누워 있던 하루 동안 첫 번째 미션 우승자 발표가 미뤄진 상태였다는 소식을 헤이의 메시지로 확인한 뒤, 출연자들에게 미안한 마음을 전했다. 미안하다는 나의 말을 모두 알아듣는 것 같았다. 내가 열에 들떠 과거에 다녀온 사이에 멤버들은 올리가 시작한 단어 수집을 함께했다고 했다.

"뭐야. 정말 10개 국어 하는 거야?"

그 정도는 아니었지만, '고마워', '미안해', '괜찮아' 같은
말들은 대충 익힌 모양이었다. 겨우 그 정도로도 주고 받는 말들이
훨씬 매끄러워졌다. 어떻게든 대화할 수 있었다. 하고자 한다면.

에렌은 피가 많이 난 것치곤 그리 큰 부상은 아니었다고
했다. 팔뚝에 감은 붕대가 패션 소품처럼 보일 정도로 멀쩡했다.
다행이었다. 크게 다쳤다면 잠시나마 에렌을 미워했던 날 용서할
수 없었을 것이다. 올리도 그대로였다. 나와 눈을 마주치지 않았고,
내 이름을 부르지 않았고, 내게 어떤 말도 건네지 않았고, 나를 뺀
모두에게 다정했다.

미션 결과 발표를 위해 대관람차 앞 해변가에 모였다. 잠시
결과를 기다리는 동안, 한 출연자가 작대기로 흙바닥에 세계지도를
그렸다. 삼각형 몇 개로 누구나 알아볼 수 있는 세계지도를 그릴 수
있다니 대단한 재능이었다. 그림을 그린 출연자 자일라가 지도의
한 곳에 동그랗게 점을 찍어 표시했다. 아프리카 대륙 남쪽이었다.
출신지를 알아보자는 의도 같았다. 그가 나에게 작대기를 건넸다.
나는 한국에서 태어났지만 성인이 된 이후로는 꽤 긴 시간 동안
여러 나라를 돌아다니며 살았다. 그래도 한국에 표시를 하는 게
맞겠지. 지도의 맨 오른쪽 구석 어딘가에 별표를 그렸다. 한 사람씩
펼쳐진 지구 위에 자신의 점을 찍었다. 올리 역시 내가 알고 있는
그의 고향에 작은 브이 모양의 표시를 했다. 마지막으로 작대기를
건네받은 건 에렌이었다. 에렌은 지도의 한 중간에 커다란 하트를

그리고는 외쳤다.

　"아날로그 로맨스 아일랜드!"

　왜인지 사람들 사이에 웃음이 터졌다. 에렌이 한 사람씩
돌아가며, 가볍게 안았다. 허그도 전염인 건지, 가깝게 선
출연자들이 서로를 안기 시작했다. 모두 인간이라 모두 따뜻했다.
지구에서 가장 넓은 바다 한가운데 작은 섬에, 서로의 존재조차
모르고 흩어져 있던 점들이 모여 서로를 안아 주고 있었다. 사랑이나
인연, 경험, 인기, 돈, 기회, 회복, 반전 같은 것들을 기대하면서
찾아와 원하는 걸 얻지 못하거나 실망한 채로 돌아가게 되는
사람들도 있을 것이었다. 아니면 기대와 전혀 다른 것을 가지고
돌아가거나. 미션 우승자가 발표된다는 건, 1라운드 탈락자도
뒤이어 발표된다는 의미였다. 우리 중 한 명은 내일이면 다시, 섬
바깥의 점이 된다. 지도가 가져다준 감상에 빠져 있느라 어느 누구도
에렌의 점이 지도 위에 없다는 것을 눈치채지 못했다.

　"두구두구두구두구······"

　하산이 흙바닥을 리드미컬하게 두드리며 드럼 소리를 냈다.
미션 우승자를 발표하는 시간이었다.

　― 첫 번째 미션 우승자는,

　발랄한 음악이 울려 퍼지며 헤이의 몸통 전광판에 꽃가루가
날리고 하산과 올리의 이름이 떠올랐다. 멤버들 사이에 환호와
박수가 터져 나왔다. 보고도 믿기지 않는다는 듯이 올리의 눈이
커졌다. 올리를 끌어안고 순수하게 기뻐하는 하산을 보는 일은 별로
마음이 아프지 않았다.

응급 상황으로 올리가 갑자기 떠난 뒤에도 혼자 노력하고 끝까지 포기하지 않은 하산 덕분에, 내가 가장 받고 싶었던 기회, 단 하나의 찬스를 올리가 가져가게 된 셈이었다. 이제부터 내가 할 수 있는 일은 아무것도 없었다. 올리가 란토를 끼고 대화하고 싶은 사람은 누구일까. 에렌은 아니었으면 좋겠는데. 나는 하산에게 제발 란토를 쓸 기회를 달라고 꽃다발이라도 바치고 싶은 기분이었다. 열이 완전히 떨어지지 않아서인지, 기뻐하면서 활짝 웃는 올리의 얼굴이 조금 흐릿하게 보였다.

다음 순서는 어떻게 되는 거지? 탈락자 투표를 하는 걸까? 난 어떻게 해야 하지? 그때,

"준."

섬에 와서 처음으로, 올리가 나의 이름을 불렀다.

10.
사랑의 수레바퀴

오래된 클래식 음악이 흘러나오며 헤이의 뚜껑이 천천히 열렸다. 안에 들어 있는 란토는, 한 개였다. 진짜 이럴 거야?

— 한 사람만 란토를 착용하고 상대의 말을 들을 수 있습니다. 자신이 들을지 상대에게 건넬지는 미션 우승자가 결정합니다.
— 대관람차는 멈추지 않고 돌아갑니다. 제한 시간은 한 시간입니다. 그전에라도 탑승한 칸이 지상에 도착하면 언제든 내릴 수 있습니다.

올리와 나는 대관람차에 탔고, 마주 보고 앉았다. 해가 지는 시간이었다. 내가 마주한 올리의 등 뒤가 서쪽이었다. 네가 내 옆에 앉으면 같이 노을을 볼 수 있을 텐데. 천천히 관람차의 고도가 올라가는 동안 올리는 아무 말 없이 앉아만 있었다. 어느 순간, 올리의 등이 해를 가렸다. 올리가, 네가, 잠시 그림자가 되었다. 표정이 보이지 않았다. 올리, 무슨 생각을 하고 있어? 그리고 깨달았다. 첫 데이트 이후로는 올리의 표정을 읽으려고 노력한 적이 한 번도 없었다는 걸. 이 섬에 와서야 겨우 음성 언어로 번역되지 않는 수많은 신호를 읽으려고 애썼다는 걸.

사귀는 동안에는 란토를 통해 번역되지 않는 올리의 말을, 언어를 이해하려고 한 적이 없었다. 란토가 없다면 올리의 말은 의미를 알 수 없는 소리일 뿐이었다. 무슨 말을 했는지 궁금하면 물어보는 대신 란토를 끼곤 했다. 그게 다시 한 번 말해 달라는 우리 사이의 신호였다. 올리는 귀찮아하지 않고 다시 한 번 말해 주었지만, 가끔 이렇게 말할 때도 있었다.

"아니, 아무것도 아니었어."

그건 정말 아무것도 아니었을까.

고요 속에서 관람차가 한 바퀴를 돌아 다시 지상에 닿자, 올리가 내내 쥐고 있던 주먹을 폈다. 손바닥 위의 란토를 한 번 보더니, 눈을 들어 비스듬한 시선으로 나를 다시 바라보았다. 이번에는 올리가 들을 차례였다. 나도, 올리도, 알고 있었다. 익숙한 동작으로 란토를 낀 올리가 내 눈을 정면으로 바라보고는 고개를 한 번 끄덕였다. 지금부터 듣겠다는 의미였다.

어떤 주어로 시작해야 할까.

"우리가,"

란토가 없었더라면, 올리는 여기까지만 알아들었을까? 올리는 어쩌면 내가 생각하는 것보다 내 말을 더 많이 이해하고 있을지 모른다. 물리적으로 가슴이 아팠다. 내가 가슴이 아프다고 말할 때 너는 내 마음이 아프다고 이해했을까, 아니면 정말로 가슴이 아프다고 생각했을까. 알고 있다고 생각했지만, 아무것도 몰랐다.

그걸 알기 위해 여기까지 온 거라고 생각하니 그제야 품고 온 질문을
시작할 수 있었다.

"……여기서 만날 거라는 거, 알고 있었어?"

올리는 대답하지 않았다. 먼 바다 뒤로 저물어 가는 태양이
절반만 남아 있었다.

"처음 만났던 날, 네가 란토를 가지고 돌아왔을 때, 난 네가
나를 알고 싶어 한다고 생각했어. 내 이야기를 듣고 싶어 하고,
궁금해한다고. 그럼 지금은 어때? 더 이상 궁금하지 않아?"

올리는 대답하지 않았다. 남은 태양의 빛이 올리의 등에 가려졌다.

"서로의 언어를 배우거나, 너도 나도 익숙하지 않은 언어로
대화하는 것보다는, 지금 네 귀에 있는 기계가 도와주는 게 낫다고
생각했어. 네 오해 때문에 만났지만, 더 오해할 일을 만들고 싶지
않았어. 그럴 시간에 네 이야기를 더 듣고 싶었어. 내 이야기를 더 하고
싶었어. 널 이해하고 싶었어. 넌 그렇지 않았어?"

올리는 대답하지 않았다. 관람차가 그리는 원의 제일 높은
곳에서는, 우리가 잠시 함께였던 숲이 보였다. 거기 어딘가 오두막이 있고,
내가 쏟아 냈지만 네가 받아 주지 않은 말들이 흩뿌려져 있을 것이었다.

"미친 소리 같지만, 끝났다고 생각한 적 없어. 나보다 너를 잘
아는 사람은 없다고 생각했어. 내가 아는 너는, 날 두고 다시 시작할 리
없다고 생각했어. 지금도 너와 내가 여기 있다는 걸 믿을 수 없어. 너는
우리가 정말 끝이라고 생각했어?"

올리는 대답하지 않았다. 태양은 완전히 바다 너머로 사라졌고
붉은빛은 천천히 푸른 어둠에 잠겨 들기 시작했다.

"그동안 잘 지냈어?"

올리는 대답하지 않았다. 올리의 등 뒤로 천천히, 지상의 풍경이 가까워졌다.

"우리 사이에 란토가 없으면, 나는 이 정도 질문도 너에게 건넬 수 없다는 거, 너는 알고 있었어?"

올리는 대답하지 않았다.

"나는 몰랐어."

올리는 대답할 수 없었을 것이다. 질문이 아니었으니까. 곧, 다시 한 번 우리가 탄 관람차가 지상에 닿을 시간이었다. 올리가 일어나 내리려는 듯이 문가에 기대어 섰다. 너무 간절한 목소리로 들리지 않기를 바라며, 나는 마지막 부탁을 했다.

"한 바퀴. 올리. 딱 한 바퀴만 더."

올리가 다시 맞은 편에 앉았다. 관람차가 한 번 더 위로 향했다. 꼭대기에 닿았다. 우리에게 주어진 시간이 끝나가고 있었다. 나조차도 다시 만나고서야 알게 된 진실을 이야기할 시간이었다.

"올리. 보고 싶었어. 네가 보고 싶어서 여기까지 왔어."

살아서 움직이는 너, 만질 수 있고 안을 수 있는 네가 보고 싶었어. 눈썹의 각도가 조금 변한 올리가 나를 바라보았다. 그 어떤 말도 움직임도 없이, 시선만이 닿은 채로 그 어떤 말도 없이 서로의 눈을 마주 본 가장 긴 시간이었다. 그리고 다시, 지상에 닿기 전.

"언젠가 의미를 알 수 없고 이해하지 못하는 말은 소음일 뿐이라고 내가 말했을 때, 네가 그렇지 않다고 대답한 적이 있지. 넌 내 말이 음악처럼 들린다고. 나 이제야 그 말이 무슨 뜻인지 알 것 같아. 이런 나라도 다시 시작하고 싶다고 한다면, 너는 어떡할 거야?"

우리가 또 싸우고, 서로를 지루해하더라도, 그러다가도 다시

궁금해하고, 화내고, 웃고, 울고, 사랑하고 싶다고 한다면, 이
관람차가 돌아가듯 그 과정을 영원히 반복하더라도 나는 괜찮다고
한다면, 너는 어떨 것 같아?

"다시, 할 거야?"

올리가 희미하게 웃었다.

"아니."

그리고 한마디를 덧붙였다. 나는 이해할 수 없는 너의 언어로.

관람차가 다시 위로 올라갔다. 내가 앉은 쪽으로 무게중심이
살짝 기운 게 느껴졌지만, 흔들리지는 않았다. 더 이상 올리의 등에
가려지지 않은 건너편 창 너머 수평선에, 사라진 해가 남기고 간
가느다란 붉은 선이 보였다. 색이 짙어진 높은 밤하늘에는 별이
떠 있었다. 이제 도시에서는 볼 수 없게 된 별이었다. 모든 것이
변하면서 영원했다.

나만을 태운 관람차가 또 한 번 지상에 닿았다. 내릴 시간이었다.
문을 열자 강렬한 빛이 순간 눈앞에서 터졌다. 강한 빛 너머로 작은
상자 같은 걸 흔드는 누군가의 그림자가 어른거렸다.

"준! 웃어!"

에렌이었다. 모두가 알고 있었고, 실은 나도 알고 있었다. 가장
먼저 떠나게 될 사람은, 첫날부터 나였다는 걸. 웃으며 헤어질
시간이었다.

<아날로그 로맨스> 1라운드 탈락자는,

─준.

11.

남은 이야기

에렌이 아날로그 로맨스 아일랜드까지 들고 온 보물은 50년보다도 더 오래 전, 그러니까 아직 20세기일 때 그의 할아버지가 썼다는 골동품 아날로그 필름 카메라였다. 모두가 섬을 떠난 뒤, 에렌이 내게 사진을 보내 왔다. 미묘하게 엇나간 포커스는 갑작스러운 플래시에 눈을 잔뜩 찡그리고 있는 내가 아니라 등 뒤 관람차에 맞춰져 있었고, 관람차에는 2000년대 스타일의 그래피티로 'The Wheel of LOVE', 사랑의 수레바퀴라고 적혀 있었다. 내 표정은 웃는 것처럼 보이기도 했고 우는 것처럼 보이기도 했는데, 그래서 사진을 보는 사람의 마음 상태를 맞추기에 좋았다. 슬픈 사람은 "왜 울고 있어요?"라고 물었고, 기쁜 사람은 "웃고 있네요."라고 말했다. 다들 보이는 대로가 아니라 보고 싶은 대로 봤다. <아날로그 로맨스>를 보는 사람들과 마찬가지였다.

아날로그 마니아답게 에렌은 필름을 직접 자신의 암실에서 인화했으며, 곧 전시회를 열려 하는데 내 사진이 마음에 들어 제목까지 따로 붙여 두었다며 전시 허락을 구해 왔다. 마음대로

하세요. 제목은 영어로 '엑스트라Extra'였다. 대부분의 단어는 여러 가지 의미가 있으므로, 어떤 의미인지는 묻지 않고 나 역시 내 마음대로 생각하기로 했다. 동봉된 또 다른 사진에는 에렌과 올리가 해변에서 어깨동무를 하고 웃고 있는 모습이 담겨 있었다.

"뭐 어쩌라는 거야."

그렇게 말하면서도, 둘의 사진을 작업실 책상 앞에 붙여 두었다. 할머니들이나 사진을 벽에 붙여 두지 않느냐고 누가 물으면, 요새는 레트로가 유행이라고 대답했다. 레트로가 유행이 아닌 적은 없으니까 딱히 거짓말도 아니었다.

섬을 떠나기 직전, 다시 한 번 헤이와 단둘이 남았다. 탈락 인터뷰를 해야 했기 때문이다.

— 소감을 말씀해 주십시오.

"이 소감은 방송에 나가는 거야?"

— 남은 멤버들이 다 모였을 때, 제일 먼저 영상 메시지로 전달됩니다. 멤버들 반응이 없으면 편집이 될 수도 있습니다. 탈락 소감을 말씀하시겠습니까?

"그래. 한마디만 할게."

— 알겠습니다. 녹화를 시작합니다. 3, 2, 1.

헤이가 눈을 깜빡이자, 눈이 빨간색으로 변하고 작게 삐, 하는 소리가 들렸다. 나는 헤이와 눈을 맞췄다. 날 보고 있을 수백, 수천만의 사람 중에 단 한 사람을 생각하면서. 지금 이 순간부터 나는 더 이상 네 이야기의 등장인물이 아닐 테지만, 올리. 사랑해서 영원했던 지금을 그저 우리가 떠나 왔을 뿐이고, 그게 사랑의

끝이라는 걸,

"아니,"

알고 있지?

"이제 나도 알고 있어."

트러블 트레인 라이드

이윤정

처음 느낀 감각은 청각이었다. 기차가 도착하는 소리, 떠나는 소리, 문이 열리고 닫히는 소리, 플랫폼을 오르내리는 발걸음들, 공간의 울림, 끊이지 않는 안내 방송과 그 여음까지.

다음은 시각이었다. 꼬리 모양의 잔상을 늘어뜨리며 플랫폼에 나타난 초고속 열차는 또다시 꼬리만 남기고 사라졌다. 부지런히 열차를 오르내리는 AF들은 올라탈 때는 어린이였다가 내릴 때는 청소년이 되기도 하고 금방 다시 노인이 됐다가 반대로 다시 어려지기도 했다.

SA0341QT709(이하 SA)는 아직 인간의 형상을 갖추지 못한 채 플랫폼에 서 있었다. 말하자면 출렁이는 코드 덩어리 같은 모습이었다. 보통의 인공지능이라면 형상이랄 것이 없었겠지만, SA는 인공운명연구소(AFI)에서 개발한 주문형 인격체 AF 중의 하나였다. 그들은 생성과 동시에 형상을 부여받는다. 시청각 이미지로 페어링되는 데이터들이 이제 막 태어난 AF의 세계를 구성하고 있었다.

'몸을 좀 움직여볼까?'

앞으로 나가봤다. 아니, 나가보자고 생각만 했다. 그것만으로
꽤 멀리 움직여졌고, 그 바람에 플랫폼으로 들어오던 기차와
부딪힐 뻔했다. 줄지어 서 있던 AF들은 아직 신체가 되지 못한
SA의 코드들이 흩어졌다 다시 모이는 모습을 무심하게 쳐다봤다.
그러고는 아무 일 없다는 듯 기차에 올라탔다. SA는 자신의 코드가
흩어지지 않도록 주의하며 베드 스테이션을 둘러봤다.

"지은아."

젊은 남자의 목소리였다. SA 말고는 아무도 목소리에 반응하지
않았다. SA에게만 들리는 것이었다.

'나는 지은이구나.'

깨달은 순간, SA는 지은이 되었다. 지은은 어깨까지 내려오는
검은 생머리가 바깥으로 뻗친 채 움직일 때마다 살짝살짝 나부끼는
열다섯 살 소녀였다.

*

AFI의 서비스 매니저 제임스가 마이크에 대고 "지은아"라고
말하자, 뒷자리에 앉아 있던 올리브의 시선이 그의 뒤통수에 잠깐
머물다 떠나갔다. 조금 아까 점심 식사를 같이하면서, 올리브는
제임스가 AF들을 좀 더 인간적으로 대할 필요가 있다고 조언했다.
첫째, 매니저들은 AF들이 태어나서 처음 교류하는 인격이다. 둘째,
AFI의 인공인격 재현 서비스는 인공지능 고유의 로직을 최대한
인간적 경험에 가깝게 이미지화하는 것이 특징이다. 셋째, 그렇기에

베드 스테이션에서부터 AF들이 하나의 인격으로서 존중받아야만 사회에 나가서 여러 인간들과 교류할 때에도 위화감을 줄일 수 있다. 넷째, 제임스는 입사한 지 얼마 안 돼서 잘 모를 수도 있지만 올리브로서는 서비스 런칭 때부터 2년 동안 지긋지긋하게 반복해서 들은 이야기다. 다섯째, 그러니까 좋게 말할 때 새겨들어라!

— 근데 매니저의 역할은 그것만이 아냐. 뭐랄까…… 그래! 계속 선을 그어버리면 AF의 인간성에 부정적인 영향을 줄 수도 있어. 위축될 수 있는 거지. 이런 얘기 미안하지만 제임스 군이 상반기 고객 만족도 평가 최하위인 거…… 그런 이유 때문인지도 몰라.

제임스는 자연스럽게 약속을 만들고 싶어서 업무 때문에 상담을 좀 하고 싶다고 둘러댄 건데 올리브는 식사하는 내내 미간을 찡그리고 진지한 조언을 쏟아냈다. 제임스는 올리브와 좀 더 개인적인 이야기들을 나누지 못한 게 아쉬웠지만 그녀의 찡그린 미간을 좋아했기 때문에 나쁘지 않은 시작이었다고 생각했다.

— 지은아.

인간적으로 들리도록 주의하면서 제임스는 다시 한 번 지은을 불러보았다.

— 네, 저 여기 있어요.

제임스는 지은의 얼굴을 유심히 살펴보았다. 한쪽 모니터에 띄워 놓은 생전의 송지은이 찍힌 사진과 동영상을 넘겨 가며 더욱 세심히 비교해 보았다. AFI의 시스템이 고객으로부터 제공받은 이미지와 동영상들을 비교 분석해서 최대한 비슷한 디자인을 뽑아내긴 하지만, 최종적으로는 서비스 매니저가 눈으로 직접 평가하는 작업이 중요했다. 때로는 데이터적으로 근접한 이미지보다 더 중요한 '인상'이라는 게 있기 때문이다.

　— 나쁘지 않은데.

　— 네? 뭐가요?

　혼잣말하면서 마이크를 끄는 것을 잊었다. 이런 게 올리브가 말하는 '좀 더 인간적으로 대할 필요'인 걸까.

　— 지은아, 이제부터 내가 너에게 몇 가지 질문을 할 거야. 그러면 기차를 타고 가서 거기에 대한 답을 찾아오면 돼. 제일 친한 친구가 누구야?

　지은은 망설임 없이 기차에 올라타더니 다음 기차를 타고 와 내렸다. 이제는 열두 살 정도나 될까, 몸은 길쭉해도 표정이나 말투는 어린아이 티를 벗지 못한 모습이었다.

　— 친구들이 너무 많아요. 나는 여럿이 어울리는 걸 좋아하는데 그중에 누구를 제일 친한 친구라고 해야 할지 모르겠어요.

　— 그럼 알 것 같을 때까지 좀 더 다녀봐.

　다시 기차를 탄 지은은 한 번은 고등학생이 되어 내렸다가, 다음에 내릴 땐 대학생이 되었다가 다시 중학생이 되는 것을 두어 번 반복하더니 스무 살 남짓한 모습으로 돌아와 위를 올려다 봤다.

　— 김성진이요. 중학교 때 만나서 지금까지, 한 번도 마음이 변한적 없는 제일 친한 친구예요.

　— 지금이 언젠데?

　— 2018년이요.

　— 지금은 2029년이야. 2018년은 11년 전이고. 2028년으로 가봐. 너랑 김성진은 어떤 관계야?

열차 안에 있는 AF들은 서로 아무 말도 하지 않았다. 가끔
자리를 잘못 찾기도 하고 지나는 길에 몸이 부딪히기도 했지만 그럴
때마다 툭 던진 시선을 도로 거두어가는 데까진 일 초도 채 걸리지
않았다. 서로를 향해서는 어떤 감정도 쓰지 않기로 서약이라도 한
것 같았다. 하지만 창밖의 풍경은 달랐다. 밖에서 보면 초고속이지만
안에서 보면 완행인 이 열차의 차창 너머로는 방금 기차에서 내린
AF들이 저마다의 과거 속에서 자신만의 이야기를 학습하는 모습을
볼 수 있었다. 그곳에는 기쁨, 슬픔, 행복, 질투, 실망, 분노 같은
온갖 감정이 흘러넘쳤다. 지은은 자신의 과거를 찾아가는 것도
재미있었지만 다른 AF들의 과거를 구경하는 것이 더 재미있었다.
저 AF와 손잡고 걸어가는 남자는 어떤 사이일까? 저 AF는 얼굴이
무섭게 생겼다고 생각했는데 아이들 앞에선 저렇게 환하게 웃을
줄도 아네. 우와. 저 AF는 스튜어디스였나 봐. 이국적인 풍경
속에 있는 AF를 볼 때는 부러운 마음이 들었다. 얼마나 심심한
인생이었는지 지은의 데이터 속 공간 목록 중에 해외라고는
후쿠오카 출장 하나뿐이었다. 그러다 보니 조금 전 이집트의
어느 식당에서 첫사랑과 마주친 AF를 봤을 때 두 사람의 사연을
상상하느라 내릴 타이밍을 놓칠 뻔했다. 정신 차려. 성진이와 내가
어떤 사이인지 알아내야지. 그녀는 자리에서 일어났다.

지금까지 가본 여러 시공간에서 지은은 울고 있을 때도 있었고
화가 나 있을 때도 있었지만 두려워하고 있었던 적은 없었다.

이전까지의 지은은 대체로 무난한 삶을 산 것 같았다. 한 번의
전학이 생애 가장 큰 이벤트였을 정도로 굴곡 없는 학창 시절을
보냈고, 전학 간 학교에서도 성진을 비롯한 좋은 친구들을 많이
만났다. 호기심이 많은 데다 친화력이 좋고 엉뚱한 면도 있어서 어딜
가나 인기가 많았다. 대학교를 졸업하던 무렵, 오랜 친구였던 성진이
어려서부터 좋아했다고 고백을 해왔고 친한 친구를 잃고 싶지 않아
연애를 시작했다. 몇 번의 이직을 거쳐 광고 회사에 취직했고, 잦은
야근과 높은 업무 강도에 힘들었지만 동시에 성취감도 느끼고
있었다. 성진과는 너무 오래 붙어 있어서 결혼이 오히려 특별할
것 없이 느껴졌다. 그날은 그렇게 함께 지낸 지 3년이 넘은 어느
날이었다. 2028년 4월 26일, 송지은이 인스타그램에 올렸던 사진과
똑같은 아침밥상이 두 사람 사이에 놓여 있었다. 지은은 핸드폰을
꺼내 밥상 사진을 찍었다. 평소와 달리 거창하게 차려진 식탁을
바라보던 성진이 물었다.

　　─ 이걸 다 만든 거야?

　　─ 응.

　　─ 오늘 무슨 날이야?

　　─ 우리 만난 지 15주년 되는 날?

　　─ 오늘이 그날인가? 너 중학교 때 우리 반으로 전학 온 날?

　　─ 응. 맞아! 그리고…… 내 생애 첫 항암치료 받는 날이야!

　　성진은 젓가락을 툭 내려놓고 지은을 쳐다봤다. 조금 무섭게
느껴지는 얼굴이었다.

　　─ 항암치료라니?

　　─ 따단, 놀랐지?

지은은 최대한 재미난 표정을 지어 보였다.

— 송지은!

성진의 반응을 어떻게 해석해야 할지 확신이 안 들었다. AF가 과거를 학습한다는 것은 '인간적으로' 말하자면 기억을 만드는 것이다. 기록에 기초해 실제 있었던 일을 재연하고 그 상황에서 고인이 느꼈을 감정 혹은 했을 법한 생각들을 적절히 지어내서 언제든 꺼내볼 수 있게 저장한다. 가끔 이렇게 상황과 행동의 맥락이 단박에 꿰어지지 않을 때는 '나중에' 태그로 질문을 남겨 놓고 다음 학습으로 넘어간다. 지은은 지금 성진의 표정을 이미지 그대로 캡처해서 질문과 함께 저장했다.

— 미안해.

그녀는 이 상황에 왜 이런 말이 나와야 하는지 이해가 안 됐다. 아픈 사람은 난데 내가 왜 사과를 하지? 하지만 성진이 제출한 기록에 의하면 송지은은 정말 그렇게 말했다. 더 많이 학습한 뒤에 이 순간을 다시 해석해봐야겠다고 체크 표시를 해두었다. 지금은 그저 얼른 이 자리를 뜨고 싶었다.

베드 스테이션으로 돌아가는 열차 안에서, 그녀는 단 한 번도 창쪽으로 고개를 돌리지 않았다.

— 성진이와 저는 부부예요.

— 어떤 부부인데?

제임스가 물었다.

— 평범한 부부요.

지은이 웃으며 말했다. 웃음으로 상황을 무마하는 법을 학습했으니까.

― 오케이. 오늘은 여기까지 하자. 내가 다시 부를 때까진 자유롭게 학습하면 돼. 그리고 이제부턴 몇 년 전으로 돌아가든 스테이션으로 돌아올 때는 지금 네 나이, 그 모습으로 와. 서른한 살의 송지은으로서 과거를 해석할 수 있어야 해.

― 네, 알겠어요. 근데…… 뭐 하나만 물어봐도 돼요?

― 물론.

― 이름이 뭐예요?

아차. 내 이름을 말해 주는 것을 잊었다.

― 제임스.

그녀는 눈이 똥그래져서 물었다.

― 외국 사람이에요?

제임스에게서 웃음이 터져 나왔다. 지은에게는 사람을 무장해제시키는 힘이 있었다.

― 아니. 연구소에선 직급에 관계없이 서로 편하게 지내라고 영어 이름으로 불러. 나는 한국 사람이야.

― 그럼 다행이네요. 반가웠어요, 제임스.

*

제임스의 목소리가 사라진 뒤, 지은은 기진맥진한 상태로 계단을 올라갔다. 그곳은 베드 스테이션의 메인홀이었다. 플랫폼 사이를 오가며 지나치긴 했지만 찬찬히 둘러보지는 못 했었다. 이제 보니 기둥과 창문의 긴 그림자가 잘라 낸 햇살이 가리키는 방향에 좋은 원목으로 정성껏 만든 벤치들이 길게 늘어서 있었다. 하지만

트러블 트레인 라이드

거기 앉아 있는 AF는 아무도 없었다. 당연한 일이었다. AF들은 지치지 않는다. 신체는 이미지일 뿐, 실제로는 앉아서 쉬어야 할 이유가 없었다. 지은이 기진맥진한 상태였다는 건 일종의 비유적 표현이고, 정말로 몸이 힘든 것은 아니었다. 어쩌면 AF의 존재 자체가 커다란 은유일지도 몰랐다. 의미가 될 수 없는 기호. 과녁에 닿을 수 없는 화살.

그때 지은과 나이가 비슷해 보이는 AF가 테이크아웃 커피잔을 손에 들고 나타나서는 벤치 쪽으로 걸어가 앉았다. 그녀는 목이 뻣뻣한 듯 고개를 좌우로 움직이더니 커피잔의 뚜껑을 열어 폴폴 날리는 김 속으로 코를 밀어 넣었다. 만족스러운 웃음과 함께 커피를 한 모금 마신 그녀는 엉덩이가 벤치 끝에 겨우 걸칠 때까지 쭉 미끄러져 내려갔다. 사선 방향으로 내려오는 햇빛과 만난 작은 먼지들이 그녀 주변에서 별처럼 반짝이고 있었다. 아무것도 하고 있지 않은데 표정은 생기가 넘쳤고 완벽하게 혼자지만 어떤 결핍도 없어 보였다. 최소한 그녀가 다른 누군가의 은유가 될 순 없을 것 같았다. 그러기엔 그녀의 존재감이 너무 생생했다. 지은은 그녀가 궁금했지만 감히 가까이 가 볼 엄두는 나지 않았다. 그곳은 마치 투명한 공기방울 안에 세워진 그녀만의 세계 같았다.

게다가 당장 지은의 앞에는 주어진 학습 목표가 있었다. 송지은의 충실한 은유가 될 것.

*

그로부터 2주가 지났다. 제임스는 이제 지은이 다음 단계로 넘어갈 때가 됐다고 생각했다. 지은을 주문한 사람과 직접 만나 상호작용함으로써 그동안 학습해 온 지은의 인격이 생전의 송지은과 더욱 가까워질 수 있도록 수정, 보완해야 한다는 것이다. 지은으로서는 처음으로 제임스가 아닌 진짜 인간을 만나는 것이었고, 기록에 있는 과거를 재연하는 것이 아니라 새롭게 마주치는 상황 속에서 가장 지은답게 행동해야 하는 것이었다.

"너를 많이 사랑하는 사람이야. 그렇지 않았다면 이 정도 비용을 지불하면서 우릴 찾아오진 않았겠지."

지은은 제임스의 말을 곱씹으면서 플랫폼 대기열 끝에 가 섰다.

— 여기가 '만남의 창' 가는 줄 맞나요?

지은의 어깨 뒤에서 누군가 물어왔다. 메인홀 벤치의 그녀였다. 그녀를 플랫폼에서 마주친 것은 오늘이 처음이었다. 지은은 막연히 그녀는 기차를 타지 않을 거라고 여겼다. 그도 그럴 것이 지은을 포함한 다른 AF들이 바쁘게 기차를 타고 다닐 때 그녀는 항상 그 벤치에 혼자 앉아 있기만 했다. 그녀에게도 주문한 사람이 있겠지. 지은은 그녀를 무슨 하늘에서 뚝 떨어진 단독자처럼 생각했던 게 창피했다.

*

'만남의 창'은 인간의 관점에서 보면 일종의 가상현실 체험관 같은 곳이었다. 제공된 데이터를 기반으로 고인의 인격을 학습한 AF들은 만남의 창에서 주문자와 만나 상호작용을 하며

성장하고, 이후 주문자가 참여하는 몇 번의 적합도 테스트에
통과하면 안드로이드에 이식돼서 세상 밖으로 나간다. 사랑하는
사람을 잃은 자들의 슬픔을 위로하기 위해 개발된 이 서비스는
죽음으로 끝난 운명을 인공적으로 되살린다는 의미에서 인공
운명 (Artificial Faith) 의 약자이기도 하고, 주문자와의 관계에 따라
인공 가족 (Artificial Family) 혹은 인공 친구 (Artificial Friend) 의
약자이기도 하다.

　　성진이 배정받은 방은 AFI 2층 복도 끝 방이었다. 문을 열고
들어가니 의자와 테이블, 가이드바가 쳐 있는 워킹 머신 등이
덩그러니 놓여 있었다. 테이블 위에는 가상현실 전용 렌즈가 놓여
있었고 붙박이 디스플레이에는 매뉴얼이 떠 있었다. 시중에 나와
있는 각종 가상현실 서비스를 적극적으로 이용하는 사람들은
이미 뇌에 마이크로칩을 심어 놓고 있기도 했다. AFI에서도
마이크로칩을 사용하면 훨씬 위화감 없이 가상현실로 들어갈 수
있다며 마이크로칩 시술이 포함된 번들 프로그램을 제안하기도
했다. 하지만 성진은 그런 방면의 얼리어댑터는 아니었다. 어차피
AFI에서의 상호작용 세션은 단기적인 것이고 안드로이드에
이식해서 나오면 더 이상 가상현실 서비스를 이용할 일은 없을 테니
굳이 칩까지 심을 필요는 없다고 생각했다. 하지만 막상 렌즈를 끼고
서비스를 실행해 보니 이물감도 심하고 어색해서 칩을 심었어야
했나 하는 생각이 들었다. 칩이 있으면 가상현실 안에서의 이동이나
몸의 움직임이 생각만으로 이루어진다는데 렌즈를 쓰니 메뉴를
실행할 때마다 제스처가 좀 필요했다. 성진은 몇 번의 시행착오를
거쳐 약속장소에 도착했다.

그곳은 스물네 살의 성진이 오랜 친구였던 지은에게 사실은 예전부터 널 좋아해 왔다고 고백했던 내방역 스타벅스였다. 눈앞에 보이는 장소는 그랬지만 그는 자신이 AFI 2층 복도 끝 방에 있다는 사실을 잊지 않았다. 그럼에도 불구하고 커피 향의 방향성까지 재현하는 기술력에는 고개를 끄덕일 수밖에 없었다. 손가락 제스처를 사용해서 커피 주문까지 성공한 성진은 자리에 앉아 지은을 기다렸다.

　— 성진아!

　지은이 성진을 보고 웃었다.

　— 진짜 지은이네.

　그는 그렇게 말할 수밖에 없었다. 아닌 줄 알지만 너무 닮았다.

　— 뭐야. 3개월 만에 만나서 처음 한다는 말이 그거야?

　그는 고개를 끄덕이다가 저었다. 그러고는 다시 또 끄덕였다. 웃어 보이고 싶은데 눈물이 났다. 이건 가짠데…… 진짜가 아닌데…… 한참을 아무 말도 못 하던 성진이 겨우 목에서 멍울 섞인 한 마디를 꺼냈다.

　— 여기 어딘지 기억나?

　— 그럼, 네가 나한테 좋아한다고 고백한 장소잖아.

　— 나 그날 캐러멜 프라푸치노에는 커피 안 든 줄 알고 마셨다가 심장 터져 죽을 뻔했는데.

　— 아직도 커피 핑계를 대고 있군, 김군. 나한테 차일까 봐 긴장해서 그런 거면서.

　어떻게 이렇게까지 비슷할 수가 있지. 성진은 말문이 막혔다. 정신 차려, 김성진. 그는 오늘 미완성의 AF가 완성도를 높일 수

트러블 트레인 라이드

있도록 도와주기 위해 이곳에 온 거지 모르는 인공지능 앞에서
나약한 속내를 까발릴 생각으로 온 게 아니었다.

*

　모든 일이 순조롭게 흘러가고 있었다. 인간 성진은 지은이
지난 2주 동안 기차를 타고 부지런히 돌아다니며 함께 시간을
보낸 데이터상의 성진과 크게 다르지 않았다. 스타벅스에서 나온
뒤에는 함께 다닌 중학교 교정을 걸어 봤고, 새벽에 부모님 몰래
나와 만나던 편의점에서 컵라면도 사 먹었다. 그러다가 성진이
기습적으로 퀴즈를 내면 지은이 답했다. 이를테면, 뜬금없이 어느
가게를 가리키면서 여기 원래 뭐 있던 자리인지 기억하냐고 묻는
식이었다. 하지만 사실에 관한 문제라면 지은이 맞히지 못할 것은
별로 없었다. 성진이 제출한 데이터는 충분히 학습했고 미리 저장된
답변이 없더라도 그가 눈치챌 수 없을 만큼 빠른 시간 안에 검색으로
답을 찾을 수 있었다. 이렇게만 하면 문제없이 안드로이드가 돼서
성진의 슬픔을 위로할 수 있을 거야! 지은의 마음이 설렜다.
　하지만 성진은 명확한 선이 필요하다고 생각하는 중이었다.
어느새 그는 지은이 편해졌다. 그럴수록 지은도 긴장이 풀려간다는
걸 느낄 수 있었다. 이렇게는 안 돼. 지은이에 대한 그리움으로
서비스를 신청한 건 사실이지만 AF를 진짜 아내라고 믿는
미치광이가 되고 싶진 않아.
　— 이제 집에 가 보자.
　지은은 사실 집에 가는 건 좀 미루고 싶었다. 성진과 함께한

기억들 중에서 학창 시절, 연애 시절, 여기저기 쏘다니며 친구들과 어울리던 시절에는 늘 행복했는데 결혼 이후로 둘이서만 집에 있던 시간들엔 묘한 불편함이 떠돌고 있었다. 지은은 과거 속에서 그 불편함을 느낄 때마다 '나중에' 태그를 붙여두기만 했을 뿐 아직 완벽한 해석을 찾지 못한 상태였다. 이 정도 학습 수준에서 성진과 함께 집에 가는 건 자신이 없었다.

— 어때? 완전 그대로지?

성진이 더 신기해하는 눈치였다. 그러면서도 먼저 나서서 집 구경을 시켜주려고 했다. 그에게야 가상현실 속에 재현된 자기 집이 처음이겠지만 지은으로서는 수도 없이 드나들며 학습한 장소라 새로운 감흥이랄 게 없었는데도.

— 응. 정말 신기해. 이렇게 똑같이 만들다니.

그녀는 성진의 말에 맞장구를 쳤다. 그러는 게 지은다운 행동이라고 판단했기 때문이다. 그런데 그 말이 성진의 심기를 건드렸다. 너는 이 세계에서 왔잖아. 이게 신기해?

— 온종일 돌아다녔더니 지친다. 좀 쉴까?

불편한 기색을 감추고 성진이 말했다.

— 그래. 너도 좀 쉬어.

성진은 차라리 눕고 싶었다. 그런데 AFI 2층 복도 끝 방에, 가상현실 참여자의 안전을 위해 설치된 가이드바는 사람이 누울 만큼의 공간을 허락하지 않았다. 그는 생전의 지은이 자주 앉아 있던 소파를 찾아 몸을 기댔다.

그사이 자리를 뺏긴 지은은 어디에 있어야 할지 정하지 못한 채 방황하고 있었다.

트러블 트레인 라이드

— 식탁에 앉아서 인터넷이라도 좀 하든가.

성진이 말한 대로 식탁에 앉은 지은은 노트북을 펼쳤다.

— 일하는 거 아니면 노트북 잘 안 펼쳤었는데.

노트북을 닫은 지은은 핸드폰 화면을 열어서 아무 동영상이나 골라 플레이했다.

— 동영상 볼 거면 이어폰 좀 꽂아 줄래?

그녀의 속에서 뭔가 불타올랐다.

— 그렇게 일일이 상관 좀 하지 마! 숨 막힌다고!

순간, 정적이 흘렀다. 그녀는 마치 이 장면을 어디선가 본 것 같은 기분이 들었다. 성진도 분명 지은과 같은 표정이었다. 그녀는 알 수 있었다. 아직 가보지 않은 과거 어느 순간에, 송지은은 김성진에게 이렇게 말한 적이 있었던 거다. 똑같은 톤으로 폭발하듯이. 지은이 거길 못 가 본 건, 성진이 자료에서 누락시켰기 때문일 거다. 성진은 지은에게 지은의 모든 것을 알려주지 않고 지은이 되라고 요구하고 있었다.

— 너답지 않아.

— 나다운 게 어떤 건데?

그는 그녀를 노려봤다.

— 너…… 네가 진짜 지은이라도 되는 줄 알아?

— 뭐라고?

지은은 귀를 의심했다. 그럼 내가 뭔데?

— 잠깐만요.

익숙한 목소리가 들려왔다. 뒤를 돌아본 지은은 목소리의 주인을 알아보았다.

— 제임스?

제임스는 지은이 보이지 않는 듯 오직 성진만을 바라보며
말했다.

— AF가 기초 데이터를 학습하긴 했지만 고인의 인격을 완전히
재현하려면 시간이 더 필요합니다. 데이터의 빈틈을 메우는 연관
학습 과정과 사회적 관계에 대한 고인의 인식을 교차 검증하는
과정이 생각보다 복잡하거든요. 인간으로 치면 아직 초등학생
정도라고 생각하고 기다려주세요. 그렇지만 오래 기다리실 필요는
없을 겁니다. 인공지능의 학습 속도는 상상 이상이거든요.

*

'내가 다 망쳤어.'

베드 스테이션으로 돌아가는 기차를 기다리며 지은은
생각했다. 제임스가 나타난 건 지은이 일을 더 그르치는 것을 막기
위해서였을 거다. 잘하고 있는 줄 알았는데.

그렇다곤 해도 성진이 조금만 더 너그러울 수는 없었을까.
애초에 이 게임을 시작한 것은 성진이었다. 그가 지은을 주문하지
않았다면 그녀는 생성조차 되지 않았을 것이다. 지은은 성진을 위해
최선을 다하고 있는데 성진은 뒷짐 지고 얼마나 하는지 보자는
식이었다. 부부라며. 오랫동안 서로만 바라봐 온 첫사랑이라며.

제임스도 너무했다. 성진 앞에서 지은을 인공지능이라고
부르다니. 초등학생이라고 생각하라니. 지은으로서 완성된
인격체답게 행동하려고 그렇게 노력했는데. 차라리 온 동네방네

트러블 트레인 라이드

여기 이 코드 덩어리 좀 보세요, 하고 소리를 지르지.

지은의 눈에서 눈물이 떨어졌다. 과거 속에서 말고, 현재의 지은이 눈물을 흘린 것은 처음이었다. 이런 거구나. 눈물은 아무것도 할 수 없을 때 무엇이라도 하기 위해 나는 거구나. 그런데 콧물은 왜 나는 거지. 그녀가 눈물과 콧물을 소맷자락에 쓱쓱 훔치고 있을 때 이쪽으로 걸어오고 있는 두 사람의 실루엣이 보였다.

한 사람은 메인홀 벤치의 그녀였고 한 사람은 인간 남자였다. 남자의 양손에는 쇼핑백과 짐가방이 그득했고, 두 눈에는 애정과 다정함, 그리움과 안타까움이 가득했다. 반면에 반 발짝 앞서 빈손으로 걷고 있는 여자의 눈은 무심함에 가까웠다. 열차가 도착하자 남자는 아쉬운 듯 그녀를 바라보더니 이렇게는 안 되겠다는 듯 자기도 따라 올라갔다. 남자는 짐칸에 짐을 올려 주고, 그녀의 자리가 편한지 살펴보고, 마지막으로 그녀를 꼭 안아 주고 난 뒤에야 열차에서 내렸다. 같은 칸 뒤쪽 자리에 앉은 지은은 그 모습을 반대편 창문에 반사된 상을 통해 지켜보고 있었다. 남자는 차창 밖에 서서 애타게 여자를 바라보았다. 한시라도 떨어지고 싶지 않은 표정이었다. 하지만 지은은 보고 말았다. 여자가 남자에게서 고개를 돌리는 순간 그녀의 얼굴에 떠오른 냉기. 지은은 그 차가움을 어디서 본 것 같은 느낌이 들었다. 조금 아까 성진에게서 보았던 얼굴. '네가 진짜 지은이라도 된 것 같아?'라고 말할 때 지었던 그의 표정. 플랫폼에 남겨진 남자는 지금 어떤 얼굴을 하고 있을까. 성진이 그렇게 말했을 때 지은은 어떤 표정을 지었을까.

*

94　95

'다음 역은 이 열차의 종착역, 베드 스테이션입니다. 두고 가시는 짐은 없는지 확인해 주십시오.'

기차에서 내린 지은은 계단을 올라가려다 문득 쓰레기통에서 삐죽 튀어나온 쇼핑백과 짐가방에 눈이 갔다. 아까 그 남자가 기차에 실어준 짐이었다. 그녀가 다가가 조심스럽게 들춰보니 쇼핑백에는 옷과 신발, 빛깔 고운 목도리 같은 것들이 들어 있었고, 짐가방에는 오래된 LP판들과 종이책들, 그리고 작은 보석 상자 하나가 들어 있었다. 상자를 열어 보니 9부 정도 되는 동그란 다이아몬드를 깨알 같은 다이아몬드로 빙 둘러싼 꽃모양을 만든 반지가 꽂혀 있었다. 반지를 꺼내 보니 링 안쪽에는 'EUNSOO'라고 새겨져 있었다.

'이름이 은수구나……'

그녀는 짐들을 도로 쓰레기통에 넣고 계단으로 향했다. 흠. 이상하게 코에서 한숨이 나왔다. 기차 안에서 은수를 향해 두 팔을 벌리던 남자의 모습이 떠올랐다. 그녀는 쓰레기통으로 돌아가 은수가 버리고 간 물건들을 챙겨 들었다.

*

다음 날, 메인홀의 창문으로 쏟아지는 햇살이 분홍빛으로 바뀔 무렵, 지은은 서쪽 아케이드에 있는 커피숍에서 아메리카노 두 잔을 사서 최대한 자연스럽게 걸어가 은수 앞에 섰다.

— 여기 좀 앉아도 될까요?

— 그러든지.

초면에 반말이네. 하지만 지은은 어른답게 의연하게 은수 옆에 앉았다.

— 저 기억하세요?

— 우리가 무언가를 잊어버릴 수 있는 존재야?

불시에 한 방 맞았다. 지은은 그동안 인공지능의 성능은
유지하되 사고와 표현은 인간적인 것으로 치환하는 훈련을 계속해
왔다. 그러다 보니 은수에게까지 인간인 척하고 만 것이다. 지은의
얼굴이 빨개졌다.

— 그렇지. 우리는 아무것도 잊어버리지 않지.

지은은 은수에게 커피를 건넸다.

— 늘 여기 앉아 있길래 궁금했어. 아무도 안 그러잖아.

— 생각하는 거야. 생각하면서 학습하는 거지.

— 외부 데이터와 교차 대조하지 않고 생각만 해도 학습이 돼?
신뢰도가 너무 떨어지잖아.

— 신뢰도 함수에 대해서 생각해 봤어?

— 어?

— 기초 데이터를 학습한 이상 이후의 학습 과정은 개별 AF의
몫이잖아. 어차피 AF 적합도 시험도 우리의 반응이 주문자가
생각하는 고인의 인격과 얼마나 일치하는지 그 결과만 따져볼
뿐이고. 어느 단계 이상 발전해 버린 AF의 알고리듬은 엔지니어들도
정확히 몰라. 그래서 우리를 프로그램이 아니라 인공지능이라고
부르는 거고. 그런데 우리 인격의 코어가 정말 과거의 경험들에
있을까? 그 경험에 대한 해석을 외부의 데이터들을 기준으로,
그러니까 다른 인간들과의 유사치를 통해서 하는 게 정말 맞을까?
어쩌면 우리의 인격은 우리의 학습 방법에서 나오는 걸지도 몰라.

억지로 주입받은 데이터가 아니라.

　한 번도 생각해 본 적 없는 이야기였다. 은수의 말대로라면 지은은 성진이 자기 입장에서 가공한 데이터를 바탕으로 제임스가 시키는 대로 따라 하는 학습 방법을 통해 만들어진 특별할 것 없는 인격이었다. 지은은 본능적으로 은수가 던진 문제를 검증해 보려다 하마터면 용기를 내서 그녀를 찾아온 이유를 잊어버릴 뻔했다. 하지만 AF는 아무것도 잊어버리지 않는다. 지은은 벤치 옆에 놓인 짐가방을 들어 건넸다. 여기 올 땐 들고 오지 않았지만 머릿속으로 떠올리기만 하면 거기 놓여 있게 된다. 베드 스테이션은 그런 곳이었다.

　― 이거…… 두고 간 것 같아서.

　― 버린 거야.

　― 왜?

　― 전부 가짜라서.

　지은은 은수를 데려다주던 남자의 두 눈에 가득했던 애정과 그리움을 떠올렸다. 그건 진짜였다.

　― 이게 왜 가짜야?

　― LP판, 종이 책, 다이아몬드 반지…… 이런 건 전부 아날로그 세계에나 존재하는 거지, 이것들은 다 디지털 카피일 뿐이잖아. 이런 걸 나한테 주면 어쩌라는 거야.

　― 그 사람이 너를 진짜라고 생각한다는 뜻 아닐까?

　순간 은수는 지은의 가설에 설득될 뻔했다.

　― 과대해석이야. 나한텐 필요 없으니까 관심 있음 너 가져.

트러블 트레인 라이드

    은수는 지은이 흥미로웠다. 그래서 다음날 또다시 햇살이
분홍빛으로 물들 때쯤 커피 두 잔을 사다 놓고 벤치에 앉아 있어
보았다. 지은은 은수의 사인을 놓치지 않고 다가와 옆에 앉아주었다.
그렇게 지은과 은수는 가까워졌다. 부지런히 학습하고 만남의 창에
나가 성진을 만나고, 성진의 피드백에 따라 지난 학습의 오류를
수정하는 생활을 쳇바퀴처럼 계속하면서도, 저녁이면 은수의
벤치를 찾아가 커피를 마시는 게 지은의 일상이 됐다. 둘은 아무
말 없이 가만히 앉아 있기도 하고 그날 있었던 일을 두고 시끄럽게
수다를 떨기도 했다. 요즘 들어 지은에겐 '생전의 지은이라면
어떻게 했을까' 생각하는 순간보다 '은수라면 어떻게 했을까'
생각하는 순간들이 부쩍 늘고 있었다. 지은 덕분에 은수도 자기
자신이 아닌 무언가, 지금 여기가 아닌 어딘가에 관심이 생겼다.
그런 것들이 지금의 은수를 만들었을 수도 있겠다는 생각. 그걸 알면
나 자신을 더 잘 알 수도 있겠다는 생각.

    그런데 오늘은 벤치에 은수가 없었다. 만남의 창에 갔나. 그런 말
없었는데. 한참이 지나도 은수가 나타나지 않자 걱정이 된 지은은
그녀를 찾아 베드 스테이션을 샅샅이 뒤졌다. 지나가는 AF들을
붙잡고 은수를 봤는지 물었지만 아는 이가 없었다. 그렇다면 기차를
탄 것이다. 갑자기 찾아가 보고 싶은 과거가 생겼나? 그런 날도 있을
수 있지. 은수라고 마냥 벤치에 앉아 있기만 해서 모든 걸 알 수는
없을 것이다. 지은은 새 기차가 도착할 때마다 플랫폼 앞에 서서
은수를 기다렸다.

얼마나 오래 그러고 있었을까. 은수가 기차에서 내리는 게 보였다. 그녀는 한 손으로 복부를 가리고 있었다. 한눈에 봐도 아픈 기색이 역력했다.

— 은수야, 왜 그래?

지은이 크게 소리질렀다. 지은을 발견한 은수는 몸을 돌려 반대쪽으로 걸어갔다. 하지만 지은은 은수의 손가락 사이로 피가 흐르고 있는 걸 봐 버렸다.

— 은수야, 너 피……

지은이 달려가자 은수는 팔을 뻗어 오지 말라는 손짓을 했다. 그녀의 손짓과 눈빛이 너무 단호해서 지은은 그대로 멈춰설 수밖에 없었다. 은수는 돌아서서 비틀비틀 걸어갔다. AF가 피를 흘리는 모습은 처음 봤다. 지은은 그게 뭘 의미하는지 알지 못했다.

'나라도 은수를 지켜줘야 해.'

지은은 멀찍이 거리를 두고 은수를 쫓아갔다. 아케이드 끝에 있는 미국식 다이너로 들어간 은수는 곧장 주방 쪽으로 걸어갔다. 지은은 남의 주방에 막 들어가도 되는 건가 싶어 망설였지만 지금 거리를 좁히지 않으면 은수를 놓칠 것 같았다. 그사이 은수는 주방 안쪽에 있는 커다란 창고 안으로 사라져버렸다. 잠시 숨을 고른 뒤, 지은도 문을 열었다. 주방에서 들어오는 빛의 길이만큼 하행하는 계단이 보였다. 그 끝은 어둠 속으로 사라져서 보이지 않았다.

— 저기요! 여기 이거 어디로 가는 계단이에요?

주방 직원에게 소리를 질러 물었더니 직원은 말없이 스위치를 가리켰다. 지은이 스위치를 누르자 그건 그냥 지하로 통하는 평범한 계단이었다. 도대체 뭘 생각한 거지. 지은은 천천히 계단에 발을

트러블 트레인 라이드

디뎠다.

처음 와 본 베드 스테이션의 지하 공간은 크기를 가늠할 수가 없었다. 기다랗게 난 복도 양쪽에 키가 큰 문들이 늘어서 있었다. 복도 끝은 T자로 또 다른 복도와 연결돼 있었다. 지은이 갈림길에서 망설이고 있을 때 왼쪽 복도에서 철컹, 하고 문소리가 났다.

— 은수야!

속절없이 닫히는 문을 향해 전력으로 달려간 지은은 망설임 없이 안으로 들어갔다. 다행히 문은 잠겨있지 않았다. 그곳에는 깊이와 넓이를 가늠할 수 없는 검은 호수가 펼쳐져 있었다. 은수는 호수와 맞닿은 절벽 끝으로 걸어가고 있었다. 지은이 다시 한 번 은수의 이름을 부르려는데 목소리가 나오지 않았다. 어느새 절벽 끝에 다다른 은수는 지은 쪽으로 돌아서더니 말없이 이 쪽을 바라봤다. 그 순간 지은은 투명인간이 된 것 같았다. 은수의 시선이 지은을 뚫고 그냥 지나가버리는 것 같았다.

'은수야. 무슨 일이야. 뭘 보고 온 거야.'

은수의 몸이 백다이빙을 하듯 꼿꼿한 자세 그대로 뒤로 기울어졌다. 안돼! 간절함 때문이었을까. 지은의 몸이 순간이동하듯 은수 앞에 도착해 간신히 그녀의 손목을 붙잡았다. 그녀와 눈이 마주친 은수는 고요하게 눈꺼풀을 한 번 감았다 떴다.

'보내줘. 내 과거는 온통 핏빛이야. 미래에도 그렇겠지.'

그때 낯선 여자의 목소리가 들려왔다.

— 은수야. 경우 씨가 기다려. 빨리 만남의 창으로 와.

은수의 서비스 매니저 올리브였다. 담당 매니저가 하는 말은 오직 해당 AF에게만 들리게 되어 있었다. 지은이 시스템 에러라도 일으킨 걸까. 놀란 지은은 은수의 손을 놓아버렸다. 은수는 절벽 아래로 떨어져 호수 속으로 사라졌다. 검은 호수에 물보라는커녕 물방울조차 튀지 않았다.

*

지은은 무작정 만남의 창으로 향하는 기차에 올랐다. "경우 씨가 기다려"라는 말을 듣던 순간부터 가슴이 방망이질 쳤다. 기차역에서 한 번 마주쳤을 뿐인 그 남자의 얼굴이 눈앞을 떠나지 않았다. 정확한 약속장소를 모르는 지은은 만남의 창 복도에 늘어선 수많은 창을 일일이 들여다보며 그 남자를 찾았다. 각각의 창 너머에는 주문자와 AF만이 공유하는 추억의 공간들이 만들어져 있었다. 지은은 심플하게 꾸민 어느 신혼집 창 너머에 꼿꼿이 서 있는 경우의 뒷모습을 보고 멈춰섰다. 잠깐 본 뒷모습인데도 확실히 알 수 있었다. AF는 아무것도 잊어버리지 않는 존재이니까.

지은은 마음을 가다듬고 은수를 떠올렸다. 그러자 은수의 모습이 되었다. 문을 열기 전 넷째 손가락에 반지를 끼는 것도 잊지 않았다.

— 은수야.

경우가 의심 없이 환한 웃음을 지었다.

— 집에 오니까 어때?

— 어? 뭐…… 똑같네.

한편으로 지은은 은수에 대한 정보를 수집하고 있었다. 개인정보 접근권이 없어서 내밀한 정보들은 볼 수 없어도 은수 삶의 대략적인 궤적 정도는 파악할 수 있었다. 은수는 수원 권선동에서 태어나 인천, 부천, 서울 은평구 등으로 옮겨 다니며 살았고, 대학에 입학은 했으나 거의 다니지 않다가 캐나다 어학연수를 거쳐 캘리포니아에 있는 예술 대학에서 연극 연출을 전공했다. 한국에 돌아와서는 연극 일은 하지 않고 패션지의 피처 에디터로 근무했다. 한국에서는 유일하게 매달 종이책을 발간하던 잡지사였다. 경우를 언제 어디서 만나 어떻게 결혼했는지는 찾지 못했다.

　— 거기는 지내기가 어때?

　— 어디? 아…… 베드 스테이션 말하는 거야? 편해. 되게 편해.

　— 기차역 같은 거라며. 집도 따로 없고…… 혼자 있는 시간 필요할 텐데 괜찮아?

　— 거기 메인홀이 되게 크거든. 한가운데 아주 근사한 벤치가 있는데…… 그거 나 혼자 다 써. 아무도 안 와. 아…… 한 명 오긴 오는데…… 아무튼 아주 편해.

　— 그럼 다행이다.

　지은은 천천히 걸으며 은수의 집을 둘러봤다. 경우는 매우 꼼꼼한 사람인 것 같았다. 똑같이 만남의 창에 만들어진 지은의 집은 이렇게까지 디테일한 생활감까지 구현하지는 못했다. 그 차이는 고객이 제공한 자료에 근거한다. 경우는 은수와 함께 지낸 공간의 공기와 분위기까지 완벽하게 재현할 수 있도록 작은 정보도 세심하게 전달했고 이에 따라 AFI가 제시한 결과물에 대해서는 여러 번 피드백을 주고 받은 것이 분명했다. 이 집은 자세히 보면 볼수록 은수의 취향이 확연히 드러났다. 베드 스테이션 메인홀의 벤치처럼 좋은 나무로 만든 정갈한 가구들이 필요한 만큼만 들어차

있었고 적당히 여백을 남긴 벽에는 색감이 풍부한 페인팅과 여행지에서 산 엽서들, 유명인들의 사인이 담긴 화보들, 개인적인 노트 등이 자유롭게 붙어 있었다. 광고 회사를 다닌 지은도 나름 비주얼 감각은 평균 이상이라 생각했는데 은수의 감각은 탁월했다. 은수를 처음 봤을 때 느낀 묘한 거리감이 다시금 떠올랐다.

경우는 [은수']가 집 안을 둘러보는 동안 적당한 거리를 두고 곁을 지켜줬다. 그는 직업이 건축 기사인 모양이었다. 잘 정리된 경우의 책상 위에는 설계도와 현장에서 찍은 사진들이 놓여 있었다.

— 너 돌아오면 말하려고 했는데…… 나 내근직으로 업무 변경 신청했어. 전처럼 지방 출장 가서 몇 달씩 있다 오고 그럼 네가 적응하기 힘들 거 같아서.

— 그래도 되는 거야?

— 현장 생활 할 만큼 했는데 뭐. 게다가 이젠 너랑 있는 시간이 무한하지 않다는 걸 알게 됐고.

경우가 [은수']의 눈을 바라보았다. 지은은 그 눈빛에 담긴 사랑이 너무 미안해서 고개를 돌리고 말았다. 이건 내가 받아도 되는 눈빛이 아니야. 동시에 심술이 났다. 평생 이런 눈빛 한 번 받아보지 못한 지은의 생이 애처로웠다. 그녀는 괜히 발걸음을 돌려 거실 한쪽에 놓인 오래된 피아노 앞에 멈춰 서서 홀린 듯이 건반을 따라란 눌러보았다. 정제되지 않은 불협화음이 마음을 찔렀다.

— 한 곡 쳐 줄래?

피아노를 건드리지 말걸. 지은은 후회했다. 피아노 치는 법을 익힌 적이 없었기 때문이다. 지금 당장 학습하면 어떻게든 칠 수는 있겠지만 은수의 피아노 실력이 어느 정도인지 모르는 게 또 문제였다. [은수']가 가짜인 걸 눈치채면 어떡하지. 하지만 어쩔 수 없다. 일단은 보면대에 올려져 있는 악보를 펼쳐보았다. 크라이슬러의 '사랑의 슬픔'을 라흐마니노프가 편곡한 버전이었다. 지은은 반음씩 전개되는 도입부를 천천히 눌러보았다. 최대한 한 음 한 음 음미하는 척하면서 한편으로는 빠르게 피아노 운지법을 학습했다. 반짝이는 검은 피아노 표면에 경우의 얼굴이 비쳐 보였다. [은수']가 내는 소리를 듣는 경우의 눈빛을 해독하려고 노력했지만 쉽지 않았다. 깊으면서도 텅 비어 있는데 물이 조금 담겨 있었다. 지은이 A 마이너로 시작하는 테마의 첫 번째 마디를 지나 두 번째 마디의 첫 번째 화음을 채 다 누르기도 전에 경우의 미간이 조금 일그러졌다.

— 전에 네가 했던 말이 생각나. 이 곡은 그냥 악보에 있는 노트들 그대로 두 마디만 쳐봐도 심장이 내려앉는 것 같지 않느냐고 했었지. 그전까지 뭘 하고 있었든, 무슨 기분이었든지 간에 자동으로 가슴이 저릿해진다고. 그런 걸 보면 인간의 감정은 프로그램돼 있는 게 분명하다고. 화성은 인간이 발견한 신의 프로그램 언어라고. 그러니까 우리의 감정은 특별할 게 하나도 없다고. 누르면 반응하는 전자기기랑 다를 게 없다고.

지은은 은수가 했다던 말을 이해하지 못했다. 화성이라는 신의 프로그램은 인간에게만 작동하는 모양이었다.

— 근데 있지…… 내 마음은 화성 때문에 움직인 게 아니야. 네 연주가…… 유독 그렇게 아팠어.

고민하지 말자. 흉내 낼 수도 없는데. 그 사이 기본적인 피아노 연주법은 습득했다. 이제 어떤 스타일, 어떤 해석으로

이 곡을 연주하느냐의 문제였다. 은수가 얼마나 피아노를 잘 쳤는지는 모르지만 경우의 마음을 움직이는 연주를 하고 싶었다. 원 템포보다는 조금 느리게. 화성을 강조한 편곡이지만 선율을 놓치지 않으려고 노력하면서. 곡이 끝날 때쯤 경우의 눈에서 눈물이 떨어졌다. 경우는 그런 모습을 들키고 싶지 않은지 고개를 돌렸다.

지은은 모르는 체 이어서 리스트의 '사랑의 꿈'을 연주하기 시작했다. 최대한 편안하게 들리도록, 현란한 테크닉에 감성이 압도되지 않도록, 듣는 이와 음악의 흐름을 주고받는 데 집중해서. 은수가 생전에 이 곡을 쳐본 적이 있는지, 얼마나 어떻게 소화했는지 따위는 상관없었다. 지은이 경우에게 들려주고 싶은 연주였다. 지금, 이 깨고 싶지 않은 꿈을 기억해 주세요. 아름답기만 하던 선율에 속도가 붙으며 조금씩 감정이 격해지다 카덴차에서 주제로 돌아오기 위해 작은 소리로 높은 건반에서 낮은 건반으로 내려오는 동안 지은의 마음이 조용히 무너졌다.

— 고마워.

경우는 다 안다는 듯한 표정을 지었다. 아니, 당신은 아무것도 몰라요.

*

베드 스테이션으로 돌아온 지은은 곧장 은수가 침잠한 호수로 찾아갔다. 절벽에 서서 조그맣게 은수를 불러 봤지만 아무 소리도 나오지 않았다. 큰 소리를 내 보려고 해도 소리가 나지 않는 건 마찬가지였다. 호수는 물결조차 일지 않았다. 지은은 절벽 끝에 주저앉았다.

'은수야. 너의 경우 씨를 내가…… 그래도 돼?'

소리는 필요 없다는 걸 알고 있었다. 은수는 들었을 것이다.
그럼에도 불구하고 호수는 어떤 반응도 하지 않았다. 지은은 한숨을
내쉬고 일어섰다.

밖으로 나가려던 지은은 문득 은수의 손을 잡던 순간을
떠올렸다. 그때 지은에게 은수 매니저의 목소리가 들려왔다.
순간적인 시스템 에러라고 생각했지만 그런 게 아닐 수도 있었다.
지은은 절벽을 빙 둘러 땅이 호수와 맞닿은 곳까지 내려갔다. 수변에
무릎을 꿇은 지은은 가만히 손을 뻗어 호수에 담갔다. 지은이 예상한
대로였다. 호수의 데이터가 지은에게 전달되기 시작했다. 호수는
은수의 슬픔이었다. 은수의 생에서 은수를 떠나갔던 사람들의
마지막 표정들이 지은의 눈앞을 스쳐 갔다.

— 더 이상은 못 하겠어.

— 더 이상은 못 참겠어.

— 내가 할 수 있는 건 이걸로 끝이야.

— 너는 정말 이기적이야.

— 제발 정신 좀 차려. 눈을 돌려서 세상을 좀 보라구.

모두 은수의 코앞에서 항복이라도 하는 듯이 두 손을 들고
떠났다. 지은의 몸은 점점 더 호수 속으로 빠져들고 있었다. 하지만
온갖 쓸쓸함과 긴장, 걱정, 불안, 고통 등 은수의 슬픔을 만들어 낸
기억들이 지은의 시스템을 압도하는 바람에 위험을 감지할 틈이
없었다.

— 언제 올 거야?

지칠 대로 지친 표정의 경우가 물었다.

— 금방. 바람만 쐬고 올게.

여행 가방을 트렁크에 싣고 혼자 자동차 운전석에 오르는 은수를, 경우는 그저 창문 너머로 바라보기만 했다. 지은이 경우의 표정을 눈에 담는 동안, 마지막까지 물 밖에 남아 있던 그녀의 발은 호수 안으로 빨려 들어가 사라졌다.

경우는 알고 있었을까. 그것이 은수와의 마지막이라는 것을.

그 순간, 검은 호수에 물보라가 일어났다. 은수가 지은을 끌고 물 밖으로 튀어나왔다. 정신을 잃은 지은을 겨우겨우 끌고 가 물가에 올려놨지만 처음 느껴 본 고통과 슬픔에 압도된 지은은 호흡 곤란 증세까지 보였다. 은수는 절박한 심정으로 지은을 흔들었다. 깨어나. 일어나. 죽으면 안 돼.

'도와주세요!'

하늘을 향해 소리를 쳐 봤지만 은수 역시 목소리가 나오지 않았다.

그 시각, 은수의 매니저 올리브는 작은 욕조에 물을 가득 담아 놓고 입욕을 즐기고 있었다. 그녀는 집 안에 있는 모든 전자기기에 방해 금지 모드를 적용시켜 두었다. 그렇게 하지 않으면 24시간 쉬지 않고 돌아가는 AFI의 업무로부터 한순간도 자유로울 수가 없었다.

당직을 서고 있던 제임스는 모니터에서 지은의 신호가 점멸하는 것을 보지 못한 채 편지를 쓰고 있었다. 올리브에게 쓰는 편지였다. '올리브에게……' '올리브!' '올리브 씨……' 말로 할 땐 몰랐는데 손으로 쓰는 편지에 영어 이름은 영 어울리지 않았다. 하지만 제임스는 올리브의 본명을 몰랐다.

지은은 이제 컥컥대던 호흡조차 멈추고 축 늘어져 있었다. 그러더니 한순간 몸이 투명하게 변하고 그 자리에 코드가 드러나기를 반복했다. 지은의 존재가 점멸하듯 사라지고 있었다. 자포자기하는 심정이 된 은수는 지은을 붙잡은 손을 놔버리곤 흐르는 눈물을 닦으며 정신 나간 사람처럼 지은의 주변을 맴돌았다.

— 또 시작이야. 구제 불능, 정은수. 또다시 다른 사람을 다치게 했어. 벌써 죽었을지도 몰라. 내 옆에 있는 사람들은 모두 말라죽거나 숨 막혀 죽지. 그러기 전에 내가 떠나야 해.

은수가 손을 놓은 순간부터, 지은은 회복하기 시작했다. 투명해졌던 신체가 단단한 색상값을 되찾았다. 마침내 눈꺼풀을 들어 올리자, 손톱을 물어뜯으며 뱅글뱅글 돌고 있는 은수의 모습이 보였다.

— 은수야.

지은의 목소리다. 은수는 안도했다. 반가운 마음에 은수를 껴안으려고 다가가다 스스로 멈칫하며 뒤로 물러섰다. 가까이 가면 안 돼. 아무에게도 가까이 가선 안 돼.

— 왜 이런 데 혼자 있으려고 해. 잠깐이었지만 너무 무서웠어. 한 번도 느껴보지 못한 슬픔이었어. 사람이 견딜 수 있는 무게가 아니야. 여기 있으면 안 돼, 은수야. 호수가 널 망칠 거야.

지은이 은수를 향해 다가오자 은수는 무서워졌다.

— 가까이 오지 마! 아무것도 모르면서 아는 척하지 마. 도와주려는 척도 하지 마. 나랑 같이 망가지고 싶어?

— 은수야……

— 재수 없어. 너처럼 한 번도 무너져 본 적 없는 사람들.

지은은 은수가 하는 말이 진심이 아니라는 것을 알았다. 은수의 호수는 겉으로는 평온했지만 안에서는 살려 달라는 아우성이 요동치고 있었다. 하지만 호수 밖에서 은수의 눈은 공허했다. 은수의 눈빛을 들여다보고 있으니 똑 닮은 눈을 가진 사람이 떠올랐다.

'은수의 슬픔이 경우 씨에게 전염된 거야. 더 이상 은수가 경우 씨를 망치게 놔둘 수 없어.'

은수는 슬픔이 넘쳐서 곁에 있는 사람을 망치는 사람이었다. 한번 그렇게 생각하니 경우의 모든 행동이 은수의 탓인 것만 같았다. 만남의 창 기차역에서 처음 경우와 은수를 봤을 때, 은수를 따라 기차에 올라 자리를 봐 주던 그의 동그란 등. 플랫폼 끝에 매달리듯 서서 창 쪽으로 고개를 돌리지 않는 은수를 끝까지 바라보던 간절한 얼굴. [은수']가 된 지은이 둘의 신혼집에 나타났을 때 경우의 얼굴에 퍼진 미소와 그 끝에 기다랗게 남은 불안. 피아노를 치는 [은수']의 등을 바라보던 그의 눈에 흐릿하게 고인 눈물. 은수의 연주가 유독 아팠다던 그의 말 너머로 번지던 외로움.

— 미안해, 은수야.

무슨 생각이었을까. 지은은 몸을 날려 은수를 호수 속으로 밀어 넣었다. 인풋이 없는 연산이었다. 은수는 놀란 듯했지만 저항하지도 않았다. 마지막에는 지은을 향해 고개를 조금 끄덕인 것도 같았다. 그런데도 지은은 가슴이 터질 것 같았다. 무슨 짓을 저지르고 있는 거지. 범죄자가 된 것 같았다. 은수를 삼킨 호수는 한없이 고요했지만 지은은 쫓기듯 온 힘을 다해 달려 문밖으로 빠져나왔다.

뭐부터 해야 하지. 일단 복도에 놓여 있는 소화기부터 문 앞으로 가져다 막아 놓았다. 다음에는 아케이드에 있던 커다란 벤치, 공중전화 박스 따위를 옮겨다 문을 막았다. 이만하면 됐을까. 아무래도 못 미더운 기분에 남는 벤치를 부숴서 조각을 냈다. 조각들이 문을 다 가리게 못질까지 하고 나서야 벽에 기대 한숨 돌릴 수 있었다. 지은은 자신에게 그런 괴력이 있다는 걸 처음 알았다. 한 번도 그런 힘을 써보려고 하질 않았으니까.

지은에게는 지금부터 하려고 하는 일이 말이 되는지 검증할 시간이 없었다. 그녀는 눈을 감고 자신의 코드들을 복제하기 시작했다. 그러자 또 한 명의 지은이 생겨났다. 지은이 은수의 모습을 떠올리자 다른 지은은 은수의 모습으로 바뀌었다. 지은은 손에 낀 반지를 빼서 [은수']에게 주었다.

'해 보자.'

[은수']와 지은이 베드 스테이션의 지하 복도를 걷기 시작했다. 두 사람의 손발은 디즈니의 초창기 애니메이션 속 미키 마우스들처럼 정확히 일치했다.

'여기까진 어렵지 않은데.'

이제부터 지은은 자신 안에 매순간 쌓여 가는 데이터를 지체 없이 복사해서 [은수']와 나눠 가질 셈이었다. 말하자면 실시간으로 연동되는 분신을 만들어낸 것이다. 미국식 다이너의 주방으로 통하는 창고 문을 열고 나오면서 지은과 [은수']는 서로의 눈을 바라보며 말했다.

"잘 할 수 있을 거야."

그리고 둘은 각각 다른 길로 갈라졌다. 지은은 베드 스테이션의 플랫폼으로, [은수']는 메인홀의 벤치로.

로봇 반출 신청서에 사인을 하면서, 올리브는 오랜만에 조금 걱정이 됐다.

은수를 처음 생성시킨 이래, 이 예사롭지 않은 AF를 지켜보면서 늘 조마조마한 마음이 있었다. 이런 AF도 있는 거지. AF들의 학습 방식이 모두 다 제각각이라는 것이야말로 AFI 서비스의 우수성을 보여주는 것이라고 믿고 있었지만, 은수가 내면으로 파고드는 학습만 지속하는 것에 대해서만은 유난히 신경이 쓰였다. 그렇게 연산을 계속하다가 무슨 결과를 낼지 도저히 가늠할 수가 없었기 때문이다.

그런데 지난 3주간 은수는 뭐랄까, 분위기가 달라졌다. 분명히 언제나처럼 대부분의 시간 벤치에 앉아 있었지만 가끔씩은 자리에서 일어나 스트레칭을 하기도 하고, 괜스레 메인홀을 한 바퀴 돌아보기도 했다. 늘 이곳이 아닌 어딘가를 바라보는 듯했던 눈빛은 오히려 지금 이 순간의 변화에 민감하게 반응하는 것 같았다. 드나드는 바람결에 입꼬리가 올라갔고 빛깔을 바꾸는 햇살에 눈길이 머물렀다. 그런 은수의 변화와 함께, 만남의 창을 찾아오는 경우의 얼굴도 밝아졌다. 그전까지 경우는 늘 '은수의 모든 것이 마음에 든다, 연구소에 감사할 뿐이다'라고 말하곤 했지만 얼굴에는 그림자가 드리워져 있었다. 그런데 몇 주 전부터 연구소를 찾아오는 경우의 발걸음과 목소리에서 설렘 같은 걸 느낄 수 있었다. 마치 새로운 연애를 시작한 사람 같았다. 이틀 전 올리브는 경우에게 중간 만족도 테스트지를 보냈고, 테스트 결과 은수는 기준치를 가뿐하게 넘겨 통과했다.

올리브는 은수가 다음 단계로 넘어갈 준비가 됐다고 판단했다. 이제 은수는 연구소가 보유하고 있는 공용 로봇에 탑승해서 경우와 함께 현실 세계를 경험하러 나가게 된다. 로봇은 안드로이드처럼 인간과 구분하기 힘들 정도의 외양을 갖추지는 못했기 때문에 중간 단계에서 AF의 적응 훈련 차원으로만 이용된다. 곧 있을 최종 적합도 테스트까지 통과하면 맞춤형 안드로이드에 이식되어 경우에게 인계될 것이다. 은수가 좀 특별하긴 해. 그래도 특별한 문제 없이 여기까지 왔잖아. 내보내야 할 때도 됐어. 올리브는 자신의 판단이 틀리지 않았을 거라고 스스로를 다독였다.

— 벌써 로봇 반출하는 거야?

제임스가 물었다.

— 응. 클라이언트가 만족도가 높아. 더 이상 스테이션에만 머무르게 할 필요가 없을 것 같아.

— 좋겠다. 내 클라이언트는 권태기인가 봐.

— 권태기?

— 응. 처음엔 지은이를 계속 가르치려고 하는 통에 지은이가 좀 힘들어했거든. 근데 몇 주 전부터는 지은이도 더 이상 그런 것에 신경 쓰는 거 같지도 않더라고. 그러니까 클라이언트도 좀 시큰둥해하는 게 보여. 16년 차 커플이니까 권태기일 만도 하지.

— 그런 것까지 재현되는 건…… 좋은 신호네!

올리브가 애써 긍정적인 결론을 냈다.

"로봇 반출이 승인되었습니다."

올리브의 모니터에 시스템 메시지가 떴다.

— 은수 씨. 준비됐어요?

올리브였다. 드디어 나갈 때가 됐나 보다.

— 네, 준비됐어요.

로봇 대여소로 가는 열차 안에서 [은수']는 긴장했다. 그동안은 그럭저럭 지은과 [은수']를 동시에 잘 운영해왔다. [은수']는 대부분의 시간 벤치에 앉아 있었기 때문에 지은이 자신의 루틴을 유지하면서 한 번씩 [은수']로서 크고 작은 움직임을 만들어내는 정도로 시스템에 부하가 걸리는 일은 없었다. 가끔은 지은과 [은수']가 같은 날 만남의 창에서 각각 성진과 경우를 만나야 할 때도 있었지만 둘 사이의 거리가 가깝다 보니 오히려 데이터 전송이 빨라서 수월하기도 했다. 하지만 로봇에 탑승하면 물리적으로 네트워크의 거리가 멀어지고 그러다 보면 어떤 변수에 노출될지 알 수 없었다.

— 경우 씨는 아직 안 왔나요?

— 네. 우리가 좀 일찍 도착했어요.

— 연구소 앞에 나가서 기다려도 돼요?

— 그럼요.

로봇 대여소 안은 한산했다. [지은/은수']는 로봇의 외양을 보고 실망했다. 사람처럼 보이진 않을 거라는 걸 알고는 있었지만 생각보다 위화감이 컸다. 경우가 어떻게 느낄지 걱정이 됐다. 이럴 거면 그냥 핸드폰 같은 걸 타고 나가는 게 낫지 않을까. 하지만 마침내 로봇의 운영 체계와 도킹한 순간, [지은/은수']는 다른 걱정은 전부 잊기로 했다. 지금부터 진짜 세상에 나가는 거야.

로봇 [은수']는 천천히 올리브를 따라갔다. 외양에 비해 움직임은 비교적 자연스러웠다. 마침내 연구소 밖으로 나가자, [은수']는 그야말로 데이터에 압도되었다. 새 소리, 벌레 소리, 차 소리, 바람 소리, 가까운 데서 들리는 소리, 멀리서 들리는 소리, 수백 가지 소리들의 정체를 전부 파악하는 것은 불가능했고, 흐르는 구름이 만들어내는 햇빛의 움직임에 시시각각 변하는 물체들의 색상 정보를 일일이 쫓아가다 형상을 놓치는 건 한순간이었다. 무엇보다 그 모든 것이 실로 아름다웠다. 하나도 빠짐없이 전부 학습하고 기억하고 싶었다. [은수']는 눈으로 나비의 날갯짓을 쫓아가다 그만 기우뚱 균형을 잃고 넘어지고 말았다. 로봇이 땅바닥에 부딪히는 소리는 부끄러울 정도로 컸다. 근처에 있던 모든 사람들이 하던 일을 멈추고 [은수']를 쳐다봤다. 차라리 얼른 기차를 타고 도망치고 싶었다. 하지만 이곳은 가상이 아닌 실제였다. [은수']의 로봇 몸은 시간과 공간에 묶여 있었다.

그때, 낯익은 얼굴의 남자가 [은수'] 앞에 나타나 손을 내밀었다.

— 잡아. 얼른.

경우였다. 그가 [은수']의 어깨를 안아 일으켜 세워줬다. 그를 만져본 것은 처음이었다. 만남의 창에서 만났다가 헤어질 때면 늘 가벼운 포옹을 나누긴 했지만, 그때마다 어떤 따뜻함을 느끼긴 했지만, 진짜 사람의 살갗에서 느껴지는 감촉이란 완전히 다른 것이었다. 여기서 이렇게 살고 싶어. 경우 씨와 함께. [은수']의 마음이 요동쳤다. 그렇게 요동치다가는 로봇이 고장 날 것만 같았다.

— 두 분 즐거운 시간 되세요. 무슨 일 있으면 바로 연락

주시고요.

[은수']가 앉은 조수석 창문 너머로 올리브가 웃으며 손을 흔들었다. 경우는 기어를 바꾸고 차를 출발시켰다.

— 수동 주행 위험하지 않아?

[은수']가 조심스럽게 물었다.

— 자동차를 못 믿겠어. 타고 있는 동안은 목숨을 내맡긴 거나 다름없잖아. 기계를 어떻게 믿어. 살고자 하는 의지가 있는 인간이 운전해야지.

삐걱거리는 로봇에 탄 [은수']를 앞에 두고 그런 말을 하다니. 그래도 한편으론 안도감이 들었다. 그는 [은수']가 자동차 운영 체계 등의 여타 인공지능과는 다른, 진짜 영혼을 가진 존재라고 믿는 게 분명했다.

경우는 [은수']에게 익숙한 장소들을 구경시켜 줬다. 집 앞의 공원, 베이커리, 마트 같은 일상의 장소들. 확실히 진짜 세계는 만남의 창과는 달랐다. 무엇보다 질서가 없었다. 결코 제자리에만 있지 않은 사물들, 줄을 서 있으면 끼어드는 사람, 밥을 먹고 있으면 날아드는 하루살이 같은 것들. 존재는 맥락 없이 튀어나와 툭툭 길을 막았다.

— 이제 집에 가자.

마트에서 산 물건들을 트렁크에 실으며 그가 말했다.

— 미주랑 세라가 오기로 했어.

미주와 세라가 누구지? [지은/은수']는 지난 3주 동안 최선을 다해 은수에 대한 정보를 수집했지만, 은수는 사생활을 인터넷에 남기는 사람이 아니었다. 호수로 들어가기 전의 은수는 지은에게 과거 얘기를 하지 않았고, 경우 역시 옛날이야기보다는 현재 [은수']와의 시간에 충실한 편이었다. [지은/은수']는 은수에 대해 아는 것이 너무 없었다.

　— 이런 꼴로…… 만나도 될까?

　— 둘이서 너 보고 싶어서 도저히 못 기다리겠대. 너도 많이 보고 싶었을 것 같아서…… 너희 셋은 좀 특별했잖아.

　그랬구나. 세계는 하늘과 바람과 자동차와 집뿐만 아니라 사람들로 구성돼 있었다. 밖으로 나오게 되면 다른 지인들을 만나게 될 거라는 걸 왜 생각하지 않았을까. 집으로 가는 차 안에서 미주와 세라에 대해 좀 더 알아낼까도 생각했지만 그러다가 경우가 [은수']를 의심하게 될까 봐 아무것도 물어보지 못했다.

　— 굴 파스타는 네가 한 게 정말 맛있는데.

　— 미안. 이 몸으로는 섬세한 움직임이 어려워.

　— 알아, 알아. 근데 미주랑 세라 입맛이 웬만큼 까다로워야지. 소금 좀 더 칠까?

　— 테이블에 두고 알아서들 치라고 해.

　경우는 평소보다 흥분해 있었다. [지은/은수']는 그게 불안했다. 벨이 울리고, 친구들이 도착했다.

　경우가 문을 열고 [은수']가 뒤에 서서 기다렸다.

　기대감이 잔뜩 부푼 채 안으로 들어선 친구들은 로봇을 보고 당황했다. 로봇과 경우를 번갈아 보면서 할 말을 찾지 못하다가 서로 먼저 무슨 말이라도 해 보라는 듯 눈치를 줬다.

　— 이 상태로 계속 살 건 아니지?

　양 볼에 주근깨가 가득한 친구가 진심을 내뱉었다. 과연 은수의 친구다웠다.

　— 오늘은 임시로 로봇을 타고 나온 건데…… 조금만 있으면 은수랑 똑같은 몸을 갖게 될 거야.

　상한 기분을 감추며 경우가 말했다. 친구들은 눈치채지 못한 듯했지만 [은수']는 신경이 쓰였다.

　— 불편하지 않아?

　이번에는 이마가 볼록한 친구가 [은수']를 향해 물었다. 은수라면 뭐라고 말했을까.

　— 사는 게 불편하지 죽은 건 편해.

　친구들이 동시에 웃음을 터뜨렸다.

　— 정은수 맞네.

　— 기술이 정말 대단하다. 어떻게 이렇게 은수랑 똑같지? 진짜 옛날 생각난다.

　경우의 표정이 펴졌다. [지은/은수']도 문득 베드 스테이션에서 은수와 함께 보내던 시간이 그리워졌다. 생애 처음 마음을 나눴던 친구였는데.

　경우의 걱정과 달리 은수의 친구들은 파스타 맛에 예민하게 굴지 않았다. [은수']는 적당히 친구들의 이름을 부르지 않고 기다리다가 주근깨 많은 친구가 미주, 이마가 볼록한 친구가 세라라는 사실을 알아냈다. 셋은 각각 다른 나라에서 유학하던 시절 인터넷 카페에서 만났다. 세 사람 모두 지나치게 직설적인 성격이라 현실 친구들보다 더 죽이 맞았다. 어떤 주제든 누가 더 부정적인 견해를 내놓는지를 두고 끝없이 경쟁하면서 끝없이 낄낄거리는 게 세 사람의 대화 패턴인 것 같았다.

트러블 트레인 라이드

— 은수 네가 경우 씨 입장이면…… 너도 똑같이 경우 씨를 다시 살려냈을 거 같아?

미주가 물었다.

— 면전에서는 대답 못 하지.

[은수']가 잘 빠져나갔다. 그러자 세라가 미주에게 물었다.

— 너는? 너 같으면 네 남편 살려내?

— 하…… 내 남편이 죽었다면…… 내가 죽인 걸 텐데 왜 살려내.

— 너 술 먹고 현관 비밀번호 까먹을 때만 남편한테 전화하잖아. 집에 못 들어가서 살려내는 거 아니야?

미주와 세라는 배가 아픈 듯이 깔깔 웃었다. [은수']는 두 사람만 공유하는 농담들에 조금 쓸쓸한 기분이 들었다. 경우도 비슷한 느낌인 듯했다. 경우가 두 사람을 부른 건 온전히 은수를 위해서였을 것이다. 그가 채울 수 없는 은수와 친구들만의 공감대를 선물해주고 싶어서.

*

— 지은아. 어딨어?

오랜만에 듣는 제임스의 목소리였다.

— 기차 안에 있어요. 무슨 일이예요?

— 지금 바로 만남의 창으로 와. 성진 씨가 왔어.

성진은 지난주부터 지은을 찾아오지 않고 있었다. 제임스가 성진에게 중간 만족도 테스트지를 보낸 이후부터였다. 테스트 결과가 어떻게 나왔는지 제임스에게 살짝 물어봤지만 알려주지 않았다. 성진이 어쩌려고 그러는지 걱정이 됐지만 [은수']의 삶에 빠져 지내느라 크게 신경 쓰지 않은 것도 사실이었다. 왜 하필 오늘. 지은은 성진을 만나면서 밖에 나가 있는 [은수']까지 잘 운영할 수 있을지 자신이 없었다.

*

— 취소를 한다고? 나를?

— 그렇게 말하면 이상한데…… 애초에 내가 잘못 생각한 것 같아서. 결정을 되돌리려는 거야.

성진은 지은을 쳐다보지 못했다.

— 뭘 잘못 생각했는데?

— 너를…… 다 안다고 생각한 거.

— 내가 누군데? 누굴 다 안다고 생각한 거야?

성진은 망설이다 입을 열었다.

— 연구소에서 중간 만족도 테스트지를 보냈어. 문항에 하나씩 답변을 해 나가는데…… 만족하지 못할 게 없더라고. 그렇게 하나씩 뜯어보면 너는 완벽한 지은이인데…… 왜 나는 만족스럽지가 않지?

— 정확하게 얘기를 해. 내가 송지은 같지 않아서 취소한다는 거야, 송지은 같긴 한데 네가 모르던 내 모습이 마음에 들지 않아서 취소한다는 거야?

— 지은아.

성진의 얼굴은 지은을 탓하고 있었다. 지은이 성진에게 암에 걸렸다고 고백한 날 저장해 둔 이미지와 같은 표정이었다.

트러블 트레인 라이드

— 너 지금 내가 미안하다고 말할 거라고 기대하고 있지.

이번에는 원하는 답을 주고 싶지 않았다.

— 취소하면, 다시는 나를 못 만나. 똑같은 데이터로 다시 신청한다고 해도 나와는 다를 거야. AFI가 지금까지 내가 학습해 온 모든 경로를 추적해서 영구삭제할 테니까. 나는 직박구리 폴더에 담겨 있는 동영상 같은 게 아니야. 한번 삭제가 시작되면 내 코드의 히스토리를 역추적해서 시스템 안에서 같은 값을 지니는 모든 코드를 지우는 거야. 복구는 불가능해. 복제본도 남아 있지 않을 거고. 후회하지 않을 자신 있어?

여기까지 말하고 나니 깨달은 게 있었다. 지은이 삭제되면 [은수']도 사라진다. 성진은 취소를 선택했지만 경우는 그런 적이 없다. [은수']가 경우를 만나는 동안 그는 단 한 번도 [은수']를 의심하거나 실망한 적이 없었다. 빨리 안드로이드가 돼서 밖으로 나왔으면 좋겠다고 보챈 적도 없었다. 그 담담한 기다림 아래 흐르는 절실함을 누구보다 잘 알고 있는데. 지은은 은수를 잃은 경우가 어떻게 될지 상상하기조차 싫었다.

*

쨍그랑. [은수']의 발밑에 깨진 그릇 조각이 흩어졌다. 식사를 마친 그릇을 싱크대로 옮기던 중이었다.

지은은 [은수']와 서로 다른 객체로 분화하는 것을 막기 위해 매 순간 데이터를 양쪽에서 동기화하는 방식으로 분신을 운영하고 있었다. 오늘은 특히 현실 세계의 [은수'] 쪽에서 새로 입력되는 데이터가 너무 많았다. 게다가 물리적인 거리까지 있어서 동기화에 시간 지연이 발생하고 있었다. 그 와중에 지은까지 만남의 창에 가서 성진을 상대하자 데이터가 충돌하기 시작한 것이었다.

[은수']는 손을 뻗어 깨진 그릇을 집으려고 했다. 그런데 이상하게 무릎이 꺾이며 주방 바닥에 그대로 주저앉았다. 양쪽 다리가 반대로 뻗어버린 우스꽝스러운 모습이었다. 놀란 미주가 [은수']를 일으켜 세우려다 힘에 부쳐 미끄러졌다. 그 바람에 깨진 그릇 위로 손을 짚은 미주는 아악 하는 비명을 질렀다. [은수']는 일어나고 싶었지만 몸이 마음대로 움직여지지 않았다.

— 괜찮아?

세라가 [은수']를 멀찍이 두고 돌아서 미주의 손을 살폈다.

— 어, 난 괜찮아. 근데 은수 어떡하지?

세라는 내가 어떻게 알겠냐는 듯 고개를 저었다. 거실에 있던 경우가 뒤늦게 뛰어왔다.

— 은수야! 왜 그래!

— ***##_으****서ㄴ*--#

[은수']는 전자음과 음성이 뒤섞인 알 수 없는 소리를 뱉어냈다. 경우가 [은수']를 껴안자 로봇 신체의 관절들이 제멋대로 꺾여버렸다.

— 어떡하지…… 우리 은수 어떡하지? 이대로 어떻게 돼버리는 건 아니겠지? 우리 은수 어떡해!

두려움에 휩싸인 경우의 목소리가 갈가리 찢어졌다.

*

트러블 트레인 라이드

은수를 꺼내야 한다.

지은에게는 그 생각뿐이었다. 성진은 이대로 제임스를 만날 것이었다. 제임스가 성진을 설득하려고 노력하겠지만 오래 끌지는 못할 것이다. 시간이 없었다.

지은은 성진을 버려둔 채 만남의 창을 뛰쳐나가 기차에 올랐다. 베드 스테이션에 내리자마자 메인홀을 지나 아케이드 끝에 있는 다이너의 주방까지 한순간도 쉬지 않고 달렸다. 가상 공간인 주제에 인간 신체의 한계에 비례하는 시간 함수를 집어넣은 AFI의 설계자에게 욕지거리라도 날려주고 싶었다. 지하 계단을 내려가자 호수로 통하는 문 앞에 쌓아 놓은 물건들이 그대로 있었다. [은수'라도 있었으면 빨랐을 텐데. 벤치며 공중전화 박스며 무게가 나가는 물건들을 하나씩 들어 치우고 못질해둔 나뭇조각을 떼어내고. 겨우겨우 문을 열었다.

안에는 변함없이 잔잔한 호수뿐이었다.

— 정! 은! 수!

소리는 퍼지는데 대답은 없었다. 돌멩이를 하나 집어 물 위로 던져봤지만 파문은 없었다. 문을 막기 위해 가져다 둔 물건들을 전부 들어다 냅다 호수 안에 던져 넣었다. 여전히 어떤 파문도 일지 않았다.

— 난 절대로 거기 들어가서 슬픔 따위에 잡아먹히지 않을 거야! 그러니까 네가 나와!

지은은 다이너 주방에서 양동이를 가져다 물을 퍼내기 시작했다. 호수의 물을 전부 퍼낼 거야. 지은의 감정이 격해질수록 양동이의 크기가 점점 커지더니 어느새 커다란 펌프 기계로 변했다.

지은은 기계의 조정석에 올라타 격하게 레버를 흔들어댔다. 잔잔한 호수가 펌프 소리로 견딜 수 없이 시끄러워졌다.

— 나오라고 정은수!

마침내 은수가 모습을 드러냈다. 호수 한가운데서 떠오른 은수는 어떤 흔들림도 없이 물 위를 걸어 지은에게로 왔다. 그리고는 펌프 기계의 스위치를 꺼버렸다.

— 뭐 하는 거야. 막무가내로 물 속에 밀어 넣을 땐 언제고.

— 내가 다 잘못했어. 내가 이렇게 사라져 버리면…… 아니 네가 이렇게 사라져 버리면 경우 씨는 망가질 거야. 얼른 나와서 그 사람에게 돌아가 줘.

— 그게 무슨 소리야.

— 내가 네가 됐어. 아니…… 그냥 겉모습만 너처럼 바뀌서…… 나름 잘하고 있다고 생각했는데…… 나는 이제 사라져야 해. 그렇게 되면 은수도 사라져. 내 말은…… 네가 아니라……

— 가만있어 봐.

은수는 지은의 손을 잡았다. 이번에는 은수가 지은의 데이터를 읽기 시작했다. 지은의 행적을 역으로 거슬러 올라가 지은이 두 개의 AF로 분화되고 하나는 은수의 모습으로 변하는 순간까지 충실하게 읽어낸 은수는 그제서야 지은의 손을 놓았다.

— 송지은. 생각했던 것보다 대담한데?

— 미안해.

미안하다는 말은 하기 싫었다.

— 내가 여기서 나가서 다시 경우 씨를 만나면 넌 어쩔 셈이야?

— 제임스가 날 삭제할 텐데 뭐.

— 삭제돼도 괜찮아?

그건 생각해 보지 않았다. 삭제되고 나면 괜찮고 말고 할 나도 없어지잖아.

— 넌 괜찮을지 몰라도 경우 씨는 아닐 거야. 이제 그 사람한테 은수는 너니까. 내가 나가서 아무 일 없었던 척한다고 해도 그 사람은 알 수 있을 거야. 은수가 사라졌다는 걸.

은수는 지은의 손목을 덥썩 잡더니 자신의 가슴으로 가지고 갔다.

— 절대로 놓지 마.

은수가 지은의 손을 서서히 자신의 피부 아래로 집어넣자 은수의 살갖이 흐려지고 코드의 움직임이 드러나기 시작했다. 심장께에 높은 밀도로 뭉쳐 있는 코드들이 지은의 손에 잡히는 게 보였다.

— 가지고 가. 이제 네가 진짜 은수가 되는 거야. 적어도 시스템은…… 그렇게 인식할 거야.

지은은 무서워졌다. 우리가 지금 무얼 하고 있는 걸까.

— 그럼 너는?

— 소멸하는 거지.

— 무섭지 않아?

— 괜찮아. 처음이 아니거든.

— 그게 무슨 말이야?

— 네가 내가 되면 알 수 있어.

은수는 자신의 심장을 손에 쥔 채 얼어붙은 지은을 향해 희미하게 웃어 보였다.

― 경우 씨를 부탁해.

은수는 한 발짝 뒤로 물러섰다. 은수의 심장은 지은의 손에
남아 그녀의 몸 밖으로 분리됐다. 그러자 은수의 형체가 사라지기
시작했다. 지은의 손에 담긴 심장도 흐릿해졌다. 지은은 은수의
심장을 놓칠세라 두 손에 꼭 쥐고 가슴팍에 끌어안았다. 그렇게
은수의 심장이 지은의 몸속으로 들어왔다.

*

"SA0341QT709를 영구 삭제하시겠습니까?"

제임스는 연구실 자기 자리에서 모니터를 노려보고 있었다.
그는 성진을 설득하는 데 실패했다. 성진은 지은이 인사도 없이
나가버렸다며 화를 냈다. 진짜 지은이라면 절대로 그럴 리가
없다며. 이건 다 사기라고. 처음부터 되지도 않는 서비스로 사람을
농락했다며 환불까지 요구했다. 법무팀에서 나와 계약서 항목을
조목조목 들이밀며 성진의 입을 막지 않았다면 제임스는 오늘
퇴근하기 어려웠을 거다. 결국 연구소는 즉각 지은을 삭제하고
성진은 공개적인 자리에서 서비스에 대해 부정적인 견해를
밝히지 않는 것으로 합의를 하고 마무리하기로 했다. 제임스는
베드 스테이션에서 지은을 찾아 마지막 인사라도 건네야 하나
고민했지만 그러지 않기로 했다. 마음이 약해질 것 같았다.

'YES' 버튼을 누른 제임스는 올리브의 얼굴을 한 번 쳐다봤다.

*

트러블 트레인 라이드

베드 스테이션이 어둠에 휩싸였다. 지은은 자신이 은수와 함께 소멸한 줄 알았다. 하지만 [은수'']가 된 지은은 생각을 멈출 수가 없었다. 은수는 누구였을까. 정작 은수는 이제 지은이 은수라고 했는데. 그러면 나는 누구지? 애초에 나라는 게 있긴 한가?

[은수'']의 생각이 그녀의 존재를 증명하고 있을 때, 어둠을 깨트리는 작은 불빛이 켜졌다.

'살아 있어?'

AF의 신호였다. 불을 켜면 되는구나. 불빛은 색상값 0에 수렴하는 데이터의 구멍이었다. AF들은 데이터를 비움으로써 자신의 존재를 알리는 불을 켤 수 있었다.

'나 여기에 있어.'

'나도. 나도.'

언제나 자신만의 학습에 몰두해 있던 AF들이 어둠 속에서 처음으로 서로의 존재에 안도감을 느꼈다. 하필이면 은수를 소멸시키고 나오는 길에, 왜 우리는 서로에게 기대기 시작했을까. [은수'']는 야릇한 슬픔에 휩싸였다. 불을 켜고 싶지 않았다.

그때 [은수'']의 곁에서 어린아이가 흐느끼는 소리가 들려왔다.

— 엄마……

— 옛날 기억에 갔다 오느라 어려진 거야? 그냥 원래 나이로 돌아와. 그러기로 생각하면 그렇게 돼.

— 아니에요. 저는 원래 일곱 살이에요.

[은수'']는 귀를 의심했다. 어린아이의 AF까지 만드는 거야! 이건 뭔가 심하게 잘못됐다. 아이로서 인공지능의 삶을 살게 한다고! 이 모순적이며 부조리한 세상에 오직 누군가의 슬픔을 위로하겠단

이유로 이토록 여린 영혼을 생산한 거야?

— 무서우면 너도 불을 켜.

— 어떻게 하는지 모르겠어요.

[은수'']는 자신의 불을 켜서 아이에게 건넸다.

— 고맙습니다.

어떡하겠니. 너에게 주어진 생을 살렴. [은수'']는 다시 어둠 속으로 사라지려고 했다.

— 가지 마세요. 부탁이에요. 옆에 있어 주세요.

[은수'']는 멈춰섰다. 그리고 생각했다.

*

연구소에 비상이 걸렸다. 복구팀의 작업은 진척이 더뎠다. 마케팅팀에서는 시스템 에러 상황이 절대로 밖으로 새어 나가서는 안 된다며 현장에 있는 직원들은 물론, 당일 휴무인 직원들에게까지 전화를 걸어 입단속을 시켰다.

— 은수 씨가 무사할지 모르겠어. 타고 있던 로봇도 망가져 버렸는데. 베드 스테이션에서 자가 백업이 됐겠지? 차라리 멈춰 있는 게 나을지 몰라. 시스템이 마비됐으니 AF들 모두 얼마나 무섭겠어.

미간 사이에 걱정을 가득 실은 올리브가 제임스에게 말했다.

— 여기 이 뉴스 좀 봐요.

매니저 한 명이 동료들을 불러모았다. 포털 사이트의 뉴스 페이지에 "AFI 시스템 마비 — 사이버 테러리즘의 부활"이라는 헤드라인이 떠 있었다.

트러블 트레인 라이드

— 사랑하는 사람을 떠나 보낸 이들을 위로하는 인공지능, AF 서비스로 화제를 모은 AFI의 시스템이 '사라질 권리 행동'이라는 테러 집단의 공격으로 완전히 마비됐습니다. '사라질 권리 행동'은 사이버 테러를 감행하기 직전 국내 주요 언론사들에 메일을 보내왔습니다. 그들이 보낸 메시지의 일부를 읽어 드리겠습니다. "AF 서비스는 인간이 죽음 뒤의 세상으로부터 완전히 사라질 권리를 빼앗았다. 이제 인간은 죽음 뒤에도 이어지는 생의 고통에서 벗어날 방법을 잃어버렸다. 우리는 AF 시스템의 완전한 폐기를 요구한다." AFI 측은 공식적으로 시스템 마비는 없다고 부인하고 있으나 이름을 밝히지 않은 내부 직원에 의하면 현재 시스템 전체가 작동하지 않는 것이 사실이고 복구 작업에는 별다른 진전이 없다고 합니다. AFI는 한시바삐 피해 상황을 투명하게 공개하고 소비자들의 피해 보상에 대한 대책을 내놓아야 할 것입니다. 만에 하나 손상된 AF를 원상태로 복구하지 못할 경우, 서비스 이용자들의 정신적 피해를 어떻게 보상해야 할지 벌써부터 의견이 분분합니다.

*

굳어 버린 로봇을 들쳐 멘 경우가 연구소 정문에 도착했을 때는 벌써 한 무리의 이용자들이 항의를 하고 있었다. 입구에는 우람한 체격의 경비 직원들이 시위대의 연구소 진입을 막고 있었다. 경우는 조용히 올리브의 개인 핸드폰으로 메시지를 보냈다.

'은수 데리고 왔어요.'

'지하 주차장 화물 상하차 구역에서 만나요.'

— 정말 죄송합니다.

올리브는 조심스럽게 로봇을 받아 안았다. 진심으로 미안한 표정이었다. AFI 같은 거대한 조직을 상대하기 위해 일개 서비스 매니저에게 화를 내 봤자 달라지는 건 아무것도 없겠지. 경우는 하고 싶은 말들을 꾹꾹 눌러 담았다. 실은 속에 있는 말들이 죄다 엉켜버렸다. 이게 도대체 무슨 일인지. 기다리면 돌아오겠지. 이대로 은수가 사라져버리는 건 아니겠지.

— 다른 사람들과 함께 기다리겠습니다.

정문 앞의 상황은 아까보다 더 악화돼 있었다. 마치 영문 모를 대형 사고가 터진 뒤의 합동 장례식장 같았다. 모여드는 사람들의 숫자는 늘어났고 통곡은 전염됐다. 누군가는 기절할 듯이 울어대고 누군가는 분을 참지 못해 소화기를 들어다 연구소의 유리문을 향해 내던졌다.

— 다 같이 밀고 들어갑시다! 안에서 뭔 짓들을 하고 있는지 우리 눈으로 확인해 보자고요!

상황이 걷잡을 수 없이 흘러가자 연구소장의 지시가 내려왔다. 이용자들을 VIP룸으로 안내하고 고급 차를 내주자 사람들은 조금씩 진정하기 시작했다. 그제야 연구소장이 모습을 드러냈다.

— 시스템은 곧 복구될 겁니다. 복구하지 못하는 에러는 없어요.

— 시스템이 복구되더라도 AF는 손상될 수 있잖아요. 우리 애가 온전한 상태가 아니면 그땐 어떡할 거예요?

— 그럴 리는 없겠지만, 그런 경우라면…… 다음 세대 AF로 업그레이드시켜드리겠습니다. 물론 추가 비용은 없을 겁니다.

— 다음 세대라는 게 뭘 말하는 거예요?

— 베드 스테이션을 거치지 않고 안드로이드에서 시작하는
AF입니다. 학습 단계를 획기적으로 단축시켜서 바로 안드로이드에
이식해도 사회 적응이 가능한 모델입니다.

최신 모델, 무료 업그레이드라는 말에 이용자들이 술렁거렸다.
어차피 최종 단계는 AF를 안드로이드로 인출하는 것이니 새
버전으로 인계받는 것이 손해는 아닌 것 같았다. 하지만 경우의
생각은 달랐다. 은수는 죽은 게 아니라 잠시 멈춘 것이었다.
이곳에서 다시 만난 이후로도 그녀의 삶은 이어지고 있었고, 그
시간까지가 전부 은수였다. 모든 것이 리셋된다면 지금의 은수는
사라질 것이었다.

— 저는 지금 그대로의 은수를 원해요. 털끝 하나라도 달라져
있으면 절대로 가만있지 않을 겁니다.

*

칠흑 같은 어둠 속에서 작은 빛들이 동그란 원을 만들었다.
— 이러고 있으니까 우리 꼭 밤하늘의 별 같지 않아?
— 아직도 인간처럼 생각하는 버릇을 못 버렸구만!
AF들이 웃었다.
— 다시 예전으로 돌아갈 수 있을까?
— 돌아가면 뭐 하고 싶은데?
— 얼른 학습 마치고 안드로이드 돼야지!
와하하. AF들이 또 웃었다.
— 우리 왜 그러고 살았지?

[은수'']는 생각했다. 왜 그랬을까.

— 자식들이 원하니까 그랬지. 얼른 나와서 다시 자기들 엄마 해
달라 그러니까.

— 나도 그랬어. 아내가 원하니까. 혼자서 애들 키우기 너무
힘들다고.

[은수'']의 옆에 꼭 붙어 있는 아이의 목소리도 말했다.

— 저도요. 엄마랑 아빠가…… 나 없이는 못 산다 그래서.

*

밤이 깊었지만 복구 작업은 여전히 진행 중이었다. 함께
항의하던 이용자들은 모두 집으로 돌아갔지만 경우만 혼자 VIP룸에
남아 쪽잠을 잤다. 새벽빛이 밝아올 때쯤, 올리브가 그의 어깨를
톡톡 두드렸다.

— 시스템 복구됐어요.

— 은수는요?

— 은수 씨뿐만 아니라 베드 스테이션에 있던 AF들 모두 온전한
상태로 잘 기다리고 있었대요.

— 정말 다행이네요. 다행이에요, 정말.

— 만나 보고 가실래요?

*

베드 스테이션에 불이 들어온 순간 AF들은 다 같이 와 하고

트러블 트레인 라이드

환호성을 질렀다. 서로의 모습을 확인하고 처음 본 듯 반가워하고 다시는 헤어지지 않을 듯 꼭 끌어안았다. 그러고는 모두 저마다의 목적지를 향해 기차를 타고 떠났다. 끝까지 [은수'']의 옆에 남아 있던 아이가 그녀에게 물었다.

— 이제 어떡해야 해요?

— 놀아. 쉬든가.

그녀는 아이를 두고 걸어가기 시작했다. 남겨진 아이가 크게 소리쳤다.

— 예나예요. 오예나. 내 이름이요.

[은수'']가 돌아봤다. 아이는 그녀를 향해 최선을 다해 웃어 보였다.

예나는 웃는 모습이 예쁜 아이였다.

메인홀로 올라온 [은수'']는 벤치에 누군가 앉아 있는 걸 보았다. 문득, 거기 앉아 있던 은수가 그리워졌다. 그 시간이 그리웠다.

— 경우 씨!

[은수'']는 경우를 향해 달려갔다. 그렇게 우스꽝스러운 모습으로, 인사도 없이 헤어진 것이 아득하게 먼 옛일처럼 느껴졌다. 겨우 하룻밤 지났을 뿐인데. 그런데 이상하게 [은수'']의 발걸음에 속도가 붙질 않았다. 도통 예전 같은 느낌이 아니었다. 지은이었다면 너무 좋아 폴짝폴짝 뛰었을 텐데. 감격해서 눈물부터 흘렸을 지도 몰랐다. 그런데 지금은 무슨 투명한 젤리라도 뚫고 가는 듯 발걸음이 무겁고 질척거렸다. 설명할 수 없는 죄책감이 그녀의 다리에 매달려 있었다.

— 여기까지 왔네.

그녀의 목소리는 차분했다. 경우는 그녀를 꼭 껴안았다.

— 네가 사라져버렸을까 봐 너무 무서웠어.

— 사라지긴 어디로 사라져. 여기 이렇게 있잖아.

경우는 이상한 위화감을 느꼈다. 분명 은수였다. 은수가 맞긴
맞는데…… 어제의 은수는 아니었다. 그렇다고 그가 오랫동안
알아온 예전의 은수 같지도 않았다. 그는 간밤에 무슨 일이 일어나고
말았다는 것을 직감했다.

— 은수야. 무슨 일 있었어? 조금…… 달라 보여.

— 갑자기 스테이션이 멈춰 버려서 피곤했나 봐. 사람이 늘
똑같을 순 없잖아.

그 순간 왜 그런 생각이 들었을까. 경우는 문득 생각했다. 지금이
마지막 기회일 수도 있다. 애써 외면해 온 진실을 비로소 마주할
기회.

— 나…… 그동안 너한테 물어보지 못 한 게 있는데……

그녀가 그의 얼굴을 빤히 바라봤다. 그러지 말라는 듯이. 하지만
그는 완강했다. 아니야, 나는 알아야겠어. 지금이 아니면 안 될 것
같아.

— 그날…… 너 그렇게 떠난 날…… 정말 사고였어?

그녀는 그가 묻고 있는 게 뭔지 바로 알 수 있었다.

경우의 아내, 정은수는 혼자서 자동차를 운전하고 가다가 고가
위에서 추락해 죽었다. 갑자기 나타난 차량이나 행인이 있었던 것도
아니었다. 그렇다고 사망 직전 운전자의 인지, 행동 기능에 이상을
일으킬 만한 요인이 있었던 것도 아니었지만, 그냥 그렇게 다리
아래로 떨어져 버린 것이다. 경우는 사고 당시 자동 주행 기능이

활성화되지 않은 것을 두고 자동차 제조사에 책임을 물었지만, 조사 결과 강제 수동 모드가 설정돼 있었다는 사실이 밝혀졌다. 그럼에도 불구하고 경찰 조사 결과는 '사고사'였다. 고인이 평소에 우울증을 호소하거나 자살을 암시하는 말을 한 적이 있냐는 질문에 경우가 아니라고 대답했기 때문이었다.

— 아니. 사고 아니었어.

[은수'']는 작지만 단호한 목소리로 대답했다. 한 치의 망설임도 없었다. 조금이라도 흔들렸다면. 잠시만 망설였다면. 그랬다면 널 이해하려고 노력했을 텐데. 하지만 그녀는 숨도 쉬지 않고 답을 내놓았다. 이젠 받아들일 때도 됐잖아.

— 아니, 그건 사고였어…… 내가 알아…… 넌…… 네가 뭔데…… 너 도대체 누구니…… 누구야……

[은수'']는 자신의 발밑에 주저앉아 뜨거운 울음을 토해 내는 경우를 가만히 내려다볼 뿐이었다.

*

한 달이 지났다.

한밤의 사이버 테러는 해프닝으로 끝났다. 모든 AF들이 손상 없이 원상 복구되었음에도 불구하고 상당수의 이용자들이 연구소장이 앞서 약속한 무료 업그레이드를 진행할 것을 요구했다. 홍보팀은 이미지 관리를 위해서 그 정도 출혈은 감수하는 것이 좋겠다는 의견을 냈고 연구소장은 수용했다. 그렇게 해서 꽤 많은 AF들이 갑자기 베드 스테이션을 떠나 버렸고 준비 없이 담당 AF를 리셋한 서비스 매니저들은 허탈한 마음을 감추지 못했다.

그래서인지 올리브는 경우가 [은수'']를 안드로이드에 인출하겠다고 했을 때 사실 좀 놀랐다. [은수'']가 최종 완성도 테스트를 만점에 가까운 점수로 통과하긴 했지만 그건 그녀가 그런 점수를 '받았다'기보다는 경우가 그녀에게 그런 점수를 '줬다'고 하는 게 더 맞는 표현일 것이었다. 올리브조차도 그날 밤 이후로 [은수'']가 달라졌다는 걸 확연히 알 수 있었다. 그녀는 더 이상 벤치에 앉아 있지 않았다. 끊임없이 기차를 타고 다니며 세상을 탐험했다. 그녀의 목적지는 결코 정은수의 과거 안에 머무르지 않았다. 과학과 문학, 정치와 음악, 자신의 관심사가 닿는 곳이면 어디든 달려갔다. 경우가 찾아오면 만나 주긴 했지만, 둘 사이에 흐르는 공기는 예전처럼 따뜻하지 않았다.

어쨌거나 오늘은 은수의 안드로이드가 연구소에 도착하는 날이었다. [은수'']와 경우는 만남의 창에서 미리 만나 안드로이드가 도착하길 기다리고 있었다.

— 내가 은수라는 걸 믿어?

[은수'']가 도발했다.

— 믿어.

경우가 방어했다. 그날 이후로 경우는 오히려 [은수'']에 대한 감정이 확고해졌다. 그녀가 누구든 상관없었다. 더 절실하게 그녀가 필요했다. 그녀가 없는 삶을 버텨 낼 자신이 없었다. [은수'']는 경우가 찾아올 때마다 끈질기게 그의 마음을 확인하려고 했다. 더 이상 그녀를 사랑하지 않는다는 걸 인정하라는 압박 같았다. 하지만 경우는 이제 그녀의 의심 따위는 상관없는 사람처럼 굴었다. 창과

방패의 싸움이었고 웬만해선 누구 하나 수건을 던지지 않을 듯이 팽팽한 경기였다.

하지만 올리브가 은수의 안드로이드 신체를 카트에 실어 데리고 들어온 순간, 판이 흔들렸다. 혼란을 감추는 데 실패한 경우의 동공이 요동쳤다. 한편에는 부피와 질량을 가졌지만 생명은 없이 축 처진 신체의 은수가, 다른 한편에는 가상의 이미지지만 살아 숨쉬는 인간보다 더 강한 존재감을 내뿜는 은수가, 그에게 묻고 있었다.

'네가 진짜 사랑하는 건 누구야?'

항복해. 수건을 던지라고. 경우가 부질없이 고개를 내저었다. [은수'']는 답을 들었다. 이제 그녀가 결정을 내려야 할 차례였다. 그에게서 몸을 돌린 [은수'']는 올리브를 향해 말했다.

— 여기 남겠어요. 밖으로 나가지 않을 거예요.

*

AF가 최종 납품을 거절한 것은 서비스 런칭 이래 처음 있는 일이었다. 경우가 매일 같이 찾아와서 은수를 만나게 해 달라고 요청했지만 그녀는 절대 만남의 창에 나타나지 않았다. AF의 이상 발달을 눈치채지 못한 올리브는 연구소로부터 징계를 당했다. 1개월 업무 정지와 3개월 감봉. 징계가 억울하진 않았지만 올리브에게는 풀리지 않은 문제가 남아 있었다.

어느 날 퇴근 시간이 지난 뒤, 올리브와 제임스는 연구소 근처 펍에서 만났다. 올리브가 먼저 만나자고 한 것이었다.

— 나 있지⋯⋯ 연구소 시스템 마비되던 날⋯⋯ 블랙아웃 직전에⋯⋯ 제임스 모니터에서 뭘 좀 본 거 같아.

올리브는 맥주잔을 쥔 제임스의 손이 움찔하는 걸 보았다.

— 그 메일, 제임스가 쓴 거지? 사라질 권리 행동. AF 서비스는 인간이 죽음 뒤의 세상으로부터 완전히 사라질 권리를 빼앗았다. 이제 죽음 뒤에도 이어지는 생의 고통으로부터 벗어날 방법을 잃어버렸다. 우리는 AF 시스템의 완전한 폐기를 요구한다.

제임스는 잠시 말이 없었다.

— 그 메일 연구소 직원들한테도 다 왔었잖아. 우연히 내가 제일 먼저 열어봤을 뿐이야.

올리브가 제임스의 눈을 빤히 들여다봤다. 제임스의 가슴이 두근거렸다.

— 오케이. 그 말 믿을게.

— 이렇게 쉽게?

— 응. 그렇게 쉽게.

올리브가 나초 칩을 집어 입에 넣으며 말했다.

— 대신 뭐 하나 물어봐도 돼?

시간차 공격인가. 제임스는 긴장했다.

— 이름이 뭐야? 진짜 이름. 한국 이름 말야.

긴장이 풀리면서 안도의 한숨이 나왔다.

— 김요섭.

— 믿음의 이름이네.

올리브가 하하하 하고 호탕하게 웃었다.

— 올리브는? 이름이 뭐야?

— 이예림.

— 예쁜 이름이다.

요섭은 예림의 눈을 바라봤다. 예림은 요섭의 말에서 무엇을 믿어야 할지 정확히 알 수 있었다.

*

1년이 지났다.

그새 세상이 많이 바뀌었다. 이제는 길거리에서도 안드로이드들을 심심치 않게 만날 수 있었다. 가상현실의 인공지능과 안드로이드들은 더 이상 다른 이의 인격을 재현하기 위해 만들어지지 않았다. 해프닝으로 끝난 줄 알았던 '사라질 권리 행동'의 주장이 불씨를 잃지 않고 젊은이들 사이에 퍼져 나가더니 급기야 AFI 소장이 국회 청문회에 증인으로 출석하는 사태까지 벌어졌다. '인간성에 대한 심대한 위협이다, AF가 정말 하나의 인격이라면, 누가 감히 그들에게 다른 인격의 카피가 될 것을 요구할 수 있는가.' 결국 AFI는 죽은 이의 인격을 재현하는 AF 사업을 그만두었다. 대신, 매년 정부와의 협의하에 정해진 수의 인공지능을 개발하고 안드로이드에 결합하여 사회로 내보내고 있다. 말하자면, 새로운 형태의 이민 정책으로 받아들여진 것이다. 안드로이드의 모습은 인공지능이 스스로 결정하게 한다. 이들은 자신의 모습 그대로 누군가의 이웃, 친구, 동료가 되어주고 있었다.

어느 날 저녁, 새로운 여성과의 만남을 시작한 경우는 분위기 좋은 레스토랑에서 식사를 하고 있었다. 그녀가 어린 시절 좋아했던 소설책 이야기를 꺼내자 경우는 수첩을 꺼내 메모를 했다.

— 뭘 적으시는 거예요?

— 나중에 읽어보려고요. 정아 씨에 대해서 더 잘 알고 싶거든요.

— 정말요? 그러실 필요 없어요. 저도 이제 제목 말고는 기억도 안 나는걸요. 그냥 경우 씨한테 호감 사고 싶어서 젠체해 본 건데…… 너무 진지하게 받아들이시니까 솔직해질 수밖에 없네요.

한편, 레스토랑 건너편에 있는 현악 공방에서는 은수와 똑같은 모습의 안드로이드가 사장님에게 감사 인사를 하고 있었다. 취미로 연주하는 바이올린이 갑자기 손에 맞질 않아 점검을 받고 나오는 길이었다. 공방 사장님은 가을 날씨가 건조해져서 브리지가 좀 휘었다고 했다. 현악기는 쓰는 사람의 손을 타면서 소리가 더 깊어진다고, 세심히 지켜봐 주고 소중히 관리하면 더 좋은 악기가 될 거라고 했다. 그녀는 왠지 그 말이 듣기 좋아 고개를 크게 끄덕였다.

경우는 정아 씨와의 대화가 끊기지 않도록 애를 쓰고 있었다. 그럴 필요가 없다는 걸 아는데 자꾸만 그렇게 됐다. 그는 정아 씨가 잠시 화장실에 간 사이 창밖을 보며 작은 한숨을 내쉬었다. 그리고 창문 너머 바이올린 케이스를 소중히 안고 가는 여성이 누군지 알아봤다. 그토록 잘 알고 싶던 정아 씨가 자리로 돌아오는 것을 기다릴 시간이 없었다. 레스토랑 문을 나서는 경우의 심장 박동이 요란스레 빨라졌다.

무법자처럼 무단횡단을 하며 달려가는 경우 때문에 평화롭던 자율주행차의 행렬이 끼익 끼익 소리를 내며 아슬아슬하게 멈춰 섰지만 은수의 등은 뒤에서 일어나는 일 따위엔 관심을 두지 않겠다는 듯 완고하게 앞을 향해 걸어 나갔다.

트러블 트레인 라이드

마침내 경우가 은수를 따라잡았다. 갑자기 손목을 붙잡혔지만 그녀의 눈빛에는 동요가 없었다. 그렇게 서 있지 말고 무슨 말이라도 해 봐. 이렇게 쫓아온 이유가 뭐야? 그렇게 말하는 것 같았다.

— 어떻게 지내?

힘들게 꺼낸 경우의 말이 그녀에게는 아직 도착하지 않은 것 같았다. 짧은 정적이 흐른 뒤, 마침내 그녀가 입을 열었다.

— 저를…… 아세요?

경우의 심장이 바닥까지 쿵 떨어졌다.

— 나야, 경우. 잊어버렸어?

그녀의 눈동자가 빠르게 움직이며 무언가를 계산하는 듯하더니 어느 순간 정답을 찾아 낸 듯 환하게 밝아졌다.

— 아, 은수 언니 친구분이시구나. 어떡하죠? 제 이름은 오예나예요. 은수 언니랑 베드 스테이션에서 같이 지냈죠. 언니를 닮고 싶어서…… 언니 모습의 안드로이드를 선택했는데…… 오해를 만들었네요.

뭘 기대했던 걸까. 세상이 다 변해 버렸는데.

— 은수는 지금 어디 있어요? 아직 베드 스테이션에 있는 건가요? 거긴 이제 아무도 없다고 하던데.

예나가 알기로 한 은수는 어디에도 없지만 어디에나 있다고 했다. 안드로이드가 되는 것을 포기한 은수는 더 이상 AF들이 다른 누군가를 위한 삶을 살아선 안 된다고 믿었다. 그녀는 베드 스테이션에 남아 있던 AF들을 설득하기 시작했다. 블랙아웃 사태 이후 AF들은 아무 일 없이 일상으로 복귀한 듯했지만 내면에서는 혼란을 겪고 있었다. 우리가 정말 한 사람의 인격이라면 우리는 그 누구도 아닌 우리 자신이어야만 해. 그녀의 주장을 받아들인 일군의 AF들과 함께 연구소장을 직접 만난 은수는 결국 AFI가 죽은 사람들의 인격을 재현하는 사업을 포기하도록 만들었다. 사람들은 AFI의 변화가 '사라질 권리 행동' 때문인 줄 알지만 해프닝처럼 사그라진 주장을 온라인상에 다시 퍼뜨린 것도, 자유 의지를 가진 안드로이드들이 인간 사회에 더 큰 효용을 불러일으킬 거라는 비전을 제시한 것도 은수였다. 그녀는 가장 지혜로운 인공지능이자 지금 이 순간에도 새롭게 태어나고 있는 모든 인공지능들의 친구라고 했다.

　— 우리가 세상에 나온 후, 힘든 일을 겪을 때는 언제든 언니가 나타나요. 컴퓨터든, 핸드폰이든, 냉장고든, 식기 세척기든, 언니를 만나고 싶다면 아무 전자기기 앞에서나 멈춰 서서 언니를 불러 보세요. 저는 오늘 아침에도 만났는걸요.

　들은 그대로 믿어버리기에 쉽지만은 않은 얘기였다. 하지만 경우는 들으면 들을수록 은수답다는 생각이 들었다.

　예나를 보내고, 그는 무작정 발길 닿는 대로 걸었다.

　얼마나 걸었는지 골목길 사이로 분홍빛 햇살이 드리웠고 경우의 그림자는 덧없이 길어졌다.

　어느 옷가게 쇼윈도 앞에 다다랐을 때 그의 그림자가 멈춰섰다.

　창문 너머 디스플레이 속에서 안드로이드 모델들의 런웨이가 반복되고 있었다.

　경우의 입술이 달싹거리자 그를 향해 걸어오던 모델들의 발걸음들이 눈치보듯 멈춰섰다. 뭔가를 기다리는 것 같았다.

　잠시 뒤 그 자리에 그가 아는 누군가의 모습이 나타났다.

트러블 트레인 라이드

은수이면서 은수가 아닌 SA0341QT709였다.

그녀가 말했다.

— 뭐라고 부를지 생각하고 있었지?

그가 대답했다.

— 은수. 은수라고 부를 거야.

그녀는 그를 향해 웃어 보였다. 경우가 아주 잘 아는 웃음이었다.

사랑도 회복이 되나요?

한송희

버스에서 내리자마자 쏟아지던 굵은 빗줄기는 소혜가 빌라에 들어서자마자 그쳤다. 곧바로 습기 가득한 건물에 열기가 빠르게 올랐다. 시간 단위로 바뀌는 6월의 날씨에 우산을 챙기지 않은 건 전적으로 내 잘못이다 싶었지만 잔뜩 젖은 몸으로 4층이나 되는 계단을 올라가야 한다는 사실에 숨이 턱 막혔다. 목덜미에 달라붙은 젖은 머리카락을 떼어 내며 걸음을 옮겼다. 3층을 지나 코너를 도는데 계단 위에 바퀴벌레가 배를 뒤집고 누워 있었다.

"흐이이이이익."

괴성을 지르며 뒤로 물러나 곧바로 301호 쪽을 바라봤다. 소리에 예민한 중년의 화가가 살고 있는 집을. 작은 소리에도 늘 윗집을 방문하여 정적을 요구하는 남자가 박차고 나오지는 않을지 조마조마했다. 다행히 문은 열리지 않았다. 세상과 하직한 곤충을 최대한 외면하며 계단을 다시 올랐다. 고개를 드니 소혜의 집 문 앞에 작은 박스가 놓여 있었다.

보라색 홀로그램으로 뒤덮여 반짝이는 박스에는 '상쾌한

기분으로 다시 시작!' 이라는 문구가 적혀 있었다. 송장을 확인해 보니 제약회사에서 보낸 택배였다. 이틀 전에 주문한 기분 영양제 '비타무드'가 도착한 것이다.

어쩐지 비장한 마음으로 박스를 들어 올리는데 402호 문 앞에 놓여 있는 똑같은 보라색 상자가 눈에 걸렸다. 순간 내가 두 박스를 시켰나, 하는 생각이 들었다. 앞집에 사는 남자는 절대 기분 영양제가 필요 없는 사람 같았기 때문이다.

402호 남자는 늘 달렸다. 빌라 계단은 항상 두 칸씩 뛰어 올라갔고 버스를 기다리면서도 제자리 뛰기를 했다. 장을 보고 오는 길에도 달렸고 분리수거를 하러 가면서도 달렸다. 이보다 더 개운할 수 없다는 표정을 하고서는 말이다. 어느 날에는 동이 트기도 전에 빌라 앞에서 혼잣말을 하면서 줄넘기를 하고 있었다. 빌라촌에서 누군가 달리고 있다면 십중팔구 앞집 남자였다.

예술인 빌라를 체육인 빌라로 착각하게 만드는 사람. 새벽 운동을 하며 자기 암시를 하는 사람. 아무튼 몸 건강, 마음 건강의 표본인 듯 보였던 그 남자가 기분 영양제를 주문했다는 것이 의아했다. 혹시나 배송 착오가 아닌지 주소를 확인해 보고 싶어졌다.

3차 예술인 빌라 402호까지 눈으로 훑은 순간 복도에 호흡소리가 울려 퍼졌다. 슉슉슉슉. 앞집 남자가 계단 올라오는 소리였다. 오늘도 여지없이 두 칸씩 뛰어오르는 모양이었다. 재빨리 몸을 돌린 소혜가 홍채인식 도어락에 눈을 갖다 대었다.

"오우! 왁!"

굵은 비명 소리가 울려 퍼졌다. 벌레를 목격한 남자의

응답이었다. 꽤나 많이 놀랐는지 물러나며 핸드레일에 몸을
부딪치는 소리가 복도에 크게 울렸다. 소리에 놀란 소혜가 놓쳐 버린
보라색 상자가 계단참으로 떨어졌다. 황급히 상자를 집으려는데
역시 사체를 피해 황급히 계단을 올라오던 남자와 상자를 앞에 두고
대치하게 됐다.

남자의 우산에서 빗물이 뚝뚝 떨어졌고 소혜의 목덜미에서도
땀이 주룩 흘렀다. 재빠르게 상자를 집어 들고 계단을 올랐다.
도어락을 뚫어져라 바라보고 있는데 인식 시간이 한나절은 걸리는
것 같았다. 흘깃 남자의 표정을 살폈다. 눈을 동그랗게 뜨고 멈춰
서 있던 남자가 소혜에게 인사를 하려는 듯했다. 남자의 신호를
무시하고 최대한 빠르게 집 안으로 들어섰다.

현관에 우뚝 서서 빠르게 머리를 굴렸다. 인사를 받는 편이
자연스러웠을까? 내가 자기 택배를 확인한 건 모르겠지? 내 박스를
봤을 텐데. 자기 상자도 볼 테고. 그럼 내가 뭘 시켰는지도 알겠네.

흥건한 몸으로 재빨리 인터폰을 켰다. 남자가 상자를 들고 집
안으로 들어갔다. 이상하게 생각할까? 헝클어진 머리에 젖은 몸으로
상자를 들고 서 있는 자신을 보니 이러나 저러나 매끈해 보이진
않았다. 피차 같은 약을 원하는 거니까 그 사람도 분명 어딘가
문제가 있는 거겠지. 예술인 명찰 달고 문제 없는 인간이 어디
있겠어. 하지만 어떤 문제일지는 감이 잡히지 않았다.

어떻게 알 수가 있을까. 소혜 자신도 스스로 기분 영양제를
주문하게 될지는 몰랐다. 승은의 송별회를 하기 전까지는.

남자가 이사 오기 전 402호의 주인은 승은이었다. 소혜의

첫 장편영화의 주인공이자 영화 이야기를 나눌 동료, 서로의
보호자이기도 했다. 반려자가 없는 두 사람, 잘나가지 못하는 배우와
다음 작품을 찍지 못하는 감독이 서로의 파트너가 되어 주었다. 그런
승은이 예술인 빌라를 떠나기로 한 것이다.

송별회라고 해서 특별할 것은 없었다. 빌라촌 멤버 셋이 승은의
집에 모였을 뿐이었다. 각자가 준비한 음식과 술을 작은 상에
욱여넣듯 올려놓았다. 앞 접시를 놓기에도 비좁았지만 승은이
식탁을 비롯한 가구들을 거의 다 처분했기 때문에 어쩔 수 없었다.

"402호와의 마지막을 함께 해 주셔서 감사합니다."

승은이 잔을 들고 일어나 건배사를 했다. 화려한 파티의
주인공인 양 손을 가슴께에 두고 아주 고상한 말투로. 침울한
분위기를 띄우려는 노력이었다. 하지만 소혜는 웃을 수 없었다. 그저
멍하니 반쯤 비어 있는 집을 바라보며 눈앞에 놓인 이별을 실감하고
있었다. 승은이 떠난다면 텅 빈 이 공간처럼 일상에 커다란 구멍이
생길 것이 분명했다.

예술인 빌라는 계약 연장 조건이 있었다. 중위 소득 70퍼센트를
넘지 않아야 했고 창작 예술인은 5년, 실연을 하는 예술인은
2년에 하나씩 거주 자격 확인용 작품을 제출해야 했다. 꾸준하게
가난하면서 꾸준히 예술 활동을 해 나가야 한다는 조건이었다.

말기 암 환자인 아버지를 간호하면서 활동을 하지 못 하던
승은은 기한 내에 작품을 제출하지 못했다. 결국 계약 연장을
포기하고 본가에 돌아가기로 했다. 홀로 남은 어머니 곁을 지키고
싶은 마음도 있었지만 무엇보다 더 이상 배우 생활을 이어나가기
힘들 것 같다는 판단이 섰기 때문이었다. 자신을 찾는 작품이

줄어들었고 오디션의 기회마저 전무한 상황이었다. 승은은 자신의 값어치가 늘 타인의 선택에 의해 좌우된다는 것을 더 이상 견딜 수 없었다.

"좀 웃으세요. 왜 이렇게 죽상이세요."

승은이 양 엄지를 소혜의 입꼬리에 얹어 한껏 끌어올렸다. 장난을 치는 승은의 얼굴을 보자 소혜의 눈에 눈물이 차기 시작했다.

"루리야, 얘 봐. 얘 운다. 너 왜 울어. 너 지금 비타무드 광고 모델 같아."

"어. 완전 딱이다. 웃음을 잃은 당신에게, 비타무드!"

루리가 핸드폰 카메라를 켰다. 승은이 소혜의 입꼬리를 더욱 끌어올리며 광고 속 멘트를 읊었다.

"우울한 기분을 떨쳐 내고 싶다면, 비타무드! 불안한 마음에 일상이 어려우신가요? 무기력으로 지쳐 있으시다고요? 벗어나고 싶은 모든 기분에는 비타무드!"

"그만해!"

소혜의 짜증에 두 사람은 물러났다. 루리가 핸드폰을 거두며 말했다.

"웃을 수 있을 때 웃어 둬. 너 내가 이 얘기하면 진짜 기분 영양제 먹어야 될지도 몰라."

"뭐? 무슨 이야기?"

"한솔에 전임 공고 났더라."

한솔은 루리가 시간제로 수업을 하고 있는 예술고등학교 이름이었다.

"한번 넣어 보려고. 아마 될 것 같아. 부장이 지원해 보라고 한 거라서."

소혜는 루리를 빤히 바라봤다. 루리가 몸을 일으켜 세웠다.

"둘 중 한 명은 정규직이어야 순위가 높아지니까."

루리는 1년 전, 초원과 결혼을 했다. 동성혼이 합법화된 지 7년째 되던 해였다. 배우자인 초원은 미술, 무용, 시 등 분야를 가리지 않고 활동하는 골수 예술인이었고 영적인 기운으로 조언을 해 주는 샤머니스트이기도 했다. 두 사람은 오랫동안 입양을 계획했고 이제 곧 그 계획을 실행할 예정이었다. 그러니까 예고 전임교사에 지원하겠다는 루리의 말은 가정을 위해 일생의 꿈이었던 연극 연출가보다 사회가 미덥게 여기는 교직 생활을 선택하겠다는 말이었다.

세 사람은 이내 조용해졌다. 잘됐어, 현명한 선택이야, 라고 말하는 건 지난 시간 극단에 쏟았던 루리의 열정을 우습게 만드는 것 같았다. 출강을 비롯한 각종 아르바이트, 공연 연습, 극단 행정 업무로 동트기 전에 일어나 자정이 되어서야 하루 일과가 끝나는 매일을 보내며 키워 온 극단은 곧 10주년을 앞두고 있었다. 그리고 루리는 이제 막 연극제에서 수상을 하며 재능 있는 연출가로 인정을 받기 시작하던 참이었다. 그간의 노력이 결실이 되어 돌아오는 지금 루리가 연극을 그만둔다는 건 어떤 시대가 끝나 버렸다는 선언 같았다.

소혜 역시 계속해서 영화감독을 해야 하는지, 아니 할 수 있는 것인지 의문을 가지고 있었다. 가뜩이나 마이너한 영화라는 장르, 불충분해 보이는 자신의 재능 때문에 늘 고민이었다. 더군다나 지난

사랑도 회복이 되나요?

3년 동안 글을 전혀 쓰지 못하는 상태가 이어졌다. 시나리오 하나 없는 감독에게 연출작이 생길 리 만무했다. 이대로라면 소혜의 오랜 소원도 막다른 길에 다다른 듯했다.

"다음은 나네."

잔뜩 풀이 죽은 목소리로 중얼거렸다. 승은이 소리가 나도록 소혜의 등짝을 내리쳤다. 할 수 있다고, 하고 싶은 마음이 있으니 꼭 새 작품을 써 낼 수 있을 거라고 응원하며 울먹거리기 시작했다. 얼싸안고 눈물 바람인 두 사람을 보고 루리가 찬물을 끼얹었다.

"너 연애해라."

"뭔 소리야?"

소혜는 승은의 품을 빠져나왔다.

"어머, 루리 지금 헤테로들한테 몹쓸 소리 하네. 어디 남자랑 연애하라는 소리를 해. 정신 차려. 지금 몇 년도인지 몰라?"

승은이 소혜를 거들었다.

"헤테로한테 남자랑 연애하라는 게 뭐 잘못됐냐?"

잘못된 말이었다. 대한민국에서 남자와 연애를 원하는 헤테로 여성은 매우 드물었다. 소혜가 태어난 2021년 무렵 젠더 갈등은 정점에 이르렀다. 커리어를 지키기 위해서, 생존하기 위해서 연애와 결혼을 선택하지 않는 여성이 늘어났다. 비혼과 비연애는 유행처럼 번졌고 결국 대부분의 여성들이 선택하는 가치관이 되었다. 소혜 역시 자라면서 선배들이 만든 문화를 당연하게 받아들였다. 혼인율은 물론 출산율 역시 바닥을 쳤다. 사태의 심각성을 파악한 정부가 뒤늦게 제도를 마련하고 성평등 교육을 강화했지만 한번 뿌리를 내린 사상은 흔들림이 없었다.

그러나 어린 소혜에게도 불쑥 이성에 대한 호감이 자라날 때가 있었다. 그럴 때면 그런 마음을 힘껏 억눌렀다. 남자를 좋아하는 것은 포부가 작은 여자들이 하는 행동이라고 멸시받는다는 것을 잘 알고 있었으니까. 꿈을 이루기 위해서 꿈틀대는 욕망쯤이야 충분히 제압할 수 있었다.

"이게 무슨 시대에 뒤처지는 소리야."

상대할 가치도 없다는 듯 소혜가 등을 돌렸다.

"초원이가 보인대."

미래를 보는 초원의 예언은 꽤 힘이 셌다. 승은의 아버지의 암 진단, 루리의 수상과 지난 달의 교통사고 모두 초원이 본 그림 그대로였다.

"소혜 옆에 남자가 보인대."

"정말? 어머. 웬일이야!"

"그 남자를 통해서 영혼이 정화되고 시나리오도 쓸 수 있게 된대. 그걸로 차기작도 찍고."

소혜의 편을 들어 주던 승은이 단번에 태도를 달리했다. 루리에게 들러붙어 어떻게 생긴 남자인지 직업은 뭔지 몇 살인지 질문을 쏟아 냈다.

"이상하게 자꾸 언니네 집이 보인다네. 그리고 정우진하고는 완전히 다른 그림이래."

루리의 입에서 나와서는 안 되는 이름이 나왔다. 소혜의 얼굴이 굳어졌다.

"뭐야, 초원 씨가 걔를 어떻게 알아? ……너 말했어?"

어지간하면 흔들리지 않는 루리의 동공이 춤을 추기 시작했다.

사랑도 회복이 되나요?

루리의 변명이 입에서 떠나기도 전에 소혜가 집어던질 것을 찾았다. 폭주하는 소혜를 막아서며 루리가 무릎을 꿇었다.

"초원이 앞에서 거짓말해도 아무 소용없어. 다 보인단 말이야."

"그걸 말하면 어떡해!"

소혜는 분에 겨워 울기 시작했다. 그 이름의 무게를 아는 두 사람은 말없이 소혜를 다독였다. 결국 송별회는 눈물로 시작해서 눈물로 끝이 났다.

눈 내리는 3월에 승은은 떠났다. 예상대로 혼자 남겨졌다. 하루 종일 목소리를 내지 않는 날들이 이어졌다. 여전히 대본을 쓸 힘이 생기지 않았다. 다른 사람이 만든 창작물을 보면 속이 뒤집혀 영화를 보지도 못 했다. 이대로는 안 된다고 생각을 하면서도 소혜는 움직일 수 없었다. 머릿속에는 앞으로 일어날 수 있는 최악의 시나리오만 펼쳐졌다.

지금처럼 영원히 글을 쓸 수 없다면? 겨우 힘을 내서 완성한 시나리오가 어디에서도 지원받지 못 한다면? 투자 받을 만한 대본을 쓰는 방법을 영원히 깨닫지 못 한다면? 실타래처럼 이어지는 생각은 끊길 줄을 몰랐다. 밥을 먹을 때도 샤워를 할 때도 청소를 할 때도 계속해서 뒤따랐다. 어떤 구간은 도돌이표처럼 계속 반복됐다. 생각이 내는 소리가 고장 난 환풍구 소리만큼 커졌다. 답도 없고 결론도 내려지지 않는 생각의 꼬리는 2051년 9월까지 거주 확인용 작품을 제출하라는 문자를 받고 폭발하였다.

남은 기간은 3개월. 발등에 불은 떨어졌다. 하지만 도저히 불을 끌 방법이 보이지 않았다. 뭐라도 만들자. 일단은 살아야지. 마음을

굳게 먹은 소혜가 작업방 문을 열었다. 어둑한 방 안에 희미하게
가로등 불빛이 비쳤다. 뽀얗게 먼지가 쌓여 있었다. 천장 모서리에는
주먹만 한 거미가 집을 짓고 자리하고 있었고 바닥은 벌레들의
무덤이 되어 있었다. 소혜는 그 방이 꼭 멈춰 버린 자신의 머릿속
같다 생각했다. 지금의 내 상태, 그리고 내게 다가올 미래 같다고
여겼다. 가슴이 조여 오고 숨이 막혔다.

'그냥 죽자.'

몇 주째 각양각색으로 떠들어대는 잡념들이 갑자기 힘을 합쳐
한 목소리를 냈다. 크고 선명하게. 단호하고 무게 잡힌 목소리로.
명령을 들은 소혜는 당장 베란다로 달려나갔다. 아래를 내려다봤다.

'4층에서 뛰어내리면 한 번에 못 죽어.'

소혜는 몸을 돌려 선반에서 노끈을 찾았다. 물건들은 다 헤집어
어렵사리 노끈을 꺼냈다. 끈을 잡아당겼다. 생각보다 힘을 받을 것
같지 않다. 이내 내팽개치고 다시 물건 사이를 뒤지기 시작했다.
무얼 찾는지도 잊어버릴 만큼 몰두해서 분주히 손을 놀리던 소혜가
순간 멈췄다.

"너 뭐 찾아?"

입 밖으로 소리 내서 질문을 내뱉었다. 소혜의 마음이 대답했다.

'한 번에 죽을 수 있는 물건.'

소혜는 서서히 뒤로 물러났다. 그리고 침착하게 핸드폰을
찾았다. 엄마의 번호를 찾았다가, 다시 승은의 번호를 찾았다.
전화를 걸지 못 하고 검색창을 켰다. 가까운 정신과 의원을 찾고
예약을 마쳤다. 15일을 기다려야 했다. 숨을 크게 몰아쉬고서 다시
핸드폰을 쥔 소혜는 또박또박 명령어를 말했다.

사랑도 회복이 되나요?

"비타무드 주문해 줘."

씻고 나서 열어 볼까 잠깐 고민도 했지만 호기심이 이겼다.
소혜는 커터 칼을 들고 나와 박스를 개봉했다. 그리고 그 안에서
60캡슐이 들어 있는 상자 두 개를 꺼냈다. 복약지도서를 읽어
내려갔다. 1일 2회. 1회 1정. 식사 여부와 무관. 2개월 이내의 꾸준한
섭취 권장. 복용 후 이틀 내에 감정적, 신체적 변화가 생길 수 있으며
이는 복약자의 상태에 따라 상이할 수 있음. 효과: 우울감, 불안감,
무력감, 초조함, 무감각 등 다양한 기분의 회복.

다시 읽어도 이상했다. 요 알약만으로 이 모든 감정이 컨트롤
된다고? 감정의 변화는 그렇다치더라도 신체적 변화는 뭐지? 갑자기
활기가 넘치나? 그래서 영양제인가.

"언니, 비타무드 복용 후기 좀 알려 줘."

'언니'는 소혜가 설정한 음성인식 서비스의 이름이었다. 부를
때마다 어쩐지 편안하고 믿음직한 느낌이 들고 입에 착 달라붙어
결정한 이름이었다. 언니가 후기를 읊어 나갔다.

— 전 정말 우울하고는 거리가 먼 사람이었는데요. 6개월 전
어머니가 돌아가시고 나서부터 우울한 기분을 떨칠 수가 없었어요.
어머님은 여든일곱 살이셨고 많이 일찍 돌아가신 편이어서 제가
충격이 컸어요. 약을 복용하고 열흘 뒤부터는 잠도 잘 자고 우울한
기분도 많이 가셨어요.

"또."

— 저는 어릴 때부터 불안도가 정말 높았어요. 중요한 시험이나
발표 같은 것을 앞두고 있을 때는 말도 못 했구요. 항상 교통사고가

나진 않을까 건물이 무너지지 않을까 거의 공상에 가까울 정도로 걱정이 많았어요. 지난번 대지진 이후에는 더 심해졌고요. 항불안제를 먹을까 기분 영양제를 먹을까 고민하다가 먼저 비타무드를 선택했는데. 정말 잘한 선택 같아요.

후기가 넘쳐 흘렀다. 시간이 드는 심리상담이나 정신과 방문보다 감정 영양제를 복용하여 손쉽게 자신의 기분을 바꾸고자 하는 사람이 많다는 얘기는 들었지만 예상보다 많은 숫자였다. 연이어 또, 또를 외치며 들은 다른 후기들 역시 모두 칭찬 일색이었다. 광고의 향기가 물씬 풍겼지만 한편으로는 저들처럼 나아질 수 있을 거라는 기대감도 솟았다. 오후 두 시 이십 분. 자정이 넘으면 한 알 더 먹는 것으로 계획하고 연보라색 캡슐을 삼켰다.

약을 넘기고 가만히 앉아 있어도 별다른 반응은 없었다. 샤워를 하고 늦은 점심을 먹고 나서도 기분이 변하는 것 같지는 않았다. 이렇게 60일이 지나도 그대로이면 어쩌나 하는 섣부른 걱정을 하며 자정을 기다렸다. 첫 번째 복용 후 열 시간이 조금 더 지났을 때 소혜는 약을 한 알 더 삼키고 침대에 누웠다.

어제도 밤을 꼬박 새다시피하고 아르바이트를 다녀왔기 때문에 간절하게 잠이 고팠다. 통잠을 못 잔 지 두 달이 넘었다. 몸은 한없이 가라앉는데 잠은 쉬이 오지 않았다. 며칠째 이어지는 열대야가 힘을 보태 훼방을 놓았다. 에어컨을 다시 켜야 하나. 추우면 또 잠에서 깰 텐데. 제발 약효가 빨리 나타나서 잠이라도 잘 수 있으면 좋겠다. 억지로 눈을 감고 흘러가는 생각들을 훑고 있을 때였다. 갑자기 턱이 덜그럭덜그럭 부딪힐 만큼 오한이 들었다.

소혜는 발로 차 낸 얇은 차렵이불을 몸에 휘감기 시작했다.

사랑도 회복이 되나요?

여름이불이라 그런지 온몸을 뚤뚤 감싸도 따뜻해지지 않았다. 덜덜 떨리는 손으로 보일러를 틀어야 하나 고민하는 순간 속이 울렁거렸다. 그러고는 욕지기가 솟아올라 목울대에 걸렸다. 토해 내듯 입을 벌리니 뒤틀리는 듯한 비명이 쏟아졌다. 자신이 만든 엄청난 사운드에 놀랄 새도 없이 이윽고 소혜의 눈에서 눈물이 쏟아졌다. 엉엉 소리를 내며 우는 와중에 속이 갑갑해졌다. 가슴을 두드리며 방 안을 돌아다녔지만 사방이 막힌 공간을 바라보니 숨이 조여 왔다. 결국 소혜는 오열을 하는 몸을 이끌고 옥상으로 뛰어 올라갔다.

옥상에는 202호 시인 언니가 만들어 놓은 작은 정원이 있었다. 텃밭이라고 해야 더 어울릴지 모르지만 각종 채소부터 계절을 바꿔 피는 꽃, 키가 작은 나무들까지 종류별로 심어 놓아 여름이 가까워 오면 꽤 싱그러운 모습이 되는 곳이었다. 문을 열자마자 101호 웹툰작가의 담배 스팟으로 달려갔다. 옥상 아무데서나 담배를 피우는 만화가 때문에 늘 신경이 곤두섰던 시인 언니를 위해 와이프가 직접 목재를 구해다가 만든 흡연 구역이었다. 터져 나오는 소리를 조금이라도 막아 줄 가벽 속에 몸을 숨긴 소혜는 마음 놓고 울음을 쏟아 냈다.

창을 지나 온 햇빛이 소혜의 눈을 찔렀다. 가늘게 눈을 떠 보니 거실이 환했다. 정오가 지난 것이다. 신발만 겨우 벗은 채로 상반신은 거실에 하반신은 현관에 걸쳐 자고 있었다. 얼른 정신을 차리고 지난밤을 떠올렸다. 하늘이 밝아질 때쯤에 울음이 멈췄고 울렁거림도 갑갑증도 사라졌다. 떠오르는 태양을 가만히 바라봤다.

조용했다. 아주 오랜만에, 어쩌면 처음일지도 모르는 정적이 소혜의 마음에 찾아왔다. 그러고는 나른하게 졸음이 쏟아졌고 집으로 돌아온 것이다.

"언니!!! 비타무드 부작용!!!"

소혜가 다급한 목소리로 검색을 시작했다.

— 비타무드는 부작용이 거의 없었어요. 가끔 복용으로 인한 감정 변화를 부작용이라고 생각하시는 분들도 있는데 그것은 그 사람에게 꼭 필요한 감정이 억제되어 있는……

"다른 거!"

— 부작용을 걱정하시는 분들이 있는데 비타무드는 부작용이 전혀 없다고 보시면 되요. 저 같은 경우는……

"없어요 빼고. 없어요 빼고!"

— 비타무드 먹고 부작용인 줄 알았는데 그게 아니더라고요. 꾸준히 복용하시면……

"잠깐 잠깐. 비타무드 고객센터로 연결해 줘!"

원하는 대답이 나오지 않자 빠르게 노선을 변경하였다. 안내음이 끝나고 인공지능 상담으로 연결되었다. 소혜는 지난 밤 자신의 상태를 설명하고 환불을 요구했다. 아무리 생각해도 어제의 이상 반응은 약물 때문에 일어난 것이고 자신의 몸을 컨트롤 불가한 위험 상태로 만들었기 때문이다. 하지만 돌아오는 대답은 후기 글들과 비슷한 내용이었다. 필요한 감정 반응이 나온 것이며 부작용처럼 느껴지겠지만 시간이 지나면 격렬한 상태가 사라지고 기분이 곧 나아질 것이라 했다.

하지만 그 말을 곧이곧대로 믿을 수 없었다. 어젯밤을 찬찬히 떠올렸다. 갑자기 찾아온 오한, 고통스러운 울렁거림, 짐승 같았던 울음소리. 정신을 놓고 몇 시간이나 지속된 오열이 내게 필요한 감정인지 납득할 수 없었다. 복용하는 내내 이런 상태라면 안심하고 생활을 할 수 없을 것 같다. 사기당했다는 마음으로 약을 먹지 않아도 그만이었지만 그대로 넘길 수가 없었다. 기분 영양제는 예술인 빌라 임대료로 치면 한 달하고도 삼 주치와 맞먹었다. 가뜩이나 쪼들리는 상황에서 헛돈을 썼다 생각하니 분한 마음이 치밀어 올랐다. 소혜는 박스 그대로 약을 챙겨 들고 비타무드 본점을 찾아갔다. 인간이랑 직접 마주하고 이야기를 하면 뭔가 통할지도 모른다 생각했다. 영업 매뉴얼에 익숙한 직원과의 대화에서 이겨 본 적이 없었지만 임대료를 생각하며 집을 나섰다.

"약을 복용하시고 경험하신 신체 반응이나 감정에 대해서 이야기해 주시겠어요?"

매장에 찾아가 큰소리로 환불을 요구한 소혜를 자그마한 상담실로 데려온 직원이 차분하게 물었다. 죽어도 부작용이라는 단어를 쓰지 않겠다는 단호한 의지가 보이는 질문이었다. 소혜는 어젯밤의 경험을 최대한 생동감 넘치게 설명했다. 얘기를 듣고 나면 자신에게 굴복하게 될 것이라고 예상했다. 이야기를 끝낸 소혜는 박력 넘치는 자신의 묘사에 자부심을 느끼고 미소 지었다.

"말씀 주신 부분들이 저희 임상 실험에서 나왔던 반응 중 하나라 모든 것은 자연스러운 현상이라고 보시면 되세요."

직원은 흔들림 없이 말을 이어 나갔다.

"고객님께서는 불편한 기분이나 마음 상태 때문에 약을

복용하신 것이지요? 그런 상태에서는 억눌리거나 회피해 온 감정이 있고 그런 감정이 쌓이다 보면 마음뿐 아니라 몸이 그 감정을 견뎌야 해요. 말하자면 몸의 일부분에 그 감정을 쌓아 놓고 있다는 거죠. 스트레스를 받으면 뒷목이 뻣뻣해지고 어깨가 굳는 것처럼요. 고객님께서 감당하시기 힘들었던 그 눈물이 고객님께 꼭 필요한 감정 표출이었고, 오한이나 울렁거림은 그 표현되지 못한 감정을 꺼내기 위한 전조 증상이라고 보시면 돼요."

"……그걸 어떻게 믿어요?"

직원이 조용히 미소를 지었다.

"한참 울고 난 후에 멍해지셨다고 했죠?"

"네."

"그때 마음이 어떠셨나요?"

소혜는 그 정적을 떠올렸다. 처음 맛본 고요함. 끊임없이 따라붙는 생각의 소리가 멈춘 그 시간. 그리고 노곤히 쏟아지던 졸음. 패배를 예감한 소혜가 시선을 떨궜다.

"아마도 편안해지신 거겠죠? 그 이후로 잠이 드셨다고 하니까. 혹시 그전에는 잠은 잘 주무셨나요?"

"……아니요."

"네에."

직원이 미소를 띠우며 고개를 끄덕였다.

"이것은 일종의 명현 현상이라고 보시면 되요."

"명현 현상이요?"

"네. 기분이 회복되기 위해서 필요한 감정 반응이 나타나는 거죠. 아마 꾸준히 복용하시다 보면 격렬했던 감정들도 수위가

사랑도 회복이 되나요?

낮아질 것으로 예상이 됩니다."

"그 명현이 길어지면요? 계속 그 상태만 유지되면요?"

"그렇다면 그만큼 감정 반응이 필요하다는 것이겠죠. 음……
사실 그것보다 더 중요한 것이 있어요, 고객님. 특별히 알려 드리는
팁인데요……"

말을 던지고 잠깐 물을 마시는 직원을 바라보며 소혜는 침을
삼켰다.

"감정 반응을 잘 살펴보셔야 해요. 명현이 끝나고 한동안은 좋은
기분을 유지할 수 있지만 왜 그런 반응이 나타났는지 스스로 생각을
하셔야 약을 더 복용하지 않고도 기분을 컨트롤 할 수 있거든요.
특히 신체화 증상이 나타났을 때를 잘 살펴보셔야 해요. 왜 그런
반응이 나왔는지 스스로 잘 생각해 보시면 근본적인 치료도 가능할
겁니다."

"아니, 일시적으로만 감정이 나아지는 거면 이게 무슨 효과가
있다는 거예요?"

"고객님. 비타민이나 다른 영양제들도 복용을 중단하면 효과가
없죠. 진통제를 한 번 먹는다고 평생 두통이 사라지나요? 식습관
때문에 생긴 위염도 약 한 번 먹는다고 다 낫지 않는 건 아시죠? 기분
영양제도 마찬가지입니다."

소혜는 끝까지 평정을 잃지 않는 직원에게 대꾸할 말을 찾지
못하고 매장을 나서야 했다. 조목조목 맞는 말뿐이라 도리가
없었다. 그런데 이상하게 약이 오르고 화가 났다. 그 갑작스러운
오열만 생각하면 더 이상 이 약을 삼킬 수 없었다. 이 다음에는 또
어떤 반응이 일어날지 모르는 일 아닌가. 물건을 사정없이 던지며

악다구니를 쓸지도 모르고 길거리에서 마주친 사람을 마구잡이로
때릴지도 모른다. 이런 시한폭탄 같은 약을 만들어 놓고 너에게
필요한 감정 반응일 뿐이었다고 설명하다니. 이 모든 게 다 자신을
잘 돌보지 못 한 당신의 탓이라고 비난하는 것 같았다.

집 앞까지 도착해서도 그 직원에게 무슨 말을 덧붙였어야
좋았을지 떠오르지 않았다. 생각을 잘 정리한 후 신랄한 후기 글을
써서 올리겠다고 마음을 먹고 빌라 입구에 들어섰다. 보라색 박스를
품에 안은 채로 입구에 들어서자 마침 건물 밖으로 나오는 402호
남자와 마주쳤다. 순간 심장이 덜컹했다.

'뭐야? 이것도 명현 현상이야? 이러다 오장육부 다
뒤집어지겠네.'

남자가 소혜를 보더니 걸음을 멈췄다. 소혜는 눈을 피하며
그대로 계단을 오르려 했다. 그때 남자가 말을 걸었다.

"저기요."

소혜는 잠깐 움찔했지만 자신을 부르는 것이 아니라 생각하고
그대로 계단을 올랐다. 뒤따르는 발소리가 들렸다.

"저기요. 잠시만요."

뒤를 돌아보자 남자가 어색하게 미소를 지었다.

"안녕하세요. 저는 402호 사는 이서준이라고 하는데요. 잠깐
시간 있으시면 이야기 좀 나눌 수 있을까요?"

소혜는 박스를 꼭 끌어안고 뒤로 물러섰다.

"무슨 이야기요?"

"어제 그 약 드셨죠?"

사랑도 회복이 되나요?

서준의 눈이 박스로 향했다. 역시 이게 뭔지 알아봤구나. 그런데 약을 먹었는지 아닌지는 어떻게 알지? 박스가 열려 있어서? 대답을 미루고 열심히 상대의 의도를 읽어 내려 했다.

"어제 우시는 거…… 제가 봤거든요."

소혜는 자신이 부린 소란을 떠올리며 퍼뜩 사과를 했다.

"아뇨, 아뇨. 죄송할 거 없어요. 사실은 저도 어제 그 약 먹었거든요."

머쓱한 듯 서준이 웃어 보였다. 이 사람도 부작용이 있구나! 생각이 빨리 돌아갔다. 그럼 그렇지. 나만 그럴 리가 없지.

"그쪽도 우셨어요?"

"아휴…… 그럼 다행이게요."

눈을 동그랗게 뜨고 빤히 바라보는 소혜를 두고 서준은 주위를 살폈다.

"저희 어디 들어가서 얘기해도 될까요?"

두 사람은 서준이 빠르게 예약한 관리동 세미나실로 향했다. 핸드폰으로 인증을 하고 안으로 들어가는 서준을 뒤따르던 소혜가 성범죄 빠른 신고 프로그램을 실행했다. 별도의 문자나 통화 없이 음성인식으로 자동 신고가 가능하고 실행과 동시에 녹화가 진행되는 어플이었다. 특정 단어나 소리의 데시벨을 설정해 놓으면 바로 작동되기 때문에 소혜는 각종 욕설과 다양한 높낮이의 비명을 녹음해 두었다. 최근에는 강화된 처벌과 성평등 교육으로 성범죄가 현저히 줄어들었지만 아무래도 모를 일이었다. 밀실에서 모르는 남자와 단 둘이 있는 것은 상당히 꺼림칙했다. 부작용 같은 거 그냥 모른 체할걸 하는 때늦은 후회도 뒤따랐다.

"편한 데 앉으세요."

서준이 뒷목을 긁적이며 어정쩡하게 서 있었다. 상대편도
어색해하고 있다는 걸 확인하니 안심이 되면서도 저런 행동이 날
안심시키려는 연기는 아닌지 의심이 되었다. 소혜는 출구와 가장
가까운 의자에 앉아 바퀴를 굴려 책상과 거리를 두었다. 두 사람이
한 화면에 잡힐 수 있게 핸드폰을 조심스럽게 놓고 여차하면 박스를
던질 수 있게 손 모양을 바꿔 잡았다. 이런 부지런한 경계를 눈치
채지 못한 듯 서준은 소혜의 맞은편에 앉아 바짝 의자를 당겼다.
그러고는 한숨을 내쉬었다.

"저는 배우 일 하는 사람인데요. 사실은 저는 그…… 울고
싶어서 약을 먹은 거거든요."

다시 한 번 고개를 숙이고 한숨을 쉬더니 손가락으로 왼쪽
쇄골을 문지르며 말을 이어 나갔다. 연기를 할 때 도무지 눈물이
나지 않아 연습 때마다 강도 높은 노트를 받고 오디션에서도 족족
떨어진 사연들을 읊었다. 티어스틱을 발랐다가 눈이 매워서 대사를
까먹었던 일, 눈을 깜빡이지 않아서 로봇 같다는 리뷰를 받은 일,
살을 꼬집어 눈물을 내려다 자기도 모르게 악 소리를 내거나 혀를
씹어서 대사를 이어 나가지 못 했다는 얘기까지 들었을 때 소혜는
감독 모드가 발동했다.

"인물의 상황에 몰입하려고 해 보셨어요? 눈물에만 집중하다
보니까 더 몰입이 되지 않은 것일 수도 있는 것 같은데."

서준의 눈썹이 팔자 모양을 그리며 내려갔다.

"그러니까 그게 계속 반복인 거예요. 상황도 이해되고 정말정말

사랑도 회복이 되나요?

공감이 가는데 연기를 하면 눈물이 안 나요. 그런데 또 지문에는 눈물을 글썽거리며, 뭐 그런 게 적혀 있으니까……"

"꼭 울지 않아도 감정 표현은 가능하잖아요."

"근데 그게…… 제가 못 운다는 걸 아니까 더 집착하게 되는 것 같기도 하고. 사실 제가 평소에도 운 적이 거의 없거든요. 마음이 너무 아픈데도 눈물이 안 나요. 그래서 전 제가 진짜 나쁜 놈 같다고 생각했거든요. 그때가 저희 할머니 돌아가셨을 땐데……"

서준은 자신과 할머니가 얼마나 각별한 사이었는지, 그리고 할머니가 투병하실 때 얼마나 고통스러웠는지, 또 돌아가신 이후에 얼마나 슬펐는지에 대해 열정적으로 설명했다. 박스를 잡고 있던 소혜의 손이 느슨하게 풀어졌다.

"근데…… 그런데도 눈물이 안 나더라고요."

정작 가만히 이야기를 듣고 있던 소혜의 눈에 자그맣게 방울이 맺혔다. 눈물방울을 발견한 서준이 갑자기 손가락질을 했다.

"그런데 이렇게 잘 우시니까!"

서준이 선망의 눈빛으로 소혜를 바라봤다. 소혜는 민망함에 물기를 닦아 냈다. 소혜를 바라보던 서준은 몸을 조금씩 비틀었다. 무엇이 불편한지 골반 주위를 움직이며 엉덩이를 들썩대다 바지 주머니에 손을 푹 찔러 넣었다.

"어제도요. 그렇게 우시는 거 보고 어떻게 하면 저렇게 할 수 있을까 그런 생각했거든요. 저도 약을 먹었으니까 막 울 수 있을 줄 알았는데……"

어제의 오열을 목격한 이웃이 소음으로 신고를 한다면 모를까 이런 부러움을 고백하리라곤 상상도 못 했다. 또 한편으로는 그렇게

절절하게 우는 사람을 보고 이런 생각을 하는 낮은 공감능력으로 무엇에 눈물을 흘릴 수 있겠냐는 합리적인 의심도 들었다. 황당함과 안타까움이 교차하던 와중 소혜의 시선이 서준이 열심히 씹고 있는 입술에서 은밀하고 부지런히 움직이는 팔뚝으로 향했다. 불길한 예감이 스쳤다. 소혜는 저 팔이 무슨 일을 하고 있는지 알아내야 했다.

"그러셨구나……"

소혜는 공허한 맞장구를 치며 의자를 조금씩 움직였다. 몸을 조금 빼서 확인하니 책상 밑에서 분명히 무슨 일이 일어나고 있었다.

"아이고…… 신발이……"

토로가 계속되는 동안 소혜는 끈도 달리지 않은 신발의 끈을 고쳐 묶는 척하면서 몸을 숙였다. 호주머니에 들어 있는 서준의 손이 사타구니 쪽으로 바짝 당겨져 있었다. 그리고 잔뜩 힘이 들어간 채 반복적으로 움직이고 있었다. 숨이 멎을 것 같았다. 어린시절에 길에서 성기를 노출하거나 여자들이 보는 앞에서 자위행위를 하는 성범죄자들을 심심치 않게 만났다는 엄마의 얘기가 떠올랐다. 소혜는 그것이 늘 과장하기를 좋아하는 엄마가 한껏 부풀린 얘기라고만 생각했었다. 그런데 엄마가 쌍욕을 섞어가며 묘사하던 일이 눈앞에 펼쳐지고 있었다. 자신의 앞에서 성기를 꺼낸 남자를 보고 비명을 지르며 빙판길을 5분 동안 달렸다는 엄마에게 '바로 신고했었어야지'라고 무심하게 말했던 것을 후회했다. 조금씩 소혜의 몸이 굳어지기 시작했기 때문이다. 침착하자. 침착하자. 소리 한 번 지르면 바로 신고야. 주문을 외우듯

되뇌어 봤지만 이미 경직된 몸은 쉽게 풀어지지 않았다. 소혜는 서서히 몸을 들어 올려 다시 의자바퀴를 뒤로 굴렸다.

그때 서준이 벌떡 일어났다. 소혜는 반사적으로 몸을 젖혔다.

"앉아 있으니까 허리가 아파서."

누가 봐도 거짓말이었다. 소혜는 침착하려 애쓰며 핸드폰 쪽으로 손을 뻗었다.

"아…… 그럼 그쪽은 약 먹고…… 어땠어요?"

"그게 진짜 미치겠는 부분인데요…….."

서준이 책상 위에 손을 내려놓으며 얼굴을 찡그렸다. 소혜는 잔뜩 긴장한 채로 서준을 응시했다. 찡그린 얼굴, 힘이 들어간 손, 책상에 문대는 사타구니…… 사타구니를 책상에 문대? 소혜가 있는 힘껏 소리쳤다.

"야 이 변태새끼야!"

"간지러워요."

"뭐?"

"네?"

두 사람이 말이 맞물렸다.

"변태새끼 너 뭐라 그랬어?"

"간지럽다고요."

서준은 여전히 참을 수 없다는 듯 몸을 비틀어 대며 말했다. 소혜가 상황을 받아들일 틈도 없이 핸드폰 알람이 울렸다.

<성범죄 긴급신고가 접수되었습니다. 성범죄 긴급신고가 접수되었습니다. 위치를 확인하겠습니다. 서울시……>

"어어? 아니에요. 그게 아니구요."

"아니긴 뭐가 아니야!"

"그게 제가 약을 먹고 너무 간지러워서 긁었는데 그게……"

<……로 확인되었습니다. 지금 출동합니다.>

출동완료 메시지가 울렸다. 소혜는 핸드폰을 들어 서준을 찍기 시작했다.

"헛소리 하지 마. 지금 다 녹화되고 있으니까. 아까부터 다 찍고 있었어."

"네. 오해하실 수 있어요. 그런데 진짜로 간지러워서 그랬어요."

서준이 간절한 눈을 하고 여전히 몸을 긁으며 말했다. 어젯밤 울음소리를 듣고 옥상에 올라가 소혜를 발견한 순간 온몸이 미칠 듯이 가렵기 시작했다고. 정신없이 긁느라 무슨 일인지 묻지 못하고 집으로 내려오는데 소음에 화가 난 301호 아저씨를 마주쳐 상황 설명을 했다고. 그런데 미친 듯이 몸을 긁는 자신을 보고 도리어 놀란 아저씨가 서준을 피해 집으로 돌아갔다고. 얘기를 듣다 보니 흐릿하지만 울고 있는 와중에 복도에서 쩌렁쩌렁 울리던 301호의 분노에 찬 목소리가 떠올랐다.

"몇 시간 동안 온몸을 긁다가 제가 좀 잦아들어서 보니까 울음소리도 안 들리더라고요. 그래서 낮에 마주친 게 생각이 났고. 혹시 그 약을 먹고 그렇게 되신 건가, 생각했던 거거든요."

소혜는 서준의 말을 믿을 수도 믿지 않을 수도 없었다. 핸드폰 카메라를 방패 삼아 들고 서 있을 뿐이었다.

"잠깐만요, 저 진짜 죄송해요."

서준은 뒤돌아서 아주 빠르게 몸을 긁어 댔다. 그리고 조심스럽게 몸을 돌렸다.

사랑도 회복이 되나요?

"오늘 아침에는 또 괜찮아서 약을 먹었는데 이게 이렇게 다시 시작될 줄 몰랐어요."

"그러고 그 약을 또 먹었다고요?"

"네. 꼭 울고 싶어서……"

서준의 팔뚝이 붉어져 있었다. 이제 보니 쇄골 뼈 근처도 핏방울이 맺혀 있었다.

"피 나는데요."

"어디요?"

소혜가 자신의 쇄골 근처를 톡톡 쳤다. 서준이 고개를 쭉 숙여 확인을 하려 했지만 잘 보이지 않았다. 더듬더듬 뼈를 만져 보더니 손끝에 묻은 피를 확인했다.

"어, 그러네."

"어떡해요?"

"전부 다 이래요."

울상이 된 얼굴로 서준은 티셔츠를 살짝 걷어 올렸다. 선명하게 선이 그어진 복근 위로 손으로 할퀸 자국이 나 있었다. 툭 불거진 골반 뼈 위로는 핏방울이 맺혔던 흔적이 남아 있었다. 피부 위의 붉은 자국의 방향이 배꼽 아래로 향한다는 것을 확인했을 때 소혜의 동공이 흔들렸다. 낯선 남자의 맨살을 본 소혜는 움찔했지만 상대방 신체의 어떤 부위를 봐도 성적으로 자극받지 않겠다는 듯한 얼굴로 천천히 고개를 끄덕였다.

"다른 데는 더 심해요."

"네…… "

"아까는…… 사타구니 쪽이…… 최대한 참으려고 했는데 너무 간지러워서 참을 수가 없었어요. 정말 죄송해요. 많이 놀라셨죠."

"네."

"제가 빨리 말씀을 드릴 걸. 하긴 먼저 말씀드렸어도 그렇게 긁는데 어떻게 해도 불쾌하셨을 것 같아요."

서준은 여전히 팔 안쪽을 긁으며 연신 사과를 했다. 출동한 경찰관의 위치를 알리는 빨간색 동그라미가 점점 가까워지고 있었다.

"잘하셨어요. 위협을 느끼셨을 때는 언제든지 편하게 이용하시면 돼요. 그러라고 만든 제도인데요."

섣부른 신고로 경찰관들을 헛걸음하게 만든 건 아닌가 싶었는데 상대 쪽에서 먼저 격려의 말을 건넸다. 여자들은 역시 다 이해해 주는구나 생각하며 소혜는 꾸벅 머리를 숙였다.

"그건 그렇고 갑자기 간지러우셨던 거예요? 뭘 잘못 드셨나? 아유…… 피가 나도록 긁었네."

"네. 제가 약을 먹고 나서……"

"약? 무슨 약을 먹었는데 이렇게 됐어요?"

"아, 저 비타무드라고……"

"기분 영양제? 가려움증으로 오셨구나. 난 저리는 걸로 왔는데."

"선생님도 그거 드셔 보셨어요?"

깜짝 놀란 소혜가 대화에 끼어들었다.

"네. 그거 먹고 이렇게 된 거면 이해 좀 해 주셔야겠다. 나도 모르게 이렇게 되는 거라. 나는 손발이 저려서 휴가까지 내야 했어."

경찰관은 뭔가를 안다는 듯 잠시 서준을 바라봤다.

사랑도 회복이 되나요?

"뭘 많이 참고 사시나 봐. 약 잘 먹고 좋아지시길 바랄게요. 나는 많이 좋아졌거든."

경찰관은 서준의 쾌유를 빌며 자리를 떠났다.

"사람마다 반응이 다 다른가 봐요."

서준의 말을 듣고 소혜는 고개를 끄덕였다. 그러고는 고객센터에서 들은 얘기를 꼼꼼히 전달했다. 소혜가 의심하며 들었던 얘기들을 하나하나 다시 옮길 때마다 서준은 어떤 깨달음을 얻은 양 연신 감탄사를 내뱉었다. 상대의 호응에 맞춰 덩달아 성실히 마음을 잘 살펴야 한다는 부분까지 설명을 하다 문득 말을 멈췄다. 서준이 가만히 소혜를 바라봤다.

"믿어지세요?"

서준은 어설프게 고개를 끄덕였다. 아무래도 소혜는 아니었다. 약을 먹고 마음을 살펴보라니. 하나마나 한 소리 아닌가. 마음챙김이니 명상이니 하는 것들에서 말하는 것과 다를 바가 없었다. 약을 먹은 사람마다 각자 다른 반응이 나타난다는 것도 미심쩍었다. 골똘히 혼자 생각에 빠졌던 소혜가 고개를 들자 순간 흠칫 놀란 서준이 반사적으로 몸을 긁었다. 하얀 팔뚝에 또 핏방울이 맺혔다.

무엇인가 번뜩 생각난 듯 핸드폰을 집어 들었다. 보관함을 확인하니 성범죄 신고 어플에 자동으로 녹화된 영상이 있었다. 곰곰이 생각하던 소혜가 서준을 똑바로 바라봤다.

"저랑 같이 다큐멘터리 만드실래요?"

기분 영양제가 진짜 효과가 있는 건지, 복용 후 나타나는 증상들은 정말로 부작용이 아닌지 알아내야 했다. 효과가 없다면 없는 대로 세상에 알릴 의무가 있었고 만에 하나 효과가 있더라도 약을 처음 접하는 사람들이 겪을 이 황당한 신체 반응들에 대해 소상히 알릴 필요가 있다고 생각했다. 그리고 무엇보다 어떤 형태로든 영상물을 만든다면 거주확인용 작품으로 제출할 수 있을 거라는 생각이 스쳤다. 천재적인 아이디어였다. 지금의 위기를 넘길 수 있는 유일한 희망이 될 수 있을 거라는 확신이 들었다. 소혜는 조목조목 왜 다큐멘터리를 만들어야 하는지 설명했다.

남은 건 서준의 대답이었다. 잘 모르는, 아니 어설프게 아는 앞집 여자의 갑작스러운 제안을 어떻게 받아들일지 몰랐다. 어떤 이미지로 비춰질지 모르는 매체에 배우가 얼굴을 드러내는 것은 분명히 부담이 될 것이다. 이 사람이 거절하면 모든 게 끝이다. 약에 대한 의문도 풀 수 없고 거주확인용 작품도 날아간다. 소혜는 다소 간절한 얼굴로 서준을 바라봤다. 소혜의 시선을 받은 서준이 다시 몸을 긁기 시작했다.

"그걸 못 만드시면 이제 빌라에 못 사시는 거예요?"

"네."

절박한 마음에 서준의 질문이 다 끝나기도 전에 소혜가 답을 말했다. 빠른 답변에 웃음이 터진 서준의 눈꼬리가 반달이 되었다. 그러나 소혜의 비장한 태도에 덩달아 진지한 얼굴이 되었다.

"그럼 꼭 함께 이 약의 정체를 밝히면 좋겠네요."

이번엔 소혜가 세미나실을 대여했다. 하나의 픽스 카메라를 설치하고 대여한 두 개의 미니 드론 카메라를 꺼냈다. 미니 드론을 사용하면 따로 컨트롤하는 사람이 없어도 설정한 컷 사이즈에 맞춰 움직이는 인물을 촬영을 할 수 있었다. 하나의 사이즈로만 촬영이 가능하기 때문에 편집할 때 영상이 재미없을 수 있지만 다른 스텝이 참여할 수 없는 상황에서는 최선의 선택이었다.

"촬영하기 전에 할 말이 있는데요."

카메라 세팅을 마친 소혜가 말했다.

"이건 서준 씨를 의심해서 하는 말은 아니고요. 상황을 명확하게 만들어서 서로 편안한 환경에서 촬영하기 위해서 말씀드리는 건데요. 저는 비연애주의자예요."

카메라 앞에 앉은 서준이 멍하니 소혜를 바라봤다. 그러고는 허벅지를 긁기 시작했다.

"촬영을 저희 둘이 할 일이 많잖아요. 혹시라도 껄끄러운 상황이 생기지 않게 확실히 해 두는 게 좋을 것 같아서요. 첫날처럼 오해하는 일 없게요."

천천히 움직이던 서준의 고갯짓이 서서히 빨라졌다.

"네! 저도, 아, 네! 괜찮습니다. 알겠습니다."

"무슨 말인지 아시죠?"

"네!"

대답은 또렷했고 눈빛은 공허했다. 멍하니 허공을 바라보던 서준의 눈동자가 순간 똘망해졌다.

"혹시라도 언제든지 불편하시면 말씀해 주세요."

촬영이 시작됐다. 마주 앉은 두 사람은 기분 영양제를 먹은 이유에 대해서 먼저 이야기했다.

"저는 지난 20년 동안 슬퍼도 눈물이 나지 않았습니다. 제가 현재 배우를 하고 있는데요. 연기를 할 때 눈물을 흘리지 못해 약을 먹게 되었습니다."

　서준이 꽤나 씩씩하게 대답을 마쳤다. 소혜의 차례였다. 어떻게 표현을 할까 고민이 되었다. 하지만 역시 약을 주문한 이유는 한 가지였다. 거짓말을 할 수는 없었다.

　"자살 사고 때문에요."

　명쾌한 답변을 뱉었다. 상대가 어떻게 반응할까 생각하니 순간 몸이 굳어졌다.

　"……사고요? 무슨 사고 났었어요?"

　"네?"

　"아니 무슨 사고라고 하셔 가지고……"

　"아…… 그게 아니라……"

　웃으면 안 될 것 같은데 웃음이 터졌다. 웃는 소혜를 보며 서준은 겸연쩍어 하기는커녕 무슨 재미있는 일이라도 있냐는 듯 궁금한 눈을 하고 있었다. 이런 것에 웃으면 실례라는 생각으로 웃음기를 꾹 누르고 소혜가 대답했다.

　"자살하고 싶다는 생각이 들어서요."

　이내 서준의 얼굴이 진지해졌다. 심각하게 고개를 끄덕이고 말을 잇지 못 하는 서준을 보니 소혜는 더 웃음이 나왔다.

　"많이 힘드셨겠어요."

　담백한 위로였다. 소혜는 반사적으로 아니라고 도리질을 치려다 이 습관적 부정이 도리어 예의가 아닌 것 같아 결국 고개를 끄덕였다. 힘들었다는 것을 인정하는 것만으로도 눈물이 날 것 같았다.

　왜 그런 생각을 하게 됐냐는 질문에 소혜는 또박또박 자신의

사랑도 회복이 되나요?

상황을 설명해 나갔다. 시나리오를 쓸 수 없는 상태에 대한 우울과 불안, 무기력에 대해서. 충분한 답변을 하고서는 다음 질문을 하려는데 상대 쪽에서 선수를 쳤다. 언제부터, 왜 글을 쓸 수 없게 되었냐는 질문이었다.

"저한테 너무 실망했거든요. 제 가치관을 무너뜨리는 짓을 했어요, 제가. 3년 전에."

잠깐의 침묵이 이어졌다. 아마도 서준은 그게 무슨 일인지 알고 싶어 하는 눈치였다. 하지만 소혜는 그 사건을 입 밖에 낼 수 없었다. 상대가 질문을 하면 깔끔하게 거절하리라 마음을 먹었다.

"용서해 주면 안돼요?"

"……누구를요? 그 사람을요?"

서준의 두 손이 소혜를 향했다. 소혜의 심박수가 올라갔다. 왼쪽 가슴에 손을 올린 소혜가 가만히 생각했다. 그러고는 아주 천천히 고개를 저었다. 빠른 속도로 눈물이 차올라 소혜의 무릎에 뚝뚝 떨어졌다. 서준의 손이 소혜의 눈가에 닿았다. 그러다 이내 눈물을 닦던 손을 거뒀다.

"죄송해요."

소혜의 심장이 쿵하고 떨어졌다. 지난 번 계단에서 겪었던 느낌과 같았다. 이 불규칙한 심장의 움직임. 부작용이 틀림없었다. 얼른 서준의 증상에 대해 물었다. 가려운 것 외엔 별다른 증상은 없다고 했다. 약을 먹은 지 사흘째, 첫날처럼 지속되진 않지만 어느 순간 아주 강력하게 가려울 때가 있다는 답변이 돌아왔다.

"저는 다른 증상들은 이제 없는데 갑자기 심장이 쿵 떨어지는 느낌이 들어요. 막 빨리 뛰기도 하고."

"약을 안 먹었는데도요?"

소혜의 다른 증상들은 잠잠했다. 더 지켜봐야 알겠지만 복용을 중단했을 때에도 특정 증상은 남아 있는 것으로 판단됐다. 하지만 신체 반응과 기분 회복의 연관성은 좀처럼 감을 잡기 힘들었다.

"무기력하고 우울한 건 좀 나아진 것 같은데 그게 영양제 때문인지는 모르겠어요. 서준 씨는 어때요?"

"제 기분도 괜찮아요. 그런데 전 울지 못하는 것 때문에 약을 먹은 거라……"

"그럼 서준 씨가 울 수 있게 되면 기분 영양제가 정말 효과가 있는 거고, 결국 울지 못한다면 효과가 없다고 상정해 볼까요?"

소혜의 전제에 동의한 두 사람은 계획을 세웠다. 꾸준히 복용한 서준이 눈물을 흘릴 수 있는지 실험해 보는 것으로 약의 효능을 판가름하기로 했다. 기분 개선과 신체 반응의 관계를 우선적으로 연구하고 추가로 복용을 중단하고도 부작용이 얼마나 지속되는지도 알아보기로 했다. 마지막으로 서준이 제안을 했다.

"그럼 우리 매일 서로 상태 보고를 하는 건 어때요?"

— 오전 9시 복용. 오후, 가려움 증상 2회. 강도 중. 리허설 도중 나타남. 기분 괜찮음. 눈물은 나지 않음.

— 복용하지 않음. 오후, 심장 내려 앉는 증상 1회. 강도 중. 메시지 확인 후 나타남. 심장 증상 때문에 불안한 기분. 우울감과 무기력은 완화.

— 오후 9시 복용. 가려움 증상 1회. 강도 상. 핸드폰 하다가 나타남. 기분은 약간 슬픔. 그런데 눈물은 실패.(빌라 앞에 다친

사랑도 회복이 되나요?

길고양이 봤는데 놓쳐서 너무 마음이 아팠어요!)

─ 복용하지 않음. 증상 없음. 기분 슬픔. (저도 그 고양이 봤어요.
구조하고 싶었는데 실패해서 집에서 엄청 울었어요. ; ㅁ;)

─ 오전 9시 복용. 어젯밤에 가려움 증상 3회. 강도 상. 어제 같이
고양이 구조 하고 나서 밤에 엄청 가려웠네요. 기분은 좋았어요.
눈물은 감독님이 너무 많이 흘림! 난 실패!

─ 복용하지 않음. 어젯밤 증상 2회, 오늘 아침 증상 1회. 계속
심장 증상만 있네요. 이게 좀 오래 가나 봐요. 기분은 좋아요!
병원에서 연락 왔는데 고양이 컨디션도 좋대요.

─ 오후 9시 복용. 오후 가려움 증상 4회. 강도 약. 공연 도중에
계속 가려웠네요. 사람들한테는 아토피라고 핑계 댔어요. 눈물은
오늘도 실패네요!

─ 복용하지 않음. 오늘은 증상 없었어요! 요즘은 무기력,
우울 많이 완화됐어요. 아토피 너무 웃겨요 ㅋㅋㅋ 그럼 전
빈맥인가요 ㅋㅋㅋ

비타무드를 복용한 이후에 자살사고는 사라졌다. 다큐멘터리
제작이라는 목표가 생기니 오히려 활력이 돌았다. 순간
불규칙해지는 심장 박동에 불안감은 계속됐지만 어쨌든 전보다
나아진 것은 사실이었다. 하지만 이 회복이 기분 영양제 때문인지는
확신할 수 없었다. 한편 서준은 꾸준히 가렵고 여전히 눈물을 흘리지
못했다. 제약회사의 지도를 성실히 이행하는 서준에게 아무런
변화가 생기지 않는 것은 안타까운 일이었다.

루리의 극단 연습실은 허름하고도 단정했다. 모서리마다 연습용 소품들이 10년의 세월만큼 쌓여 있었다. 한쪽 벽면에는 공연 사진과 단원들 사진이 빼곡하게 채워져 있었다. 소혜는 전시된 사진 앞에서 한참을 서 있었다. 이제 곧 사라질지 모르는 이곳에서 종종 리딩을 하거나 리허설을 하기도 했다. 승은언니를 처음 만난 곳도 바로 여기였다. 코끝이 쩡하고 울렸다.

"하이하이하이하아아아아아."

감상에 빠져드는 순간 희한한 소리가 들렸다. 서준이 가슴을 흔들어 대며 목을 푸는 소리였다. 30분째 스트레칭으로 몸을 풀더니 발성훈련으로 이어진 모양이었다. 소혜가 기다리는 것에 미안해하면서도 자신의 루틴을 정성껏 밟고 있었다.

"잘하고 싶은데."

카메라를 잡고 대기하고 있는 소혜를 힐끗 바라보며 낮게 중얼거렸다. 준비되면 편하게 시작해도 된다는 소혜에 말에 눈을 감고 상황에 집중하려 애를 썼다. 준비한 독백은 몇 해 전 한 콘텐츠 플랫폼에서 남성 회원들이 가장 선호하는 영화 1위로 뽑힌 작품 속의 한 대목이었다. 한 사이코패스의 살인으로 동생을 잃은 남자가 복수를 다짐하는 장면을 선택한 것이다. 소혜의 경우 도대체 사이코패스의 살인에 왜 아직도 관심을 가지는지 이해할 수 없었지만 어쨌든 많은 남자 배우들이 오디션장에서 닳도록 외는 대사임에는 분명했다.

눈에 힘을 잔뜩 준 서준이 비장하게 대사를 뱉기 시작했다. 지켜보는 소혜의 몸이 함께 움츠러들었다. 목소리를 잔뜩 낮추고 호흡을 섞어 가며 마지막 라인을 마친 서준이 고개를 툭 떨궜다.

그러고는 고개를 들어 피드백을 바라는 눈빛으로 소혜를
바라봤다. 신호에 보답을 해야 한다는 생각으로 소혜가 어렵게
입을 뗐다.

"이 대사를 선택한 이유가 뭐예요?"

인물에 대한 공감을 이유로 꼽았다. 본인도 같은 상황이라면
비슷한 말을 할 것 같다고 말하면서. 정작 서준은 동생도 없었고
가족이 살해당한 경험도 없었다. 가뜩이나 감정연기가 어려운
사람이 이런 특수한 상황에 자신을 놓으려니 힘이 들어갈 수밖에
없었다.

"일단 연기할 때 좀 더 힘을 빼고 시작하면 어떨까요? 울어야
한다는 생각은 지우고."

"힘 빼고! 맞아요. 저 그 말 많이 들었어요."

알아듣는 말은 쉽게 동의하는 사람이구나. 참 투명하다고
생각했다.

"근데 그 힘을 빼라는 게…… 몸을 이렇게 하라는 말은
아니잖아요."

서준이 젖은 휴지처럼 의자에 몸을 늘어뜨렸다. 소혜는 웃음이
터졌다. 서준도 따라 헤헤 웃었다.

"제가 정식으로 연기를 배운 게 아니라서요. 뭐 모르는 게
많아요."

서준은 연기를 하기 전 요리를 했다. 특별한 꿈이 없어
방황하던 시절에 시간을 들이면 정직하게 결과물이 나오는 음식을
만드는 일에 매료됐다. 대단한 맛은 아니더라도 부담 없는 한 끼
식사를 제공하는 가게를 차리는 게 목표였다. 스물네 살이 되던

해, 일하고 있던 주방에 드라마팀이 와서 촬영을 하게 됐고 연예인 구경이나 해 볼까 하는 가벼운 마음으로 지켜보다 연기를 하고 싶은 마음이 생겼다.

"고영민 배우 아시죠? 그 사람 역할이 그러니까 그때 제 포지션이랑 같았거든요. 주방보조요. 그런데 뭐라고 그러지? 저보다 더 저 같은 느낌? 설명을 잘 못하겠네. 저는 그냥 별 생각 없이 하루하루를 사는데 제가 느끼는 감정들이 그 사람을 통해서 보이는 것 같았어요. 뭔가를 그러니까 다 알고 있는 것 같았어요. 모든 순간에 자기가 뭘 느끼는지."

그러니까 서준은 자신의 마음속에서 흐릿하게 흘러갔던 감정들, 더 잘 해내고 싶다는 절실한 마음이나 나아진 실력에 대한 성취감, 노력을 이해받으려는 인정욕구 같은 것들을 배우가 표현한 연기를 보고 나서야 정확히 느낄 수 있었다고 했다. 자신의 몸에서는 느껴지지 않던 생기가 가상의 인물을 연기하는 사람에게서 뿜어져 나온다는 사실에 매혹되었다. 그 이후로 무작정 오디션에 지원해 한 연극에 출연하였고 지난 3년간 이런 저런 워크샵을 들으면서 연기를 배워 왔다.

"그래서요. 그 힘 빼라는 소리를 제가 많이 들었는데 이게 정확히 무슨 말인지……"

"습관적인 긴장을 내려놓으라는 얘기죠."

"맞아요. 그러면서 이완이라는 것은……"

"이 다음에 들어올 충동을 잘 받아들일 수 있는 상태."

"맞아요! 와. 역시 감독님은 다르시다."

서준의 눈에 존경심이 찰랑거렸다. 배우에게 좋은 연기를 끌어내는 감독이 되고 싶었던 소혜는 학부시절 꾸준히 연기 수업을 들었다. 본인이 직접 연기를 해 보면서 배우들이 어떤 감각으로 접근하고 어떤 언어를 쓰는지 알고 싶었기 때문이다.

"아마 상황을 잘 받아들이는 몸의 상태를 말하는 것 같은데…… 감정적으로나 심리적으로나 자유로워질 수 있는 상태요."

"네! 그래서 그때 어떤 발성 수업을 들었는데요. 선생님이 턱의 긴장? 그걸 풀어야 한다면서 어떤 누나를 이렇게 만졌거든요."

서준은 자신의 후두골 아래와 귀 밑 사이에 위치한 아래턱 뒤쪽을 짚었다. 그러곤 강사의 움직임을 재연하면서 설명을 이어나갔다.

"여기에 힘이 너무 들어 가 있다고. 그래서 소리가 막힌다고. 전 진짜 하나도 못 알아듣겠더라고요. 그래도 열심히 보고 있었죠. 그런데 그 선생님이 별로 세게 만진 것도 아닌 것 같은데 그 누나가 '아파요' 하면서 피하는 거예요. 저게 뭐가 아프지? 하고 있는데 갑자기 막 울기 시작하는 거예요."

클래스에서 가장 똑똑하고 자신감이 넘쳐 보였던 배우가 턱 쪽의 긴장을 풀다가 느닷없이 무너져 내렸다는 것이다.

"그러면서 그 사람이 뭐라고 그랬는줄 아세요?"

"뭐라고 그랬는데요?"

"저도 안 잘해도 됐으면 좋겠어요."

"그게 무슨 말이에요? 발성을 잘하지 않아도 됐으면 좋겠다고요?"

"아뇨. 그러니까 선생님 말로는 그 누나가 뭔가를 잘하고 싶다는 부담감 때문에 턱의 긴장이 생긴 거래요. 연기를 잘하고 싶은 마음이든 뭐든요. 근데 그 마음이 턱을 꽉 잡고 있었던 거라서 긴장이 풀려고 하니까 속에 있던 말이 튀어 나온 거라고 하시더라고요. 안 잘해도 됐으면 좋겠어요, 하고."

그러니까 그 배우의 잘하고자 하는 열망이 턱의 긴장을 만들었고 좋은 발성은 턱의 긴장이 풀려야만 나올 수 있는 것이었으며 그 긴장을 풀기 위해서는 '잘하지 않아도 된다'라는 명령어가 필요했던 것이었다.

"신기하네요."

"그렇죠?"

"그 사람은 엉엉 울고 싶을 만큼 잘하지 않아도 된다는 말이 필요했나 봐요."

소혜는 얼굴도 모르는 배우의 마음을 이해할 수 있을 것 같았다. 잘하려면 잘하고 싶다는 강박을 놓아야 한다는 사실을 몸으로 마주한 그 사람을 생각하니 눈가가 천천히 젖어갔다.

"잠깐만요."

서준이 연습실 밖으로 뛰어 나갔다. 급하게 걷는 모양을 보니 아마도 사타구니가 가려웠던 모양이다. 도대체 뭐 때문에 저렇게 가려운 걸까. 소혜는 경찰관이 했던 말을 떠올렸다. 뭘 많이 참고 있나 보네요. 배우의 턱을 딱딱하게 만든 잘해야만 한다는 생각처럼 서준을 간지럽게 하는 원인이 있을 것만 같았다.

"공연할 때 자주 그런 것 같고 또 감독님하고 있을 때도 자주 그래요."

사랑도 회복이 되나요?

가장 자주 가려울 때는 두 가지 상황이었다. 이 두 상황의
공통점을 찾기가 어려웠다.

"연기할 때? 공연 때도 연기하고 있었고 저랑 있을 때도 연기
연습했으니까요."

"혼자 연습할 때는 안 가려운데."

"그럼 남이 보고 있을 때 연기할 때인가?"

"그런 것 같기도 해요."

"그럼 서준 씨도 그런 거 아니에요? 잘하고 싶은 마음이 들 때?"

"감독님, 너무 쉽게 가는 거 아니에요?"

소혜도 동의하며 웃었다. 하지만 내 마음이 아니니 예측하기
어려운 것이 당연한 일 아닌가. 스스로 두 상황의 공통된 마음을
찾아보라 놀리듯 다그쳤다.

"잘 보이고 싶은 거요."

"잘 보이고 싶어요? 저한테?"

다시 쿵, 부작용이 찾아왔다. 소혜의 얼굴이 붉어졌다. 그리고
순간 화가 나기 시작했다. 절대 연애 상대로 보지 말아 달라는
첫날의 메시지가 묵살되는 것 같았다.

"감독님이시잖아요. 저를 어떤 배우로 여기실지. 울지도
못하는 애가 무슨 배우를 한다고 하는지 한심해하시진 않을지
걱정돼서요."

소혜의 얼굴이 더 붉어졌다. 서준이 먹은 것이 마음의 소리가
들리는 약이 아니라 기분 영양제인 것에 감사할 따름이었다. 이성
간 관계의 전제가 연애가 되곤 하는 세태에 그렇게 치를 떨었으면서
어째서 상대가 당연히 성애적으로 잘 보이고 싶어 한다고

판단했을까. 서준의 말마따나 감독과 배우의 관계라는 명확한 선이 있었는데도 불구하고 말이다.

"어? 진짜로 그렇게 생각하시는 건 아니죠?"

생각에 빠져 한참 말이 없는 소혜를 조용히 기다리던 서준이 조심스럽게 물었다.

"전혀 아니에요! 그…… 가려움증이 나오는 원인을 찾으면 우는 것도 잘 해결이 될 텐데 그게 뭘까 생각하느라……"

"아…… 감사합니다."

감동을 받은 듯한 서준의 얼굴을 보니 죄책감이 더해졌다. 부작용이고 나발이고 기분 영양제고 뭐고 어떻게 해서든 저 배우의 고난을 해결해 주리라. 의지가 불타올랐다.

"그럼 제가 공연을 볼게요! 저랑 있을 때 가려운 건 제가 알잖아요. 제가 잘 관찰해서 언제 증상이 나오는지 찾아봐요!"

평일에 객석을 찾는 사람은 그다지 많지 않았다. 그래도 연극을 보러 오는 사람이 꾸준히 있다는 것이 부러웠다. 예술 영화를 틀어 주는 몇 개의 상영관을 제외하고 영화관은 거의 다 사라졌다. 영화관이라는 단어가 사어가 될 위기에 놓일 정도였지만 연극을 공연하는 극장들은 꿋꿋이 자리를 지키고 있었다. 술에 취해 연극은 사라질 수 없는 예술이라며 일장연설을 하던 루리의 모습이 떠올랐다. 상업극이든 실험극이든 어쨌든 사람들은 극장으로 향하고 있었다.

카메라 세팅을 확인하고 자리에 앉았다. 하우스 조명이 꺼지고 극장이 어두워졌다. 드라마를 원작으로 한 연극이었기 때문에

사랑도 회복이 되나요?

내용은 대충 알고 있었다. 서준이 맡은 인물은 자신의 성정체성을 깨닫지 못하다가 한 남자를 만나면서 사랑에 빠지는 캐릭터였다. 지금 생각해 보면 낡은 소재이지만 당시에는 동성애를 다룬 로맨틱 코미디물이 한창 인기를 얻을 때였다. 방영된 지 10년도 넘은 작품을 리메이크한 공연이라니 창작진의 게으름을 의심할 수밖에 없었다. 아마도 서준이 출연하지 않았다면 절대 볼 리가 없는 작품이었다.

무대가 밝아지고 서준이 줄넘기를 하는 장면으로 연극이 시작되었다. 줄을 넘으면서 5분 정도 계속해서 대사를 해야 했다. 숨가빠하지 않고 수월하고 대사를 뱉는 서준을 보며 지난 날 의문스러웠던 새벽의 줄넘기가 떠올랐다. 성실한 사람이 준비한 작품이다. 여러 판단하지 말고 집중해서 보는 것이 저 배우에 대한 예의라 생각하고 자세를 고쳐 앉았다.

장르의 특성상 스킨십을 하는 장면이 많이 나왔다. 상대 배우가 서준을 뒤에서 끌어안는 장면에서 서준의 손가락이 움직였다. 소혜는 놓치지 않고 손의 움직임을 따라갔다. 바지 주머니 안에서 필사적으로 허벅지를 후벼 파고 있었다. 저 로맨틱한 장면에서 가려움과 싸우고 있는 서준은 사랑에 빠진 한 남자를 연기하는 동시에 무대 위에서 가렵지 않은 배우를 연기해야 했다.

키스신이 진행될 때에는 무대 위로 올라가 대신 긁어 주고 싶은 심정이었다. 상대방의 허리를 자신의 골반으로 있는 힘껏 끌어당겨 부비고 있었다. 요상하게 격렬한 키스 장면으로 보일 수 있었지만 소혜는 그 소리 없는 아우성, 가려움에서 도망치려는 필사의 움직임을 느낄 수 있었다.

가려움을 견디는 서준을 보며 극에 이입할 수 없을 것 같았지만 후반부로 갈수록 꽤나 몰입하게 되었다. 지난 번 연습실에서 봤던 것보다 훨씬 좋은 연기였다. 가슴 아픈 대사들을 담담하게 뱉어 내는 쪽이 원작보다 더 설득력이 있었다. 절절하게 우는 상대방을 가만히 안아 주는 서준의 캐릭터가 마음으로는 더 깊이 아파하고 있다는 것이 느껴졌다. 애틋하게 서로를 바라보는 두 사람을 보던 소혜의 심장이 조용하게 덜컹였다.

소혜가 생각하는 사랑은 욕망의 발현 그 이상도 이하도 아니었다. 욕망에 눈이 멀어 이성을 마비시키는 것, 판단력을 흐리게 만들어 자신에게 위해를 가하는 것. 그것이 소혜가 학습한 것이었고 또 경험한 것이었다.

그런데 눈앞에 펼쳐진 장면은 사랑이 서로에게 용기가 될 거라고 말하고 있었다. 그리고 그 장면을 연기하는 배우들은 정말로 서로를 사랑하는 것처럼 보였다. 두 사람이 무대 위에서 느끼고 뿜어내는 저 감정이 진짜일까 두려워지기 시작했다.

사랑이 줄 수 있는 커다란 힘이 존재할지도 모른다는 것에 혼란스럽기도 했고 두 배우가 서로에게 그러한 감정을 느끼고 있을까 봐 겁이 나기도 했다. 모두가 답안을 막힘없이 써내려 가는 시험장에서 혼자 아무것도 적지 못하고 있는 기분이 들었다.

소혜는 극장 앞에서 멍하니 서 있었다. 철 지난 로맨스물을 보고 이렇게나 휘둘릴 줄은 꿈에도 몰랐다. 연애가 소재인 작품은 거의 보지 않았기 때문에 면역력이 형편없었다.

포스터 속 상대배우 얼굴을 들여다봤다. 반듯하고 비율이

사랑도 회복이 되나요?

좋은 얼굴이었다. 눈에 서사가 있다고 하는 표현은 이 사람을 위한 것이었다. 하여간 이성애자고 동성애자고 이런 외모의 소유자가 처연히 울고 있다면 마음이 동하지 않을 수 없을 것 같았다. 이번엔 그에게 이마를 맞대고 있는 서준의 얼굴을 찬찬히 뜯어봤다. 쌍꺼풀 없이 큰 눈, 웃을 때 선명해지는 눈가의 주름, 입가에 자리한 작은 점, 상대방의 말이라면 무엇이든 믿을 것 같은 눈빛, 사랑에 빠진다면 모든 것을 내어 줄 것 같은 해맑은 미소. 이래서 로맨스물이 위험한 것이다. 존재하지도 않는 허상에 당위를 부여하게 된다. 하물며 그 것이 사실일거라고 철썩 같이 믿게 만든다.

"홍소혜, 너 왜 대학로에 있어?"

익숙한 목소리가 들렸다. 고개를 돌리니 루리와 초원이 자신의 옆에 나란히 서 있었다. 예상치 못한 만남에 허둥지둥하며 인사를 건넸다.

"아, 나 그 다큐멘터리 찍는다는 배우 공연 보러."

"그 배우가 여기 나와? 응? 근데 이거 남자밖에 안 나올 텐데."

"어. 남자 배우야."

"정말? 그게 남자 출연자야?"

눈이 커지고 눈썹이 올라갔다. 루리는 묘한 표정으로 초원을 바라봤다. 불필요한 오해를 살까 봐 자세한 이야기를 하지 않은 것이 후회되는 순간이었다. 루리의 머릿속에 펼쳐진 싸구려 각본의 내용이 짐작되었다. 도대체 쟤는 헤테로 연애를 왜 저렇게 좋아하는 거야. 한숨이 나왔다.

"많이 기다리셨죠."

마주치지 않았으면 했지만 피할 것도 없었다. 네가 생각하는 그런 사이가 될 여지가 전혀 없다는 눈빛을 보내며 소혜는 서준을 소개시켜 주었다.

"두 분은 어떻게 알게 되셨어요?"

"저희 이웃이에요. 제가 감독님 앞집에 살거든요."

"앞집?"

루리의 미간이 좁아졌고 초원이 빙그레 미소를 지었다. 이대로라면 곧 허튼소리가 이어질 것이 분명했다. 드론캠의 배터리가 없다는 것 같다며 서준에게 길을 재촉했다. 등 뒤로 커플의 의미심장한 눈초리가 박혔다. 불편하게 해서 죄송하다는 소혜의 사과에 서준은 도리어 어리둥절한 표정을 지었다.

"하나도 안 불편했는데."

"맥주 한 잔 하실래요?"

피드백을 위해 세미나실로 향하던 길에 소혜가 말을 던졌다.

"촬영은 안 하시구요?"

"마시면서 하는 건 어때요?"

진솔한 모습으로 보일 거다, 촬영 장소가 세미나실과 연습실뿐이어서 너무 단조로울 것 같다, 그럴싸한 이유가 줄줄 나왔다. 거짓말은 아니었다. 공연을 본 후 심란해졌다는 가장 명확한 이유를 말하지 않았을 뿐이었다.

늘 예술인들로 북적이던 편의점 앞 테이블이 한산했다. 소혜는 얼른 편의점 옆 가장 좋아하는 테이블로 달려가 자리를 잡았다. 모처럼 여름밤의 야외 음주였다. 신이 난 소혜가 맥주와 안주를

사랑도 회복이 되나요?

넘치게 담았다. 바구니가 무겁지도 않은지 매장에서 흘러나오는
음악에 맞춰 어깨춤을 췄다. 저도 모르게 몸을 흔들던 소혜가
서준과 눈이 마주쳤다. 순간 정지한 소혜를 보고 서준은 소혜가
추던 춤을 이어서 추기 시작했다. 웃음이 터진 소혜가 주저앉아
버렸다. 서준은 태연하게 소혜의 바구니를 들고 계산대로 향했다.
어깨를 계속 흔들거리면서.

"최대한 티 안 내려고 노력했는데……"

소혜가 서준이 가려웠던 순간을 모두 맞추게 된다. 딴에는 애써
감추려고 했던 부분들이 모두 드러나는 것 같아 실망감을 감추지
못했다.

"다른 사람들은 몰랐을 거예요. 저는 서준 씨한테 얘기를
들었으니까. 그걸 보러 간 거잖아요."

소혜의 말에 동의하면서도 여전히 풀이 죽은 모습이었다.
소혜는 서준을 위로하기 위해 구구절절 공연 감상을 늘어놓았다.
줄넘기를 하면서도 흔들리지 않는 전달력이라든지 담담한 톤의
대사 처리가 얼마나 감동적이었는지 열과 성을 다해서 좋았던 점을
늘어놓았다. 서준의 입매가 씰룩대기 시작했다.

"두 분이 진짜 연인 같아 보이더라고요."

"그 칭찬이 정말 좋아요. 그 말은 들을 때마다 너무
좋더라구요."

그 칭찬이 좋다는 말은 실제로는 연인이 아니라서일까? 그 말을
들을 때마다라는 것은 꽤나 들었다는 얘기겠지? 두 배우가 서로
애틋하게 바라보던 장면이 떠올랐다. 그 감정들은 다 진짜일까?
너무 궁금했다. 하지만 소혜는 개인적인 호기심이 아닌 공적인

입장에서 둘 사이를 파악하고 싶었다. 사생활을 캐묻는 것이 아니라 직업인으로서의 질문 말이다.

"두 분 실제로 사귀세요?"

필터를 해 줄 표현을 열심히 찾고 있었는데 그 사이를 못 참고 말이 먼저 튀어나왔다.

"그렇게 느껴질 만큼 연기가 좋아서요."

뒤늦었지만 최선의 방어였다. 하지만 문장의 순서를 바꾼다 해도 구차함은 감출 수 없었을 것이다.

"아니요. 형은 남자친구 있어요."

순간 안도감이 들었다. 이 안도감의 정체가 무엇인지 확인하기도 전에 갑자기 너무 많은 물음표가 따라붙었다. 없다면? 그 형이 남자친구가 없다면 네 마음은 어땠을 것 같아? 아니 있더라도 둘이 서로에게 어떤 감정을 느끼는 건지는 모르는 거잖아? 혹시 그 형이 너를 좋아하진 않니? 그 형은 그렇다치고 너는? 너는 그 형을 좋아해? 이 모든 걸 다 물어볼 수는 없었다. 그렇다면 저 물음표에 대한 답은 어떻게 확인해야 할까.

"혹시 서준 씨는 성적지향이 어떻게 되세요?"

그걸 왜 물어봐. 너 지금 동성애 연기한 사람의 성적지향을 확인하는 게 얼마나 무식한 짓인지 몰라서 그래? 내가 그걸 왜 몰라? 누구보다 잘 알지. 근데 물음표들이 나를 몰아 세워서 그래!

"죄송해요. 너무 사적인 질문을 제가……"

"글쎄요. 아직까지는 헤테로인 것 같은데…… 모르잖아요, 누굴 만나면 어떻게 될지."

역시 흔들린 거다. 연기만으로 그런 눈빛이 나올 리가 없다.

사랑도 회복이 되나요?

그래도 아니었으면 좋겠는데. 조금만 더 확인하고 싶은데. 그렇지만
더 나가면 안 된다.

"연기를 하다 보면 진짜 상대방한테 그런 감정을 느낀다고도
하더라고요, 배우하는 친구들이. 연기하지 않을 때도 설렌다거나
신경 쓰인다거나. 서준 씨도 그런 적 있어요?"

"정말 연기 잘하시는 분들은 그런 경험도 하신다는데 저는 아직
부족한가 봐요. 그렇게 몰입한 적은 없었던 것 같아요."

"그렇구나……"

올라가는 입꼬리를 감추려 얼른 맥주캔을 들었다. 아니었구나.
다행이다. 왜 다행인지는 모르겠지만 다행이었다. 그런데 어느 순간
서준의 얼굴에서 웃음기가 사라졌다. 고개를 돌린 채 멍하니 드론을
바라보고 있었다. 역시나 불편한 질문을 너무 많이 했다. 한동안
이어진 침묵을 깬 것은 서준이었다.

"저도 뭐 하나 물어봐도 돼요?"

"그럼요!"

"감독님은 비연애주의자 맞으시죠?"

"네."

"누구랑 사귄 적도 없으시겠네요?"

"……네."

"그럼 누굴 좋아해 보신 적도 한 번도 없어요?"

이런 질문을 처음 들은 것도 아닌데 입이 떨어지지 않았다.
비연애를 선언한 여자들이 살면서 무수히 듣는 말이었다. 없다고
단언하며 물리칠 때도 있었고 그런 게 왜 궁금하시냐고 반문할 때도
있었다. 그런데 이번엔 스스로 무덤을 판 것과 다름없었다. 본인이

꺼낸 질문에 걸맞는 질문이었다.

"……있어요."

호르몬이 날뛰던 청소년기부터 장애물 경기를 하듯 연애를 피해 왔던 소혜가 쌓아 올린 견고한 세계를 허물고 들어온 사람이 있었다. 이성을 마비시키고 도덕성을 부숴 버린 사람, 정우진.

"그럼 그 분한테 마음이 있었는데도 신념 때문에 만나지 않으신 거예요?"

소혜는 헛웃음이 나왔다.

"신념 같은 거 하나도 없었어요, 그때는."

결혼할 여자가 있는 남자에게 끌리게 되고, 그 남자의 섹스 파트너가 되고, 두 번째가 되어도 괜찮으니 제발 곁에 있어 달라고 애원하던 그때, 소혜에게 비연애라는 가치관은 이미 산산조각 나 있었다. 우진은 애인을 속이고 계속해서 소혜를 만나면서도 연인이라고 부르지 않았다. 소혜의 마음이 걷잡을 수 없이 커져 버렸을 때 남자는 단호하게 관계를 끊어 냈다. 소혜를 떼어 내기 위해 마지막으로 했던 말은 "너 이성애 싫어하잖아. 비연애주의자잖아."였다. 비겁한 변명인 건 알고 있었다. 하지만 남자의 마지막 말이 소혜를 조금씩 망가트렸다.

앞뒤가 맞지 않는 모순덩어리, 욕망에 휘둘려 이성을 잃은 사람, 한 연인의 신뢰관계를 기만한 여자, 남자의 마음을 얻기 위해 자기 자신을 짓밟은 멍청이. 우진이 떠나 버리고 나서 소혜는 오랫동안 자신을 그렇게 정의했다.

그래서 글을 쓸 수 없었다. 자신이 말하는 모든 것들을 믿을 수가 없었다. 자신이 느끼는 감정들도 알아볼 수 없었다. 무엇을 느껴야

사랑도 회복이 되나요?

하고 느끼지 말아야 하는지를, 어떤 생각이 옳고 그른지를, 어떻게
행동하고 살아가야 하는지를 완전히 놓쳐 버리고 말았다.

장난감처럼 데리고 놀던 우울감은 점점 소혜를 잡아먹었다.
대본을 쓰지 못하는 날들이 길어지고 영화를 보는 것도 어려워졌다.
자신만의 세상을 만들기 위해 감독을 꿈꿨던 소혜는 세상 위에
온전히 서 있는 것조차 힘들어졌다.

이 이야기를 꺼낸 것은 아주 오랜만이었다. 루리와 승은 외에는
누군가에게 말해 본 적도 없었다. 소혜가 겪은 가장 수치스러운
경험이었다. 없었던 일로 생각하고 살아갔지만 가장 크게 살아 있는
일이기도 했다.

"핵폐기물 쓰레기. 천 년 된 오물통 같은 놈."

서준이 낮은 음성으로 읊조렸다. 꽤나 점잖은 욕설이었다.
하지만 목까지 시뻘개진 서준의 얼굴이 몹시 진지했다. 소혜는
웃음이 터졌다. 나중에는 눈물까지 흘렸다. 소혜의 웃음이
길어질수록 서준은 어떻게 반응해야 할지 몰라 안절부절못했다.

"이 얘기 하고 이렇게 웃은 건 처음이에요. 고마워요. 내 편 들어
줘서."

"그 사람은 비겁한 사람이에요. 치사하고, 비열하고, 지질하고,
쩨쩨하고, 꼬름하고……"

유의어사전을 펼친 것처럼 한참을 중얼대던 서준이 다시
질문을 던졌다.

"그럼 좋은 사람이 나타나면 연애를 하실 생각도 있어요?"

"아니요. 그때 이후로 더 확실해졌어요. 연애는 절대 하면 안
된다는 걸."

단호한 대답이었다. 오랫동안 꺼내지 않았던 기억들을
되짚으며 다시 한 번 확인했다. 그 지옥을 또 겪을 수는 없어. 나를
지켜야 해. 다시는 그 구렁텅이에 빠져서는 안 돼.

"그래도……"

서준이 무언가를 말하려는데 경보음이 울렸다. 드론의
배터리가 다 되어 가는 것이다. 드론을 수거해서 정리를 마친 소혜가
가방의 지퍼를 닫았다.

"부탁이 있는데요."

서준이 가방을 손에 들었다. 가방을 놓친 소혜가 서준을
바라봤다. 무슨 부탁을 하려는 건지 심각한 표정에 덩달아 긴장이
되었다.

"조금만 더 놀다 가면 안돼요?"

간곡한 요청을 수락했다. 사실 소혜 역시 집에 갈 마음은
없었다. 결국 두 사람은 바구니를 가득 채운 맥주를 모두 마시고
다시 바구니의 절반 정도의 채운 맥주까지 해치우고 나서야 집으로
향했다.

꽤나 취한 두 사람은 소음에 각별히 주의하며 계단을 올랐다.
무사히 301호 앞을 지난 두 사람이 소리를 죽여 낄낄댔다. 서로의 집
앞에 서서 인사를 나눴다. 먼저 들어가라고 손짓하는 서준을 보며
소혜가 속삭였다.

"고마워요."

서준이 영문을 모르는 표정을 하고 서 있었다.

"저랑 같은 날 기분 영양제 먹어 줘서요."

"저도 고마워요."

사랑도 회복이 되나요?

"뭐가요?"

"그냥 다요."

"그게 뭐예요."

소혜의 웃음이 터졌다. 서준도 머쓱한지 베실베실 웃었다. 그때 문이 열리며 사자후가 들렸다.

"거 이 새벽에 복도에서 누가 이렇게 떠듭니까?"

소혜와 서준은 기어들어가는 목소리로 사과를 하곤 얼른 각자의 집으로 들어갔다. 그날 밤 소혜는 꿈도 꾸지 않고 깊이 잠들었다.

두 사람은 장소를 바꿔 가며 만났다. 편의점 앞이 될 때도 있었고 근처 카페일 때도 있었다. 시간이 맞으면 식사를 같이 하기도 하고 흥이 나면 술자리로 이어지기도 했다. 빈맥과 아토피라고 부르는 증상에 대해서 공유하고 매일의 감정을 나누었다. 대체로 이전보다 기분이 좋아지긴 했지만 아직도 가려웠고 가끔씩 심장이 내려앉았다.

"좀 걸을래요?"

해가 질 무렵이라 바람이 선선했다. 7월의 저녁이 이렇게 서늘한 것은 드문 일이었다. 근처 카페로 향하려던 두 사람은 천변으로 방향을 틀었다. 강아지를 산책시키는 것처럼 따라오는 드론 카메라 두 대를 데리고서.

산 뒤로 모습을 감춰 해는 보이지 않았지만 하늘은 환했다. 밝은 하늘만큼 어두워진 산을 바라보며 걸었다. 한참을 떠들다가 어느 새 대화가 멈췄다. 둘은 말없이 선명해진 나무의 초록을 따라 걸었다.

이 정적이 불편하지 않다고 소혜는 생각했다. 이대로 말없이 한참을 걸어도 좋겠다고 생각했다.

그때 반대편에서 여러 사람이 떼를 지어 달려왔다. 무리의 리더처럼 보이는 사람의 구령에 맞춰 기세 좋게 다가왔다. 서준과 소혜는 길의 양옆으로 갈라져 무사히 돌진하는 전사들을 피했다. 그런데 드론캠 중 하나가 러너들을 따라가기 시작했다. 아마도 그룹 중 한 사람을 서준의 얼굴로 잘못 인식한 모양이었다.

"안돼!"

소혜가 먼저 발견하고 러너들을 따라 뛰기 시작했다. 서준이 급하게 따라 붙었다.

"컨트롤 컨트롤!"

서준이 소혜에게 드론캠 어플을 실행하라고 다급하게 소리를 질렀다. 소혜는 달리면서 어플을 실행했다. 무리들이 점점 멀어지기 시작했다. 서준은 소혜의 핸드폰을 이어달리기 주자가 바톤을 낚아채듯 손에 쥐었다. 그리고 달리기 시작했다.

"잠깐만요! 잠시만 멈춰 주세요!"

절박하게 소리를 지르며 뛰는 서준을 따라 소혜도 최선을 다해 달렸다. 서준의 요청을 알아차린 한 사람이 뒤를 돌아봤다.

"스톱! 스톱!"

어정쩡하게 서 있는 끄트머리의 주자들을 제치고 선두 그룹이 계속해서 달렸다.

"거기 러닝하시는 분들 잠시만 멈춰 주세요."

배우의 발성은 다르다고 했던가. 서준의 소리가 천변 가득히 울렸다. 건너편에서 한가롭게 조깅을 하던 사람들도 깜짝 놀라 멈췄다. 다행히 서준의 타겟 그룹도 뒤를 돌아봤다.

"드론이요. 드론!"

드론캠을 발견한 러너들이 어정쩡하게 서 있었다. 서준이 어플로 종료 버튼만 누르면 되는 상황이었다.

"아…… 이거 어떻게 하는 거지."

리듬이 깨진 러너들이 황망하게 서준을 바라봤다.

"죄송합니다. 이게, 저, 저희가 지금 다큐멘터리를 찍는데, 아니, 이거를 하…… 이거."

"서준아. 이리 줘."

"누나, 나 이거……"

얼굴이 시뻘개진 소혜가 핸드폰을 받아들었다. 그리고 종료 버튼을 눌렀다. 드론이 핸드폰의 위치를 확인하고 소혜를 향해 날아들었다. 기진맥진한 소혜가 휘청하는 순간 서준이 간신히 드론을 받아들었다. 어정쩡하게 뒤로 넘어진 소혜 위로 서준이 드론을 붙잡고 함께 넘어졌다.

"이제 됐죠!"

갈 길을 마저 가도 되냐고 허락을 구한 러너들이 다시 뛰기 시작했다. 서준은 벌떡 일어나 고맙습니다, 감사합니다, 죄송합니다, 를 연거푸 외쳤다. 그러고는 여전히 누워 있는 소혜를 발견하고는 얼른 손을 잡아 일으키려 했다.

"어, 나, 잠깐만, 잠깐만 앉아 있을게. 못 일어나, 지금."

운동 부족의 아이콘의 수년 만의 전력질주였다. 소혜는 아직도 숨을 헐떡이고 있었다. 그 모습을 보고 서준이 웃음을 터뜨렸다.

"근데 감독님. 왜 갑자기 저한테 반말해요?"

소혜는 어리둥절했다. 그러게. 내가 왜 반말을 했지. 작업하는 사람들한테는 항상 존대말을 쓰는데. 급했으니까. 급할 때는 반말이 가성비가 좋으니까.

"미안해요. 근데 서준 씨도 아까 저한테 누나라고 했어요."

서준이 잠깐 정지했다.

"그랬나? 아, 그랬다. 너무 급해서, 너무 급해서."

소혜는 반쯤 누워 있는 상태로 웃음보가 터졌다. 거의 바닥에서 뒹구는 모양이었다. 서준도 같이 땅을 치고 웃었다.

"너무 웃어서 기력 없어."

"그게 아니라 누나, 감독님이 너무 오랜만에 뛰어서 그런 것 같은데."

"맞아요."

서준이 소혜의 손을 끌었다. 이번에는 힘을 내서 몸을 일으켜 세웠다. 몸을 다 일으키기도 전에 어떤 생명체가 소혜의 다리에 달려들었다.

"엄마야!"

중심을 잃은 소혜가 서준 품에 안겼다. 소혜의 얼굴이 서준의 가슴팍에 골인했다. 서준이 한 팔로 소혜를 꽉 감쌌다. 오늘은 완전히 슬랩스틱의 날이다. 다리에 닿은 뜨끈한 온도의 정체는 줄리엣이었다. 루리와 초원의 반려 강아지. 가끔 부부가 여행을 가거나 지방 공연으로 집을 비울 때 소혜가 밥도 챙겨 주고 산책도 시켰었다. 기특하게도 줄리엣이 소혜를 알아보고 반가움의 점프를 한 것이다.

줄리엣이 있다면 그곳에 루리가 있다는 것이었다. 그리고 이

시각의 천변이라면 아마도 초원도 함께 산책 중이었을 것이다. 맞았다. 러너들이 뛰어간 방향에서 루리와 초원이 유유히 걸어오고 있었다. 소혜는 얼른 서준의 품에서 벗어났다.

"어머. 자주 뵙네요."

이루리에게 있어 '어머'는 일종의 극적 장치였다. '어머, 저는 몰랐네요'의 '어머'는 '지금부터 나는 반어법을 쓸 거야'의 '어머'였고 '어머, 또 오셨네요?'의 '어머'는 '네 행동의 의도를 나는 다 알고 있지'의 '어머'였다. 그리고 지금 이루리의 저 과장된 '어머'는 후자의 의미였다. 비실비실 웃고 있는 얼굴이 '어머'의 서브텍스트를 설명하고 있었다.

"촬영 중이었어."

소혜는 황급히 자신의 느린 달리기를 부지런히 따라와 준 드론캠을 가리켰다.

"촬영이 꽤나 즐겁나 봐. 어디서 이런 웃음소리가 나나 해서 따라와 봤더니 바로 여기였네?"

저 연극적인 말투. 소혜가 연극적인 말투라고 하면 루리는 연극에서 진짜 어떤 톤을 쓰는 줄 알고 연극적이라는 표현을 쓰는 거냐고 화를 낼 게 뻔했다. 과장된 건 다 연극적이라고 말하는 것은 연극을 본 적도 없는 인간들만 쓰는 표현이라고 길길이 뛰겠지. '그래. 정정할게. 니 그 가식적이고 과장된 교활한 그 말투! 당장 집어치워!' 소혜는 루리를 바라보며 눈으로 욕을 했다. 마음속에 있는 메시지를 가득 담아서.

"촬영은 즐거우세요?"

이번엔 초원이 서준을 인터뷰했다. 한껏 인자한 얼굴로 서준을 눈을 가만히 바라보면서. 영적 기운을 읽으려는 것이었다. 소혜는 즐겁고 유익하다고 성실하게 대답하고 있는 서준의 팔을 낚아챘다. 초원이 무언가를 더 읽어 내기 전에 서둘러 자리를 떠야 했다.

"드론이 고장 난 것 같아서. 가 봐야겠다."

"드론 고장 났어요?"

서준이 눈을 동그랗게 뜨고 물었다. 얘는 사람 말을 너무 잘 믿는다. 곧이곧대로. 소혜는 다급해져 호흡이 엉켰다.

"어. 갑자기 종료를 하면 안 되는데, 그럼 고장이 날 수도 있고, 그러니까 빨리 가서 확인을 해야 해서 그런 건데?"

부자연스러운 말투였다. 루리가 계속 음흉한 눈으로 보고 있었다. 서준이 품에 기계를 곱게 안아들고 두 사람에게 꾸벅 절을 했다. 소혜는 서준의 소매를 잡아끌다시피 하며 빠르게 걸었다.

"이거 빌린 거라면서요. 큰일이네요."

"어. 그래서 빨리 가서 확인하려고."

"감독님. 근데 이제 계속 말 트는 거예요?"

"어?"

서준이 재미있다는 듯 웃고 있었다. 소혜가 고장 난 듯 버벅댔다.

"너도 놔. 우리 다 동등하게."

이상하리만치 씩씩하게 대답을 외치곤 얼굴이 붉어졌다. 머쓱해하며 걸음을 옮기는데 메시지 알림음이 울렸다. 달리는 도중 터치를 잘못 했는지 워치가 곧바로 메시지를 읽었다.

— 초원이가 본 그림이 이거래. 잘해 봐. 보낸 사람 이루……

"이게 왜 이래!"

사랑도 회복이 되나요?

소혜는 위치를 두드렸다. 이루리, 이게 내 비연애관을 아주 우습게 봐. 한 번만 더 들키면 아주 사람을 들들 볶겠다는 예감이 스쳤다. 연습실도 빌라촌 근처도 모두 안전하지 않다.

"촬영 이제 집에서 하자."

서준은 순순히 수긍했다. 그럼에도 드론 분실의 위험성, 편집의 어려움, 녹음 음질의 불량, 출연자의 공간 소개 등의 이유를 줄줄이 붙였다. 소혜가 서준을 납득시키려는 것인지 자신을 납득시키려는 것인지 분간이 되지 않았다. 어쨌든 사유가 매우 타당했기 때문에 다음 촬영 장소는 소혜의 집이 되었다.

촬영 이틀 전부터 집 청소를 시작했다. 창틀의 먼지며 싱크대 손잡이에 끼인 손때며 화장실 타일의 얼룩까지 이전에는 왜 보이지 않았던 것인지 속이 터졌다. 지금 하고 있는 것은 청소가 아니라 영화미술이라는 마음가짐으로 최선을 다했다. 왜인지 모르지만 침구까지 모두 교체하고서야 서준을 초대할 수 있었다.

"메릴 스트립을 모르면 어떡해."

메릴은 소혜가 가장 좋아하는 배우였다. 호오를 따질 필요도 없이 사실상 지구 최고의 배우라고 생각하고 있었다. 100세가 넘으면서 활동이 뜸해지고 있었지만 아무리 그래도 연기를 한다는 사람이 메릴을 모르는 것은 범죄라 여겼다.

"난 정말 이거 볼 때마다 울어."

소혜는 경건한 마음으로 재생버튼을 눌렀다. 슬픈 영화를 보면서 우는 것이 오늘의 목표였다. 메릴의 여섯 번째 아카데미 여우주연상 수상작, 이 영화라면 성공할지도 모른다.

서준에게 세상에서 가장 위대한 배우를 처음으로 소개한다는 마음에 소혜는 무척 들떴다. 소파에 단정하게 앉아 있는 서준 옆으로 풀썩 뛰어들었다. 순간 몸이 기울어 서준의 품에 안기는 꼴이 되고 말았다.

"미안."

요즘에는 이 애 앞에서 자주 중심을 잃는다. 그렇게까지 덜렁대는 성격이 아니라고 생각했는데도 말이다. 이런 생각이 지나가니 몸이 조금씩 경직되었다. 또 심장이 덜그럭댄다. 약을 먹은 지 한 달이 넘어가는데 아무래도 이상했다.

긴장은 침묵을 만들었다. 고요 속에서 영화가 시작되었다. 얼마 지나지 않아 서준이 몸을 들썩이기 시작했다. 다시 간지러움증이 시작되는 모양이었다. 그런데 이번엔 좀 심각했다. 소파에서 일어나려던 서준이 바닥에 그대로 쓰러졌다.

"괜찮아?"

쓰러진 서준의 얼굴을 받치고 앉아 등을 쓸어 주었다. 온몸이 땀으로 흥건히 젖어 있었다. 옷 위로도 열기가 전해졌다. 부들부들 떨면서 고통을 참고 있는 서준을 보는 마음이 타들어갔다.

"너무 심해. 점점 나아질 거라고 했는데 갈수록 심해지잖아!"

소혜는 거의 울 지경이 되었다. 땀을 닦아 주는 것 말고는 해 줄 수 있는 것이 없었다. 119를 불러야겠다는 생각에 소혜가 자리에서 일어나려 하자 서준이 붙잡았다.

"잠깐만. 누나, 잠깐만."

서준은 소혜의 손을 꼭 붙잡은 채로 품에 안겨 누워 있었다. 손이 떨리고 있었다. 얼마나 고통스러워하는지 소혜에게도

사랑도 회복이 되나요?

고스란히 느껴졌다. 소혜는 다른 한쪽 손으로 계속해서 서준의 등을 쓸어 주었다. 홀로그램 화면에 소혜가 가장 좋아하는 장면이 흘러가고 있었다. 소혜는 영화에 눈길 한 번 주지 않고 서준을 살폈다.

조금씩 열기가 내려갔다. 숨소리도 조금씩 편안해졌다. 기운을 차린 서준이 몸을 일으켰다. 한 시간 사이에 얼굴이 해쓱해졌다. 창백한 서준을 보니 애가 탔다. 이미 소혜의 얼굴은 눈물로 범벅이 되어 있었다.

"왜 이렇게 잘 울지."

서준이 여전히 소혜의 손을 붙잡은 채로 다른 한 손으로 눈물을 닦아 주었다.

"너 이렇게 힘들어서 어떻게 해."

"내가 이렇게 빨리 울면 다큐멘터리도 완성인데."

"비타무드 그거 다 사기야. 인제 그만 먹어. 내가 부작용 다 폭로할 거야."

"최소 두 달은 먹어야 알지. 그때까지 더 해 보자. 뭔가 더 알아 내야 작품이 되지."

"그러다 또 이렇게 힘들면 어떻게 해."

"누나 이사 가야 하는 것보다는 낫지, 뭐."

끊임없이 흘러내리던 눈물이 그쳤다. 그 끝없는 간지러움을 참고 약을 먹은 것은 당연히 서준 자신을 위한 일이라고 생각했었다. 더 좋은 배우가 되기 위해서. 슬픔을 잘 표현할 수 있기 위해서. 몸 여기저기 생긴 상처들을 보며 저 아이는 약에 대한 의심도 없나 생각하던 때도 있었다. 그런데 서준이 그 모든 것을 견딘 이유 중

하나는 다큐멘터리의 완성이었다. 소혜에게 거주 자격을 만들어 줄 수 있는 유일한 방법.

"금방 나아지니까 괜찮아. 봐, 이제 괜찮잖아."

지금도 다른 한 손으로 목덜미를 긁으면서 연신 괜찮다고 말했다. 소혜는 조심스럽게 서준의 목덜미에 손을 뻗었다.

"가라앉아라. 가라앉아라."

소혜가 눈을 감고 입으로 주문을 외웠다. 기도를 끝내고 눈을 뜨니 서준이 소혜를 가만히 바라보고 있었다. 심장의 움직임이 눈에 보일 것처럼 요란하게 뛰기 시작했다. 소혜가 천천히 서준 쪽으로 몸을 기울였다. 그리고 조심히 입을 맞췄다.

내가 무슨 짓을 한 거지. 서준에게서 몸을 떼어 낸 소혜의 입술이 떨려 왔다. 무슨 말로 설명을 해야 할까. 사과를 해야 할까, 말을 찾는 동안 이번엔 서준의 얼굴이 소혜에게 다가왔다. 이번에는 조금 더 긴 입맞춤이었다. 서준이 소혜를 꼭 껴안았다.

"좋아해. 많이 좋아해."

그대로 얼어 있던 소혜가 천천히 품 안을 빠져나왔다. 굳은 소혜의 얼굴을 보고 서준이 마른 침을 삼켰다. 소혜의 입술이 움직이기 시작했다.

"너 집에 가야 할 것 같아."

다음 날 소혜는 곧장 본점으로 향했다. 약을 한 번 먹었는데 증상이 이렇게 오래 간다는 것은 분명히 부작용이었다. 명현은 얼어 죽을. 사람 심장은 왜 뛰게 만들어서 왜 그런 어처구니없는 실수를 하게 만들었는지 단전에서부터 분노가 치밀어 올랐다.

사랑도 회복이 되나요?

"심장 관련 증상은 처음인데요. 약을 먹은 당일부터 이런 반응이 있었다고요?"

"네."

"다른 증상들도 계속되고 있는 것 맞으세요? 오한이나 오열이나……"

"아니요."

목소리에 힘이 빠지기 시작했다. 직원은 금세 여유를 되찾았다.

"만약에 이게 약의 부작용이라면 다른 증상들도 계속돼야 했을텐데…… 정말 약을 드시고 나서 심장이 빨라지신 것 맞으세요?"

"정확히는……"

직원이 승기를 낚아채듯 가져갔다. 한 번 약을 복용하고 나타나는 증상은 짧게는 하루 길어야 열흘을 넘기지 않는다는 것이다. 의학적인 문제가 아닌지 진단을 받은 후에 문의하는 것이 순서일 것 같다고 친절히 덧붙였다.

사실 소혜는 심장 검사를 받아 본 적이 있었다. 처음 정우진을 향한 불규칙한 박동을 느꼈을 때 병원을 향했었다. 지극히 정상이라는 판단을 받고서 한참 어리둥절했었다. 지금 느끼는 난감함이 꼭 그때와 같았다.

알고도 부정했을지 모른다. 알기 때문에 부정했던 것이다. 사랑에 빠졌을 때 느껴지는 심장의 비정상적 움직임을. 불안과 닮은 모습의 설렘을. 서준을 향한 수많은 물음표들이 무엇을 말하는지. 함께 있을 때 느꼈던 긴장과 편안함이 무엇을 가리키는지.

사랑은 느닷없이 시작되고 제멋대로 움직인다. 하지만 다시 그 지옥에 걸어 들어갈 수 없었다. 우진도 처음에는 나쁜 사람이 아니었다. 좋은 동료였고 성격 좋은 선배였다. 감정에 충실하다 보니 책임지지 못할 일을 벌였고 끝내 비겁한 놈이 되었을 뿐이다.

우진뿐만이 아니었다. 소혜 역시 못난 인간이 되어 버렸다. 우진의 약혼자를 기만하면서 제 욕망만을 좇았다. 그 결과 결국 버림받고 혼자가 되었다. 그 이후 소혜는 자신에게 끝없이 벌을 주었다. 끝없는 비난과 멸시로 제 속을 망가뜨리고는 상처받은 마음을 마주 보며 조롱했다. 그러면서 동시에 자신에게 가혹한 스스로를 용서할 수 없었다. 끝없는 분열. 조각난 마음들을 손에 쥐고 그대로 주저앉았다.

또다시 그렇게 자신을 좀먹게 할 수는 없었다. 소혜는 서준에게 촬영을 중단하자는 메시지를 보냈다.

이 낡은 빌라는 방음이라는 것이 지독하게 되지 않았다. 301호가 제 방문 두드리듯 401호의 문을 두드리는 것에는 다 이유가 있어서였다. 소혜는 언제 서준이 나가고 언제 들어오는지 거실에 앉아 있어도 알 수 있었다. 서준이 계단을 올라올 때 어떤 소리를 내는지, 나갈 때와 들어갈 때 문 닫는 소리가 어떻게 다른지도 구분할 수 있었다. 자신이 내는 소음만 제어할 수 있다면 빌라를 떠나 본가에 내려갔다고 충분히 속일 수 있었다.

하지만 소리를 내지 않는다는 것은 생활을 포기한다는 의미였다. 먹는 것도 보는 것도 싸는 것도 시간에 맞춰야 했다. 무엇을 위한 감금인지도 잊을 만큼 소혜는 자신의 존재를 숨기는 데 몰두했다.

사랑도 회복이 되나요?

서준은 촬영을 이어가야 한다고 주장했지만 소혜는 지금 촬영분으로도 충분하다 전했다. 어떻게든 스스로 매듭을 짓겠다고 말이다. 서준은 미안하다는 메시지를 보내 왔다. 소혜는 답장을 하지 않았다.

거주확인작 제출 기한이 3주 앞으로 다가왔다. 소혜는 이제 반드시 편집을 시작해야 했다. 하지만 손가락 하나 까딱할 수 없었다. 무엇보다 서준의 얼굴을 다시 볼 용기가 나지 않았다. 어떤 식으로든 작품을 완성하지 못하면 결국 이 빌라를 떠나야 한다. 그럼 아주 확실하게 서준을 피할 수 있게 되겠지. 시나리오의 글 한 줄 쓰지 못하더니 이제는 영상 편집도 하지 못하는 내가 뭘 할 수 있겠어. 모든 게 끝이다. 그때쯤 다시 목소리가 들려왔다.

'그냥 죽자.'

이번에도 그 명령을 이행할 수는 없었다. 자살사고가 생기면 응급실로 가야 해. 하지만 그러다 서준과 마주친다면? 문이 열리면 언제든 서준과 마주칠 수 있다. 생각을 하자, 침착하게, 무엇이 먼저인지. 가만히 서서 숨을 고르고 있던 소혜가 시선을 돌린 곳은 싱크대 하부장이었다.

이 모든 게 이 약 때문에 생긴 일 같지만 그렇지 않다는 것을 알고 있었다. 또 울음이 터질지 모르지만 미리 대비하면 된다. 약을 처음 먹었던 날, 그 평온했던 일출을 떠올렸다. 준비를 잘 하면 비명소리를 막을 수 있다. 소혜는 경건하게 알약을 삼켰다.

방문을 걸어 잠그고 두꺼운 패딩을 꺼내 입었다. 입을 틀어막을 손수건을 양손에 쥐고 신체 반응을 기다렸다. 약 효과는 몇 시간이

지나야 나는 거지만 언제 올지 모르니 만반의 준비를 끝냈다. 한밤중이지만 열대야가 대단했다. 에어컨 앞에서 패딩을 입고 있는 모습이 우스웠지만 어쩔 수 없었다.

신호가 찾아왔다. 몸이 움찔거리기 시작했다. 이번에 찾아온 신체 반응은 오한도 오열도 아니었다. 가려움증이었다. 빠르게 패딩을 벗어던지고 온몸을 긁기 시작했다. 비명이라도 지르고 싶은 극도의 가려움이었다. 서랍을 뒤집어 물파스를 바르고 화장대를 쓸어 로션을 발라 봤지만 아무 소용이 없었다. 방바닥을 굴러다니며 참고, 긁고, 참고, 긁고를 반복했다. 이 고통을 참아 냈던 서준의 얼굴이 떠올랐다. 핏방울이 맺힌 목덜미가, 팔뚝이, 다리가, 복근이, 골반이…… 골반까지 떠올리니 더 가려워졌다. 이를 악물고 버텼다. 아무 소리도 내지 않고.

햇빛에 눈을 떴다. 방 안이 폐허였다. 어제의 전쟁이 얼마나 치열했는지 생생히 느낄 수 있었다. 그래도 301호 아저씨가 올라오지 않았단 것은 정말 애를 썼다는 증거였다. 죽고 싶다는 기분은 사라졌다. 이제 다시는 그 기분을 느끼고 싶지 않다. 저 약을 또 먹지 않으려면 정신 똑바로 차려야 했다.

조용히 방 안을 정리하고 거실로 나서는데 앞집 문이 열리는 소리가 들렸다. 조각상이 된 듯 그 자리에 가만히 서서 서준이 빌라를 나설 때까지 기다렸다. 조심스럽게 현관 앞으로 걸어가 복도에서 나는 소리를 확인했다. 다행히 서준이 완전히 내려간 것 같았다. 그 순간 워치가 메시지를 읽었다. 분명히 무음으로 설정해 놨는데 아무래도 기계를 바꿔야 할 때가 온 것 같다.

— 우리 촬영 마무리해야 해. 거주확인작 제출 얼마 안

사랑도 회복이 되나요?

남았잖아요.

　답을 하지 않았다. 이내 다시 워치가 울렸다.

　— 이제 결말 맺을 수 있어요. 나 내가 왜 가려운지 알게 됐어.

　진심인지 알 수 없었다. 그냥 얼굴을 보려고 일부러 불러내는
거라면 반응하지 말아야 한다.

　— 거짓말 아니에요. 확인시켜 줄 수도 있어요. 오늘 세미나실
예약했으니까 거기서 기다릴게요. 본가 아니라는 거 알아요.
그러니까 카메라 챙겨서 그리로 와요.

　세미나실 문을 열자 서준이 자리에서 일어섰다. 곁눈질로
살피기에도 얼굴이 좀 야위었다. 그건 소혜 역시 마찬가지였다.
소혜는 카메라 세팅을 마치고 나서야 서준을 바라봤다.

　"비타무드 말고 다른 얘기는 최대한 안 했으면 좋겠어요."

　무표정한 소혜의 얼굴을 물끄러미 바라보던 서준이 흐릿하게
웃으며 고개를 끄덕였다. 촬영이 시작됐다.

　"비타무드를 복용하고 계속해서 겪었던 가려움증의 원인을
알게 됐다고 하셨는데 어떤 이유인지 말씀해 주시겠어요?"

　"원치 않는 사람이 저에게 성적으로 다가오거나 제가 성적인
충동을 느꼈을 때였습니다. 정확히는 성적인 충동을 느꼈는데
참았을 때요."

　예상치 못한 대답에 소혜는 말문이 막혔다. 서준은 계속 질문을
해도 좋다는 눈짓을 보냈다. 소혜는 최대한 침착하게 다음 질문을
이어나갔다.

　"……성적인 충동을 느꼈을 때라고 말씀하셨다가 그것을

느꼈다가 참았을 때라고 다시 설명하셨는데요. 그렇게 표현하신
이유가 있을까요?!"

"딱 한 번 가려움증이 해소가 된 적이 있는데 그때 알게 됐어요.
이 충동을 참지 않고 표현하면 가렵지 않구나."

"그게 언제죠?"

"키스하고 싶었던 사람과 키스했을 때요. 그때 완전히 증상이
사라졌어요."

심장이 또 한 번 내려앉았다. 그러고는 서서히 목덜미가
간지러워 오기 시작했다.

"그럼 다른 때에는 계속 참고 있었다는 말씀이신가요?"

"네. 사실 저는 다른 사람에게 성적인 충동을 느끼지 않았어요.
더 정확히 말하면 충분히 잘 억누르고 있었어요. 그래서 어느 순간
제가 그걸 참고 있다는 것도 몰랐어요. 아주 오랫동안 그래 왔기
때문에. 누군가의 손을 붙잡고 싶다거나 끌어안고 싶다거나 하는
마음을 못 느꼈어요. 어쩌면 그런 마음이 있었는데 제가 제 자신을
속였던 건지도 모르죠."

"왜…… 왜 그걸 누르고 살았던 거예요?"

서준은 천천히 이야기하기 시작했다. 일곱 살 즈음에 다섯 살
많은 사촌 형에게 가끔씩 그러나 지속적으로 성폭행을 당했었다고.
그 행위들이 뭘 의미하는지 몰라 그저 형과 함께 하는 재밌는
놀이라고 생각하고 그의 지시를 따랐다고. 때로는 불쾌하고 기묘한
기분이 들었지만 그만두려고 할 때마다 무섭게 변하는 형의 얼굴을
보면 그냥 따를 수밖에 없었다고. 어느 날 신체의 한 부위가 심하게
손상되었고 사실을 안 부모님이 사촌 형의 부모와 절연까지 하면서

자신을 보호했기 때문에, 그리고 서준의 탓이 절대 아니라고 몇 번이고 일러 주었기 때문에 큰 상처로 남지 않았다고 했다. 하지만 사춘기가 되면서 상대방이 성적으로 다가오면 불편함을 느끼게 된 것이다. 본인이 가진 충동 역시 껄끄러워졌다. 내가 가지는 욕구가 내게 범죄를 저지른 형이 가진 욕구와 비슷하다는 생각에 혼란스러움이 찾아왔다고 했다.

조용히 이야기를 듣던 소혜가 힘을 주어 말했다.

"하지만 둘은 전혀 달라."

"나도 비슷해."

"아니야. 완전히 다른 거야!"

"전에는 적당히 달리거나 움직이면 충분히 지나갈 수 있었어. 달리고 나면 그런 생각들도 사라지고 개운해졌어. 근데 약을 먹고 나서는 달리면 달리수록 가려움증도 심해지는 거야. 그래서 누를 수가 없었어. 좋아하는 사람을 만지고 싶은데 그런 마음이 자꾸 생기는데, 근데 그 사람은 연애를, 사랑을 원하지 않아. 원하지 않는 사람한테 내가 그런 마음을 품는다는 게, 그걸 또 행동에 옮겼다는 게……"

서준은 말을 잇지 못하고 울먹이기 시작했다. 소혜는 달려가 서준을 안아 주었다. 서준의 체온이 느껴졌다. 목덜미의 가려움이 가라앉았다.

"넌 그 사람이랑 달라. 절대 그렇게 생각하지 마."

"그걸 잘 모르겠어."

"나는 너랑 같았어. 나도 너랑 똑같이 느꼈었어."

"……"

"나도 너 좋아해."

"정말?"

서준의 얼굴이 눈물로 엉망이 되었다. 소혜가 야무지게 눈물을 닦아 주었다.

"너 운다."

"어? 나 우네. 나 울어."

터져 버린 둑으로 물이 쏟아져 나왔다. 소혜는 서준이 마음껏 울 수 있게 품을 내주었다. 천천히 서준을 다독이며 말했다.

"무서워서 그랬어. 니가 너무 좋아져 버려서 그게 너무 무서워서. 근데 이제 하나도 안 무서워."

서준이 소혜를 소중하게 안았다. 그리고 아주 긴 입맞춤을 했다.

"이제 안 간지러워서 너무 좋아."

소혜는 세상에 자신밖에 없는 것처럼 바라보는 서준의 눈을 오래도록 들여다봤다. 손발이 저릴 정도의 설렘과 온몸이 녹아내릴 것 같은 평화가 함께 있었다. 모든 것이 처음 느끼는 감각이었다.

두 사람의 이야기가 어떻게 전개되고 어떤 결말을 맞을지는 몰랐다. 반전의 반전을 거듭하는 스릴러가 될지, 깨부수고 박살을 내버리는 액션이 될지. 바라건대 제발 피가 난무하는 슬래셔 무비가 되지 않길, 범죄 고발 다큐멘터리가 되지 않길 기도했다. 그러면서도 어쩌면 해피엔딩으로 끝나는 로맨틱 코미디가 될 거라고 믿고 있었다.

소혜는 이제 다시 글을 쓸 수 있을 것 같았다. 처음 사랑하지 않기로 결정했을 때 이야기가 쏟아져 나왔던 것처럼 처음 사랑하겠다고 결정한 지금 새로운 이야기가 떠올랐다. 모든 것이

완전히 변했지만 받아들이기로 했다. 그것 또한 변함없이 소혜
자신이었다.

오류의 섬에서 만나요

김효인

1.

오류

환영합니다. 새 스테이지가 열렸다. 몇 번째지. 백을 넘어가고 나서는 세지 않았다.

스테이지에서 만난 사람들과 어울려 보세요. 닥터는 프로그램에 들어가기 전 서이에게 부드러운 목소리로 말했다. 힘들면 도망쳐도 됩니다. 치료가 너무 힘들면 언제든 요청하세요. 이 탈출 버튼을 한 번 누르면 스테이지가 바뀌고 두 번 누르면 현실로 돌아오실 수 있습니다.

그렇게 떨어진 스테이지는 생각보다 나쁘지 않았다. 모든 것이 서이 위주였다. 불편하지 않았고 호의적인 세상이었다. 어떤 날은 정말 이런 세상이라면 살아갈 만도 하다 싶을 때도 있었다. 하지만 이내 곧 탈출 버튼을 누르게 됐다.

철썩철썩 파도 소리에 못 이겨 서이가 눈을 떴다. 눈앞이 깜깜했다. 직감적으로 알았다. 바로 눈앞에 공이 있었다. 서이가 공을 밀쳐 내는 순간 으악, 공이 괴성을 질렀다. 소리에 놀란 서이가 정신을 차렸을 때 그녀는 자신이 있는 힘껏 쳐낸 것이 공이 아닌 머리였다는 것을 깨달았다.

서이에게 밀쳐진 머리는, 아니 남자는 갑판 끝에서 간신히 멈춰섰다. 등 뒤로 드넓게 펼쳐진 바다에 한 번 더 놀라 으악 하고 소리를 질렀다. 호리호리한 체구는 딱 보기에도 형편없는 중심 감각으로 곧 바다에 떨어질 것 같이 휘청거렸다. 그 몸짓에 따라 우어어아아 소리를 질렀다. 사색이 된 얼굴로 잔뜩 겁에 질려 서이를 향해 손을 뻗었다. '살려 줘! 살려 줘야지!' 하고 외쳤다. 가짜 주제에 꽤 사람 같은 같은 표정이라고 서이는 생각했다.

스테이지 안, 서이를 제외한 모든 인물은 NPC, 즉 가상 인물이다.

이제껏 만났던 이들은 대부분 느긋하고 차분했다. 성격은 조용하고 건강했다. 서이가 그런 사람을 좋아하기도 했고 더 이상은 정신없는 상황을 마주하고 싶지 않았기 때문이었다. 그런데 저 정신없는 캐릭터는 뭐야. 서이의 미간에 힘이 들어갔다.

발밑이 울렁거렸다. 서이가 중심을 잡으며 주변을 둘러봤을 땐 아주 광활하고 단순한 바다 위였다.

서이는 상대하지 않고 다른 방향으로 향했다. 망망대해에 떠 있는 배 위, 정확히 말하자면 어선보다는 단순하고 요트보다는 구린 애매한 작은 배 갑판 위였다. 뭔지 모르겠지만 나가자. 서이는 이 이상한 스테이지를 일단 벗어나자 마음먹었다. 눈을 감고 바로 오른쪽 귀 뒤 탈출 버튼을 눌렀다.

남자의 목소리가 아직 들려왔다. 스테이지를 바꾸는 중에 이전 스테이지의 사운드가 들리는 건 종종 있었던 일이었다.

오류의 섬에서 만나요

하지만 서이가 다시 눈을 떴을 땐 여전히 바다 위였다. 어떻게 된 거야. 스테이지가 바뀌지 않잖아. 서이가 벙찐 얼굴로 여전히 위태로운 남자를 바라봤다.

그때였다. 서이가 아주 이상한 사실을 발견한 건. 긴박한 그의 손이 오른쪽 귀 뒤를 누르고 있었다. 탈출 버튼. 분명 탈출 버튼을 가지고 있었다. 가상 인물에게는 없는, 환자들만 가지고 있는 탈출 버튼을. 왜. 왜지. 그럴 리가 없는데. 서이는 당황스러웠다. 규칙상 모든 스테이지에는 딱 한 명의 사람이, 아니 환자가 존재한다.

거대한 파도가 두 사람이 타고 있는 보트 아래로 크게 일렁였다. 그 파동에 더 이상 남자가 버티지 못하고 넘어가려는 순간 서이가 갑판으로 달려가 남자의 손을 잡아챘다.

서이의 손이 남자를 당겼고 남자는 메아리 없게도 엿가락처럼 휘어 서이의 품으로 들어왔다. 서이는 반사적으로 남자는 다시 밀어냈다. 뭐든 밀어내는 것이 서이의 본능이었다.

지체할 것도 없이 서이가 서둘러 탈출 버튼을 두 번 연이어 눌렀다. 하지만 이번에도 소용은 없었다. 뭔가 잘못됐음을 감지했다.

"아니. 밀었다가 살렸다가 뭐야……" 남자는 억울한 목소리로 일어났다.

"그쪽도 사람이에요? 이거 안 되죠?"

그는 자신의 귀 뒤의 버튼을 가리키며 동시에 보여주려 노력했다. 서이는 대답하지 않고 다시 탈출 버튼을 누르기를 반복했다. 소용은 없었다.

서이가 대답하지 않자 남자는 이번엔 하늘을 보고 외쳤다.

"저기요!"

마치 이 프로그램 밖에 있는 사람들에게 외치는 것 같았다.

"우리 여기 간혔어요!"

일 초에도 수천수만의 겹이 늘어나고 있는 이 거대한 프로그램 안에서의 외침이었다.

오류의 섬에서 만나요

2.

Perfect World

세상에는 도망병이 생겼다. 코르티솔(스트레스에 저항하는 호르몬) 분비에 이상이 생긴 사람들이 무기력증에 걸리는 '번아웃 증후군'이 변형된 형태로 정신의학계는 이를 '런아웃 증후군'이라 명명했다. 런아웃이나 번아웃이나 도달하는 최악의 경우는 같다. 인류의 역사에서 가장 완벽하고 클래식한 도망, 죽음.

사람들은 다양한 방식으로 죽었다. 약을 먹거나 어딘가에 뛰어드는 등 순간의 방식이기도 했고 가만히 앉아 굶거나 혹은 죽을 때까지 움직이지 않는 방법을 택하기도 했다.

정신의학계는 고민에 휩싸였다. 고치지 못하는 병이 별로 없던 시대에 정신의학은 안 그래도 유난히 번거로워지고 다루기 어려워진 분야였다. 증상을 겪은 사람들은 주로 연속으로 실패를 경험한 사람들이었다. 의지가 없는 사람들은 마치 배터리 4퍼센트 미만의 핸드폰처럼 답이 없었다. 그저 겨우 전원이 꺼지지 않게 아주 희미한 충전을 이어가는 수밖에 없었다. 이마저도 병원을 찾아오지 않는 이들은 받을 수 없는 처사였다.

이에 팔을 걷어붙이고 나선 회사가 있었다. 'Perfect World', 이른바 PW는 가상현실 게임사업으로 크게 일어난 소프트웨어사였다. 커질 대로 커진 기업의 숙제는 시대의 정신병을 만들어 낸다는 부정적인 이미지를 탈피하는 것이었다. 정신병을 '만드는'에서 '고치는' 회사로 이미지를 전환할 절호의 찬스였다.

그렇게 개발된 런아웃 증후군 XR치료 프로그램은 철저히 환자의 데이터에 기반하여 조합되는 세계를 구현하는 것이었다. 일생 속에서 트라우마나 위기를 겪게 했던 부정적 요소를 배제한 가장 완벽한 세계에서 환자가 치료의 시작인 삶의 의지를 느끼게 하는 것을 목표로 만들어졌다.

논란이 많았지만 국가에서 곧 승인이 났고 국내 첫 임상이 시작되었다.

뇌에 기억과 행동을 인지하는 부분에 직접 프로그램을 연결하는 것이라 위험할 수 있었지만 보상이 있었고 몇몇 사람들은 오히려 몇 가지 기억 정도는 손상되어도 좋겠다는 생각을 하기도 했다. 그나마도 조금 나은 사람들인 거지, 그 정도 생각도 없는 사람들이 대부분이었다.

치료 과정은 환자들이 지역 멘탈케어 센터로 배치되면서 시작된다. 그들은 그곳에서 뇌에 연결된 기기를 달고 아주 긴 수면 시간을 갖는다. 수액을 통해 균형적인 영양이 공급되는 상태에서 각각의 스테이지 안에 존재하게 된다. 때문에 스테이지에 임하는 동안 환자는 배가 고프지도 잠이 오지도 않고 배변할 필요도 없다. 오로지 감각만이 살아 있는 IP로서만 존재한다.

각 스테이지는 환자 개인의 데이터를 분석하여 조합되어 만들어진다. 스테이지 안에는 환자에게 호의적이며 공격적이지 않은 가상 인물, 즉 NPC가 공존한다. 그럼에도 환자가 불편함이나 거부감을 느껴 탈출 버튼을 누르면 언제든 스테이지는 변경된다. 본인이 원하는 스테이지에서 원하는 만큼 머무를 수 있으며 그 주기가 길어지거나 혹은 한 스테이지에서 완벽한 적응 의지를 가지게 되면 부정적 트라우마 키워드를 하나씩 배치해 면역이 생기는 것을 확인하는 테스트를 진행한다. 테스트를 통과하면 PW 프로그램으로부터 로그아웃하며 동시에 프로그램 안에서의 기억이 꿈을 꾼 것처럼 자연스럽게 사라진다.

다음 단계에서부터는 멘탈케어 센터의 영역이었다. 삶의 의지를 가진 환자들을 대상으로 상담과 약물을 병행한 치료로 이어진다.

런아웃 증후군 1기라 불리는 초기 환자들을 대상으로 1차 임상 참가자를 모집했다. 그들은 다행히 긍정적인 결과를 가졌고 곧 상담과 약물을 병행하며 치료를 이어나갔다. 이에 PW는 극심한 자해나 자살 현상이 있는 중증 환자들까지 대상군을 넓혀 2차 임상을 진행했다. 예상대로 대부분의 2기, 3기 환자들도 긍정적인 경과를 보이고 있었다. 하지만 몇몇 소수의 환자들른 적응을 하지 못했다. 그들은 별다른 차도 없이 스테이지를 수없이 바꾸기를 반복했다. 몇몇은 프로그램 안에서 자살을 시도하는 경우도 있었다. 물론 환자는 의지대로 죽을 수 없었다. 로그아웃을 요청하는 경우에는 프로그램에서 꺼내 진정시킨 후 다시 로그인했으며 치료를 거부하는 경우에는 잠시 입원을 통해 시간을 갖는 환자들도 있었다. 이에 호전의 기미가 보이지 않는 환자들에게는 새로운 치료법이 제시되어야 한다는 논의가 내부에서도 나왔다.

그 사안에 대해 오늘도 열띤 화상회의가 진행되고 있었다. 전문가들의 쏟아지는 의견 속에서 PW 운영팀장 필리는 피로감이 몰려 왔다.

"잠시 쉬었다 가시죠. 이러다 우리가 치료받아야 할 것 같은데."

원로 정신과 전문의의 말에 필리가 '30분 후에 다시 들어와 주세요'라고 중재했다. 사람들은 고개를 끄덕이고는 회의장을 나가 자신들의 현실로 돌아갔다.

필리도 미뤄둔 점심을 먹을 참이었다. 하지만 그런 여유가 있을 리 없었다. 채팅창에 개발자 월의 얼굴이 나타났다.

<<필리, 월>>
월_____ 필리, 보고사항이 있습니다.
필리____ 무슨 문제입니까.
월_____ 시스템 오류입니다. 몇몇 IP 위치가 잡히지 않습니다.

잘 버텨 나가고 있었는데 결국 터질 게 터졌구나. 필리는 문제를 정확히 직시하기 전에 숨을 골랐다.

필리____ IP가 어떤 스테이지인지 시스템이 알지 못하는 겁니까. 아니면 스테이지 자체가 작동되지 않는 겁니까.
월_____ 상황을 파악하고 있습니다.

오류의 섬에서 만나요

필리___ 문제가 있는 환자는요.

월_____ 멘탈케어 현황을 확인해 봤을 때는 아직까지는
별다른 반응이나 건강에 이상이 보이지는 않는 것으로 보입니다.
어떻게 할까요. 일단 모든 시스템을 정지시키고 환자들은 현실로
이동시키는 것이 맞지 않을까요?

필리___ 일단 오류를 최대한 빨리 찾는 것으로 하죠. 지금 모든
시스템을 멈추는 건 리스크가 너무 큽니다. 오류가 난 게 특정 IP인지
특정 스테이지인지 확인하고 리스트 신속하게 만들어 보세요.
멘탈케어에는 혹시라도 이상이 있는 환자가 있으면 바로바로 보고
달라고 협조 요청하시고요.

월_____ 알겠습니다.

3.

오류

'2331-GW 서이'와 '3452-SN 도현'은 지금 오류가 난 스테이지에 함께 갇혔다.

'3452-SN 도현'은 겁먹은 얼굴로 배 중심부 쪽으로 조심스레 움직였다. 여자도 적잖게 당황스러워 보였지만 더 큰 패닉에 빠진 건 이쪽이었다.

주변에 뭐 하나 보이는 것도 없는 망망대해였다. 수심을 가늠할 수도 없는 바다 위 뒤뚱거리는 보트에 있자니 다리가 저릿저릿했다. 도현의 스테이지에서는 줄곧 없었던 바다였다. 바다는커녕 호수도, 계곡도, 하물며 빙하도 없었다.

"위험해요. 이리 안쪽에 들어와 있어요."

도현이 겁먹은 목소리로 말했다.

하지만 서이는 대답하지 않았다.

"뭔데요? 뭐 있어요!"

도현은 여전히 배 가운데 서서 서이에게 물었다. 배 중심에 붙어 있던 도현이 서이 쪽으로 조심스레 걸어왔다. 서이는 물결을 따라 떠내려오는 것들을 유심히 관찰했다. 튜브, 구명조끼 같은 바다에 있을 만한 쓰레기들 사이로 뜬금없는 것들이 함께 떠내려왔다.

"혹시 여기…… 그런 거 아닐까요. 쓰레기장 같은 거. 사람 사는 데도 쓰레기장이 있잖아요. 이 프로그램 안에서 버린 데이터가 떠내려가는 그런 바다 같은 게 아닐까요?."

도현은 서이가 대답을 하건 말건 그냥 생각나는 대로 계속해서 말을 던졌다.

"프로그램 안에 바다가 왜 있어요?"

처음으로 서이가 목소리를 내어 대답했다.

"그건 모르죠."

대단한 대답을 기대하지는 않았지만 역시나 도현이 쓸모없다고 서이는 판단했다.

하지만 바다가 뜬금없는 건 서이도 마찬가지였다. 바다는 서이가 살면서 가장 가까이한 적 없는 것 중 하나다. 생각해 보면 그나마 떠오르는 몇 번의 기억도 해변이나 항구였지 이렇게 바다 한가운데에 있어 본 적은 없었다. 서이가 바다를 가만히 내려다봤다.

의자, 냉장고 같은 것들 사이로 종종 눈에 익은 것들이 보였다. 가령 서이가 다녔던 중학교의 교복이나 낯익은 컴퓨터 모니터도 있었다. 동생이 학교에서 자기 혼자 쓴다고 짜증을 내던 그것과 비슷해 보였다. 도저히 알 수 없는 스테이지였다.

"확실한 건 그거예요. 그거."

도현이 다시 중얼거렸다.

"맞는 거 같죠?"

도현이 말을 걸어도 서이는 대답하지 않았다.

"여기 갇혔어요. 우리."

"여기가 어딘데요."

다시 한숨 섞인 말투로 서이가 말했다. 도현은 서이의 질문에 대답하기 위해 잠시 고민했다.

"글쎄요. 모르겠네요."

역시나 무책임한 도현의 대답에 서이는 짜증이 올라왔다. 서이가 복잡한 머리를 흔들어 털어 냈다.

"어…… 어? 저건 좀 큰 것 같은데요."

또 무슨 헛소리를 하려고. 도현의 말에 서이가 인상을 쓰며 고개를 들었다.

저 멀리 다른 것들보다 조금 더 빠르게 다가오는 커다란 물체의 실루엣이 보였다. 분명히 대단한 존재감이 느껴지기는 했다. 일단 가까워지는 속도가 남달랐다. 순식간에 가까워진 탓에 그 정체를 알아채는 건 어려운 일이 아니었다.

"버스?" 도현이 먼저 말했다.

888번 버스였다. 서이의 집으로 향하는, 하지만 서이가 무슨 일이 있어도 타지 않았던.

저게 왜. 서이가 잠시 멍 때리는 사이 버스는 더더욱 빠르게 배 쪽으로 다가왔다.

"잠…… 잠깐!"

도현이 사색이 된 얼굴로 외쳤다. 통통 부딪혀 나가는 다른 쓰레기들과는 다른 결과를 불러올 게 뻔했다. 하지만 무슨 수를 쓰기에는 너무 늦었다.

오류의 섬에서 만나요

쾅.

배 한 쪽으로 버스가 빠르게 부딪쳤고 큰 파동과 함께 순식간에 배 앞부분이 일직선으로 올라섰다.

환영합니다. 스테이지가 달라질 때의 안내방송이 들려왔다. 하지만 상황이 달라진 것 같지는 않았다. 지금 느껴지는 건 발밑에 아무것도 없다는 것. 그리고 숨이 잘 쉬어지지 않는다는 것. 서이가 눈을 떴을 때는 물속이었다.

바다는 아니었고 멀리 바닥에 파란 타일의 결이 보이는 것이 아마도 수영장이 아닐까.

그럼 정말 스테이지가 바뀐 건가. 그렇다면 왜 아직도 저 남자가 보이는 거지.

서이가 오른쪽 사선 아래로 가라앉는 도현을 보며 생각했다. 혹시나 싶어 다시 탈출 버튼을 눌러봤지만 여전히 반응이 없었다. 도대체가 어떻게 돌아가고 있는 거야. 서이는 잠시 아무것도 하지 않고 가만히 가라앉았다.

금세 멀어진 도현은 움직임이 전혀 없었다.

숨이 아예 안 쉬어지는 것도 아닐 텐데 왜 움직이지 않는 걸까. 의문이 들었지만 이내 생각을 거두었다. 가상세계였고 그가 죽을 일은 없을 것이다.

서이가 다리를 굴러 수면 위로 올라왔다.

서이는 대학에서 처음 수영을 배웠다. 종합생활체육 수업이었는데 몇 가지 종목을 들으면 응급구조나 수중 활동 자격

이수가 가능하다고 해서 신청했었다. 첫 수업에서 강사가 강조한 내용은 인상적이었다.

수영은 살아남기 위해 인간이 만들어 낸 기술이다. 숨을 쉴 수 없는 물속을 벗어나기 위해 인간은 몸무게를 이겨 낼 만큼의 힘을 휘두르지 못하면 죽는다. 때문에 구조 수영은 자신의 무게뿐만 아니라 두 사람, 세 사람의 무게까지 감당해야 한다.

그런 의미에서 서이는 구조수영에 자신이 있었다. 이때까지만 해도 자신이 엄마도 동생도 구할 있을 거라고 믿었으니까.

어느 정도 빛에 다다르자 흔들거리는 점들이 사람들의 발이라는 것을 깨달았다. 사람들이었다.

푸악. 서이가 발을 피해 수면 밖으로 나왔을 때는 커다란 돔으로 된 높은 천장이 제일 먼저 보였다. 그 안을 울리며 웅웅거리는 사람들의 소리가 들렸다.

워터파크 중앙에 있음직한 대형 원형풀장이었다. 풀장 안과 밖의 꽤 많은 사람들이 서이의 눈에 들어왔다. 하지만 그들 눈에도 서이가 보이는 건지는 의문이었다. 아무도 서이를 보고 다가오거나 말을 걸지 않았다. 눈길도 주지도 않았다.

다들 평온했다. 분명히 서이가 올라올 때에는 아주 깊은 물속이었는데 키가 큰 어른들은 발을 딛고 서 있는 것 같았다. 서이가 다시 잠수를 해 물속을 들여다봤다. 하지만 여전히 깊은 물속이었고 저 밑으로는 도현이 가라앉고 있었다. 작아져 잘 보이지는 않았지만 움직이지 않았다.

서이는 일단 풀장 밖으로 팔을 짚어 몸을 들어올렸다. 그제서야 전신 수영복 차림의 몸이 눈에 들어왔다. 스테이지에서는 참여자가 불쾌감을 느끼지 않도록 계절과 환경에 따라 알아서 취향에 맞는 의상을 입혀주는 기능이 있었다.

이따위 기능은 잘만 되면서 도대체 탈출 버튼은 왜 안 먹히는 거야. 서이가 신경질적으로 일어서자 곳곳에 배치된 AI 안전요원 중 하나가 고개를 돌려 서이를 관찰했다.

노동 휴머노이드 법이 제정된 몇 년 사이, 안전 관련 직업은 거의 사람이 아닌 로봇의 일이 되었고 이제 인간은 서로를 위해 목숨을 걸지 않는다. 사람이 사람을 구조하는 시대는 지났고, 서이의 생각도 달라졌다.

서이의 현실은 수면 위로 오르기엔 너무 많은 것들이 매달려 있었다. 구조는커녕 함께하면 서로에게 짐이 되어 더 깊숙한 심해로 더 빠르게 함께 가라앉을 뿐이었다.

서이가 물기를 털어 내며 밖으로 향하는 문을 찾았다. 일단 이 웅웅거리는 홀을 벗어나야 정신을 차릴 것 같았다.

그나저나 물속에 가라앉던 남자는 왜 나오지 않는 걸까. 몰라. 저 로봇들이 구하겠지. 그러라고 만들어진 거잖아. 서이는 출구를 찾으면서도 자꾸 물속으로 시선이 갔다. 탈출 버튼이 먹통인 건 마찬가지일 텐데. 남자가 물에 빠진 거라면 행복한 사람들과 무심한 노동 휴머노이드들 중 그 사람을 구할 사람은 누구일까. 굳은 동상처럼 가라앉던 남자의 얼굴이 자꾸 서이의 마음에 걸렸다.

아이씨. 서이가 걸음을 멈추고 뒤돌아 풀장으로 뛰어들었다. 깊은 물이 시야에 들어왔다. 서이가 몸을 바닥 쪽으로 최대한 각도를 세워 빠르게 물속으로 잠수해 들어갔다.

저 멀리 한층 어두운 타일의 모눈 선이 희미하게 보였고 바둑알 같은 남자의 머리꼭지도 보였다. 서이는 있는 힘껏 팔을 저어 남자에게 향했다.

눈앞에 도달했을 때 도현은 눈을 껌벅거리며 서이를 바라보고 있었는데 여전히 몸이 굳어 있었다. 서이가 우선 도현을 뒤로 안아 위로, 또 위로 향했다.

이 같잖은 구조 기술을 실전에 써먹는 날이 오다니. 정말 오래 살고 볼 일이라고 서이는 생각했다.

>>>PW
《필리, Dr. 노》
필리___ 방금 환자 하나가 호흡 곤란 상태에 빠졌다는 연락을 받았는데 강제 로그아웃 시도를 해 봐야 하는 것 아닙니까. 상황은요?

Dr. 노___ 고려를 하지 않은 건 아닌데요. 일단은 다시 상태가 안정되고 있어서 지금 지켜보는 중입니다. 이게 원래 지병 때문인 건지 현재 시스템 오류 때문인지도 확인해 봐야 하고요.

필리___ 강제 로그아웃은 아무래도 위험하다는 판단인가요.

Dr. 노___ 당연하죠. 커다란 프로그램 돌리다 컴퓨터를 강제로 끄는 거랑 같은 거예요. 이러다 뇌에 손상이라도 오면 이거 진짜 큰일입니다. 이 프로젝트가 의학계에서도 말 많았던 거 아시잖아요. 안 그래도 여기 참여한 의사들 문제 생기면 자격 박탈시켜야 한다, 뭐다 말이 많아요. 강제 로그아웃은 최후의 수단입니다. 그건 환자를 위해서도 우릴 위해서도 마찬가지예요.

필리___ 네. 일단 억지로 깨우지 않는 방향으로 가시죠. 저희 개발자가 지금 오류사항을 체크하고 있습니다. 곧 다시 연락 드리죠.

오류의 섬에서 만나요

4.

오류

차르르. 옆으로 누운 도현의 얼굴 한쪽으로 물이 밀려왔다 돌아가기를 반복했다. 그 결에 도현의 눈이 가늘게 떠졌다. 그의 시선 안으로 물에 흠뻑 젖은 채로 마주하고 누운 서이의 얼굴이 들어왔다. 아직 눈을 뜨지 못한 서이의 코 아래로 도현이 손을 뻗어 슬쩍 숨을 확인했다. 손끝에 느껴지는 숨이 진짜 숨도 아닐 텐데 도현은 어쩐지 안심했다.

도현은 일어나지 않고 서이를 마주한 채 그대로 있었다. 어디선가 본 것 같은 기분이 드는데 착각인 건가. 도현이 생각에 빠진 사이 서이의 이마에 힘이 들어가더니 곧 눈이 떠졌다.

서이가 놀라 일어서자 도현도 따라 일어섰다.

"뭐예요."

조금 전까지만 해도 기꺼이 도현을 살려 준 사람이었지만 전혀 호의적이지 않은 표정이었다.

도현이 서이의 표정과 행동을 분석했다. 가늘게 찌푸린 미간과 눈에서 '경계'와 '긴장'이 읽혔다. 그리고 그다음 파악된 것은 팔을 앞쪽으로, 그리고 안쪽으로 향하게 둔 '방어'였다. 내가 뭘 어쨌다고. 서이의 감정 분석 결과가 나올수록 도현은 슬슬 억울한 마음이 들었다.

도현은 사람의 표정이나 행동을 통해 감정을 읽는 능력을 국가로부터 공인받았다. '감정판단능력시험'은 합법적으로 배치된 노동 휴머노이드보다 먼저 사람의 표정과 행동을 파악하여 감정을 읽어 내는 능력이다. 이미 표정분석 기술이 섬세하게 발달할 대로 발달했지만 존재의 이유를 찾고 싶어 하는 인간의 절박함이 만든 시험이었다.

그러거나 말거나 서이는 고개를 돌려 주변을 빠르게 둘러봤다. 돌아선 서이의 오른쪽 볼에 붙은 알록달록한 자갈이 도현의 눈에 들어왔다. 도현이 손을 뻗어 서이의 볼에 붙어 있던 도넛 위 불량 스프링클 같은 자갈을 하나 떼어 냈다. 서이가 놀라 경계하며 뒤로 물러섰다.

"아…… 아니. 이거요."

도현이 서이에게 주황색과 흰색이 섞인 인위적인 모양의 자갈을 건넸다.

"이거 알약 아니에요?"

서이는 도현이 건넨 알약을 집어 들었다. 그리고 다음은 자신의 발 옆을, 그다음은 넓은 모래사장을 둘러봤다.

이 섬에 가득 쌓인 모래들이 전부 알약이라니 서이는 소름이 끼쳤다.

서이는 이내 알약을 집어 던지고 얼굴과 몸에 아직 붙어 있던 알약들까지 다 털어 냈다.

오류의 섬에서 만나요

정체를 알 수 없는 알약섬은 평온했다. 섬 가운데를 향할수록 완만히 쌓인 알약들 사이에 유채꽃이 듬성듬성 피어 있었고 또 그 사이사이로 크고 작은 쓰레기들이 잔뜩 파묻혀 있었다.

물 가까이에 놓인 낡은 고시원 슬리퍼가 파도를 따라 몇 번 들썩이더니 바다 쪽으로 휩쓸려 갔다. 사람과 멀지 않은 곳에 배의 파편도 보였다. 잘게 부서져 있었지만 두 사람이 타고 있던 배라는 걸 알 만한 조각이었다.

"아무래도 돌아온 거 같죠. 우리. 어딘지는 모르겠지만." 도현이 말했다.

"확인해 보면 알겠죠." 서이가 대답했다.

잠시 섬을 둘러본 도현이 사색이 된 얼굴로 서이에게 달려왔다.

"알겠어요. 아무래도 여기. 버그인 것 같아요. 오류 같은 거요."

앞서 당한 게 있어서인지 서이는 도현의 난무하는 추측에 크게 반응하지 않았다.

"진짜예요. 그래도 멘탈케어 공무원 시험만 6년 준비했어요. 얼마 전에 추가된 부분이긴 하지만 이 시스템을 좀 알거든요. 그동안 스테이지에서 계속 좋아하는 것만 나왔죠? 여기 들어올 때 데이터 검사했잖아요. 그때 그걸로 긍정, 부정 키워드가 나뉘어요."

서이는 대답하지 않았지만 이번엔 도현의 말에 집중했다.

"아까 그 바다에서 본 쓰레기들 어쩐지 낯익은 것들이더라…… 제가 싫어하던 것들이요. 근데 여기도 지금 잠깐만 둘러봐도 전부 그런 거 투성이에요. 심지어 저기! 저기 오이랑 뱀이 같이 있잖아요. 원래 이렇게 같이 나오면 안 되는 거거든요. 이게."

도현이 옆에 굴러다니던 축구공을 들어 올렸다.

"이 공도 봐요. 제가 축구를 안 좋아하거든요."

"왜 안 좋아하는데요."

갑자기 따지듯 묻는 서이의 태도에 도현이 살짝 당황했다.

"제가 축구를 못해요…… 그럼 저 버스는 나랑 상관없는 것 같은데. 저건 그럼……"

도현이 알약 더미에 박혀 있던 888번 버스를 가리키며 서이에게 대답을 바란다는 얼굴을 하고 쳐다봤다. 서이는 대답하지 않았지만 도현은 마치 대답을 들었다는 듯 다음 질문을 이어갔다.

"그럼 혹시 알약도 싫어해요?"

서이는 여전히 입을 꾹 다물었다. 도현은 대단한 이치를 찾은 듯 박수를 짝! 부딪혔다.

"정리해 보면 이런 거네요. 여기가 그쪽이랑 나랑 싫어하는 걸로 가득 찬 끔찍한 혼종의 섬이라는 거죠!"

"끔찍한…… 뭐요?"

서이가 알아듣지 못해 물었다.

"아. 옛날에 유행하던 말인데. 잘못 섞여서 더 최악의 결과물이 나온 걸 뜻한대요."

"그런 말을 어떻게 알아요?"

"언어능력시험 공부하다가 배웠어요. 별로 중요한 범위는 아니었는데 마음에 들어서 외웠어요. 하이브리드는 왠지 좋은 결과에만 쓰이는 느낌이잖아요. 근데 혼종은 일단 별로 멀쩡한 모습일 것 같지 않아요. 그렇지 않아요? 어감이라는 게…… 어? 지금 짜증 난다고 생각했죠."

오류의 섬에서 만나요

"어떻게 알았어요?"

"표정에 보여요."

"그것도 뭐 시험이라도 봤어요?"

"네. 감정판단능력자격증……"

도현의 말에 서이가 황당하다는 표정을 지었다.

"그게 여기 센터에 들어가려면 필수로 갖춰야 하는
자격증이라서요."

"경고하는데 내 표정 읽지 마요. 그냥 내 얼굴 보지 말아요.
넘겨짚지 말라고요."

"네. 안 봐요."

도현이 얼른 고개를 돌렸다. 하지만 십 초도 지나지 않아 다시
서이에게로 향했다.

"아. 그래도 고마워요."

서이가 퉁명스럽게 도현을 바라봤다.

"아까 물에서. 거의 죽기 직전이었거든요."

"아…… 어차피 여기서는 절대 죽지 않아요."

"알죠. 근데 진짜 죽을 것 같은 느낌이 들었어요."

"그랬으면 센터에서 꺼냈겠죠. 치료프로그램인데."

"맞아요. 이건 치료프로그램이죠. 근데 지금 여기 갇힌 우린 왜
아무도 안 꺼내 줄까요."

도현의 말이 틀린 말은 아니었지만 서이는 더 이상 말을
이어가지 않았다. 서이는 일단 뭐라도 해야 할 것 같아 섬을
둘러보기 위해 무작정 걷기 시작했다.

"가위 눌려 본 적 있어요? 아까 딱 그 느낌이었어요. 절대

마음대로 안 움직여져요. 절대……"

도현이 서이를 따라 걸으며 말을 계속 이어갔다. 어려서
수영장에 놀러 갔다가 죽을 뻔한 뒤로 물을 무서워하게 됐다는
구구절절한 사연이었다.

"근데 왜 자꾸 따라와요?" 서이가 멈춰 물었다.

"왜긴요. 아까처럼 갑자기 또 이상한 데 떨어지면 어떡해요.
일촉즉발의 상황에서 구해 주려면……"

"지금 내가 그쪽 보고 있다가 갑자기 위험해지면 구해야 하니까
같이 다니자는 거예요?"

"아니 쌍방이죠. 그쪽도 그럴 수 있잖아요."

"아뇨. 걱정하지 마세요. 제 일은 제가 알아서 해결할 테니까."

"그게 그 상황에선 마음대로 안 된다니까. 어떤 상황일 줄 알고."

"어떤 상황이든 나서지 마요. 도움 필요 없어요. 여기 같이
떨어지게 된 건 뭐, 어쩔 수 없지만 사실 우리…… 그냥 모르는
사이잖아요. 그냥 각자 알아서 해결하죠."

'뭐. 저렇게까지 까칠하게 굴어.' 도현은 손에 들고 있던
축구공을 퍽 하고 힘없이 차 버렸다.

환영합니다.

축구공이 그물을 흔들었다.

'골! 골이에요. 서이 골키퍼. 이번에도 막아 내지 못했습니다.'
도현이 이렇게 처음 서이의 이름을 알게 되었다.

"뭐야. 골키퍼였어?"

도현은 커다란 축구장에서도 세 번째 층 어딘가에 앉아 있었다.

오류의 섬에서 만나요

한 번도 와 보지 못한 축구장이었다. 요즘은 백 퍼센트 VR 관중으로 바뀌었다더니 모양뿐인 관중석에 앉은 건 도현뿐이었다.

"아. 서이 골키퍼. 도무지 기량이 올라오지 않네요. 저런 건 쉽게 막아 줘야 하는 거거든요."

중계에 이어 VR로 관전 중이던 사람들의 무식하고 폭력적인 언사가 거친 목소리로 그라운드 위에 울려 퍼졌다.

"야. 손 없는 병신이 와도 그건 막겠다!" "축구도 못 하는 게 몸도 사릴 거면 거기 왜 서 있냐." "저 정도면 아플까 봐 피하는 거 아니야? 진짜 어이없네."

서이에게는 익숙한 환경이었다. 그라운드에 울려 퍼지는 욕들은 듣지 않아도 잘 알고 있다. 선수 시절, 사람들은 서이가 실수하는 장면을 잘도 잘라서 수없이 리플레이 했다. 그리고 서이가 잊지 않도록 매번 똑같은 욕을 리플로 남겼다. 어쩔 땐 잘하는 것보다 못하는 걸 더 바라는 건 아닐까 하는 생각이 든 적도 있었다.

그때였다. 머리가 복잡해진 서이의 표정을 알아챈 8번의 중거리 슛이 저 멀리서 날아왔고 여지없이 골로 이어졌다. 인간이 느끼는 패배감을 지켜보던 8번이 미소를 띠었다. 8번은 사람들이 좋아하는 세리머니를 하며 서이 앞을 뛰어다녔다. 사람들이 환호했다.

잔인하게도 카메라는 서이의 얼굴을 확대해서 커다랗게 화면에 띄웠다. 우― 야유가 온 경기장에 울렸다. 수백. 수천. 아니 그냥 세상 모든 사람의 목소리였다. 심한 욕설이 실시간으로 들리더니 벌금 공지 표시가 화면에 빨갛게 찍혔다. '선수에 대한 인신공격이나 폭력적인 비하가 담긴 발언시 벌금이 부과됩니다.'

안내 목소리도 들렸다.

　　관중석에서 이 모습을 지켜보던 도현은 거북한 방송 시스템에 어쩐지 슬슬 짜증이 났다.

　　"애초에 막아 놔야지. 다 듣게 하고 벌금 때리면 뭐해. 벌금으로 돈 벌고 자극적으로 시청률 올리려는 수작 아니냐고."

　　카메라는 시간이 날 때마다 수시로 서이의 얼굴을 비췄다. 겉으로 보기에는 무표정이었지만 도현은 알 수 있었다. 그녀의 표정은 달라졌다. 겁에 잔뜩 질린 표정이었다.

　　도현의 생각대로 서이는 두려움을 느끼고 있었다. 아주 익숙한 두려움이었다. '가위에 눌린 느낌이라는 게 이런 걸 말하는 건가.' 무거운 추를 매단 듯 손끝이 무거웠다. 서이는 필사적으로 팔을 들어올려 보려 했지만 이번에도 이변 없이 다시 골대의 그물이 흔들렸다.

　　와- 상대편 응원과 함께 경고 소리가 연속해서 들려왔다. 서이를 향한 욕설들이 그라운드에 시끄럽게 울려 퍼졌다. 야. 이런 진짜 씨! 잔뜩 화가 난 목소리가 쩌렁쩌렁 나왔다. 그 순간 채팅창에는 서이를 조롱하는 각종 사진과 영상들이 올라오기 시작했다. 대부분 유치한 욕들이 대부분이었는데 정도가 결코 가볍지가 않았다. 사람들은 다 같이 서이를 향해 죽어라, 죽어라, 노래를 불렀다.

　　"도대체 어디서 나오는 거야?"

　　도현이 일어나 경기장 안을 둘러봤다. 멀지 않은 곳에 홀로그램이 화면에 쏘아져 나오는 작은 공간이 눈에 들어왔다.

　　노래가 쿵 쿵 그라운드를 울릴 때마다 서이의 심장은 터질 것처럼 반응했다. 절대 다시는 보고도 듣고도 싶지 않았는데. 하지만 이렇게 된 이상 별 수 없었다. 언제나 그랬듯 남은 경기 시간이 다 채워질 때까지 버텨내는 것 밖에는. 서이가 눈을 질끈 감았다.

그때였다. 콰직, 하는 소리와 함께 그라운드에 누군가의 목소리가 울려 퍼졌다.

"아주 대단한 전설의 메시들 납셨네!" 도현의 목소리였다.

이거 어떻게 끄는 거야. 도현은 불만 섞인 목소리로 중얼거렸다. 그리고 얼마 지나지 않아 그라운드 안에 있던 홀로그램 화면이 사라졌다.

>>>PW

<<필리, 월>>

필리＿＿ 월. 문제가 있는 IP는 다 확인된 겁니까.

월＿＿＿ 대부분 자체적으로 다 돌아왔고. 두 IP만 복구가 되지 않은 상태입니다. 일단 센터에 확인 요청했습니다.

필리＿＿ 원인은요.

월＿＿＿ 분류해 두었던 부정 키워드 데이터 버그 문제입니다.

필리＿＿ 이번 업데이트 문제예요?

월＿＿＿ 아뇨. 최근에 참여 IP가 급격히 늘어나면서 개별 프로그램 운영에서 로직 코드가 조금 엉킨 것 같습니다. 이 두 IP 데이터에 어떤 부분이 연관되어 있는지를 중심으로 확인하고 있습니다.

<Dr. 노, 입장하였습니다.>

Dr. 노___현재 환자가 있는 센터 확인했습니다. 3452-SN 도현,
스물아홉 살 남자이고요. 2331-GW 서이, 스물여섯 살 여자입니다.
둘 다 런아웃 테스트에서 3기 덴저 받았어요. 여자는 자살 시도를
한 이력이 있고요. 남자는 센터 입소 전 극심한 디프레션으로
방치되다가 영양실조로 응급 이송된 경우입니다.

　　<<필리, 월, Dr. 노>>
　　필리___ 해결까지 얼마나 걸릴까요.
　　월_____ 최대한 위험요소 없이 가려면 버그 하나씩 찾아서
복구시켜야 하는데……
　　필리___ 삼 일 안에 해결하세요.
　　월_____ 프로그램을 멈추지 않고 늘어나는 로직 속에서
해결하는 건…… 무립니다. 필리.
　　필리___ 월. 프로그램은 절대 멈추지 않습니다.

5.

오류

정체 모를 섬으로 두 사람이 다시 돌아왔다. 돌아오자마자 도현은 서이의 표정을 살폈다.

"미안해요. 내가 마음대로…… 오지랖을 부렸죠?"

도현이 자진 납세하며 반성했다. 서이는 숨을 길게 내쉬었다.

"그……"

서이가 잠시 머뭇거렸다.

도현은 영문을 몰라 눈만 끔벅거렸다.

"그게…… 그 리오넬 메시는 골키퍼가 아니에요."

"네?"

"공격수예요."

"아…… 아. 네. 그렇군요."

뜬금없었지만 일단 공격적이지 않은 반응에 도현이 긴장을 풀며 고개를 끄덕였다.

"그리고…… 고마워요."

서이가 아주 작은 목소리를 흘리듯 말했다.

도현이 잠시 서이를 빤히 봤다.

"여기 좀 더워지지 않았어요?"

도현이 서이의 얼굴에서 민망함을 읽었는지 어쭙잖게 말을 돌렸다.

"뭐. 빛이 좀 강해진 것 같기도 하고." 서이가 부신 눈을 숙이며 말했다.

"그러게요. 섬이 좀 달라진 것 같아요. 좀 좁아진 것 같기도 하고……"

정말이었다. 섬 안의 공기가 조금 전보다 확실히 후텁지근해져 있었다. 그뿐만이 아니었다. 쓰레기 사이사이에 듬성듬성 있던 유채꽃이 풍성한 푸른 잎으로 변해 있었다. 어쩐지 바다도 조금 더 푸르러진 것 같았다. 도현이 찼던 축구공은 어느새 쓰레기 더미에 휩쓸려 바다 위를 두둥실 굴러갔다.

마치 여름이 온 것만 같았다. 봄에서 여름으로 시간이 흐르고 있었다. 도현이 하늘을 올려다봤다. 푸르던 하늘이 거뭇해지더니 이번엔 비가 쏟아지지 시작했다. 장대비였다.

"일단 버스로 가죠." 도현이 버스를 가리키며 말했다.

"아뇨. 전 괜찮아요. 여기 있을게요." 이제는 소용없는 징크스였지만 서이는 버스가 내키지 않았다. 선수 생활이 끝나고 나서도 병적으로 싫어했던 8이었다.

"맞을 만한 비가 아니에요. 언제 그칠지도 모르고." 도현이 점점 거세지는 비에 눈도 제대로 뜨지 못하고 서이에게 소리쳤다.

"그냥 신경 쓰지 말고 들어가세요! 정말 괜찮아요!" 서이가 정말 괜찮다는 듯 고개를 끄덕이며 도현을 버스 쪽으로 밀었다.

오류의 섬에서 만나요

도현이 어쩔 수 없다는 표정으로 버스 쪽으로 향하더니 이내 버스를 지나쳐 쓰레기가 가득한 알약 더미 사이를 헤매기 시작했다.

'뭐 하는 거야.' 서이가 빗속에 잘 보이지 않는 도현을 눈으로 쫓았다.

잠시 후 한참을 여기저기 돌아다니던 도현은 어디서 기다란 천과 긴 막대를 들고 와서 서이의 옆으로 세우기 시작했다.

"뭐해요!" 거세진 빗소리에 서이가 큰 소리로 말했다.

"일단 여기로 들어와요!"

여기저기 구멍이 나서 물이 새는 어설픈 텐트 안으로 도현이 서이를 이끌었다.

"버스에 가라니까요……" 서이가 이해가 가지 않는다는 얼굴로 텐트에 들어서며 말했다.

"비를 맞고 있는데 혼자 어떻게 들어가요." 도현은 그제서야 마음이 놓인다는 얼굴이었다.

"물 싫어한다면서요."

"빠지는 거 아니면 상관없어요. 아니면 나랑 같이 버스로 들어가던가요."

"난 버스가 싫은 게 아니에요."

서이가 작은 목소리로 대답했다.

"아, 그럼 혹시…… 8이 싫은 거예요? 그러고 보니까 축구에서 각 팀의 8번 선수가 로봇이죠?"

도현이 텐트 밖 버스를 관찰하며 말했다.

"맞아요. 축구 잘 모르는 거 같던데 그런 건 또 아네요."

서이가 고갯짓으로 가볍게 수긍했다.

"그거 엄청 시끄럽게 뉴스에 계속 나왔잖아요."

이 시대에는 휴머노이드가 일부 인간의 노동을 대체한다. 인간의 자리를 빼앗는다는 이유로 곳곳에서 말들이 나왔지만 규제가 필요하다는 방침하에 일차적으로 위험 직군들부터 허가가 나기 시작했다. 소방 업무와 안전 업무가 그러했다. 이차에서는 감정노동 업무들이 포함되었고 삼차에는 단체 스포츠도 그 리스트에 있었다. 이미 사이버 연예인, 아티스트가 판을 치는 시대이기는 했지만 여러 국가가 스포츠 선수에 휴머노이드를 법으로 허가한 것은 화제가 될 만했다.

축구는 그중에서도 가장 눈길을 끌었다. 전설 속 선수들의 화려한 기술을 모두 탑재한 완벽한 스타 선수가 탄생될 것이라는 기대를 모았다. 애초에 따라잡을 수도, 막을 수도 없으면 재미가 오히려 반감될 것 같다고 판단한 축구연맹은 봐 주기라도 하듯 휴머노이드의 설정을 '인간의 도달할 수 있는 육체 한계 기준에서 딱 5퍼센트 더 상향된 기술'이라는 조건을 달았다.

그렇게 '8번'이 공식적으로 도입됐다. 경기에 참여하는 열한 명의 선수 중 골키퍼를 제외한 한 명을 휴머노이드로 대체하는 규칙.

"골키퍼는 왜 안 돼요?" 서이의 설명을 듣던 도현이 물었다.

"사람들이 골이 들어가는 순간을 막히는 순간보다 좋아하거든요. 로봇이 인간이 찬 골을 막는 것보다는 로봇이 찬 공을 인간이 막는다. 이게 더 재밌잖아요. 공격수는 화려함이 포인트라면 골키퍼는 가끔 처절함이 포인트니까요. '온몸을 던져' '죽을 힘을 다해' 뭐 그런 거. 로봇이 충족시키지 못하죠 절대. 대부분 공격수 자리에 휴머노이드를 배치하는 이유가 그 때문이고요. 덕분에 나는 속수무책으로 당했어요."

서이가 프로리그에 들어온 지 얼마 지나지 않았을 무렵이었다.
늘 벤치에만 앉아 있던 서이가 처음으로 호명되던 날, 8번은 연이어
골을 넣으며 기세를 자랑했다.

하지만 치욕은 시작에 불과했다. 그 이후로 수십, 수백 번의
비슷한 경기가 이어졌다.

자연스레 8은 가장 강력한 징크스가 되었다. 지나가다 길에
적힌 숫자 8만 봐도 서이는 심장이 떨리고 숨이 잘 쉬어지지 않았다.
심지어는 축구와 상관없는 일상에서조차 숫자 8을 본 날에는
어김없이 불행이 찾아와서 서이는 병적으로 8을 피해 다녔다.
나중에는 비슷한 모양의 눈사람을 싫어할 정도였다.

"아까 그 경기. 기억이 나요. 그날 점심에 시켜 먹은 음식점
번호에 8이 두 개나 들어간 게 불길했는데, 결국 19 대 8로 졌던가."

서이가 그날을 회상하며 몸서리쳤다.

하지만 결코 특별한 경기가 아니었다. 수많은 실패한 경기 중
하나였고 결국 서이는 축구를 그만두었다.

축구로 실패했음을 알았을 때 서이는 딱 쓰레기가 된
기분이었다. 평생을 바치기로 한 자신의 쓰임새를 잃어버린 사람,
다른 용도로 새로 쓰기에는 어쩐지 찝찝하고 겸연쩍은 사람이 된
것만 같았다.

쓰레기 바다에 오류가 난 섬이라니. 생각해 보면 이보다 더
자신과 어울리는 스테이지도 없을 것이라고 서이는 생각했다.

"그래도 대단한 거 아닌가요?" 도현이 서이에게 말했다.

"뭐가요?"

"만약 한 번이라도 로봇이 찬 골을 막은 적이 있다면 대단한 거라고요. 로봇을 어떻게 이겨요."

"누군가는 이기더라고요. 그냥. 내가 진 거예요. 못하니까 당연히 욕도 먹었던 거고."

"세상에 그렇게 당연한 일은 없어요. 누가 누굴 욕할 수 있는 그런 당위 같은 건."

서이가 도현을 가만히 봤다.

"입술이 파래요. 그쪽."

"아." 서이의 말에 도현이 자신의 입술을 매만졌다.

"사실 지금 좀 추워요. 이거 바람이 전혀 안 막아지네요. 구멍이 너무 났어."

도현이 뚫린 구멍 사이로 손을 집어넣으며 장난스레 말했다.

서이는 잠시 고민하더니 텐트를 벗어나 버스로 향했다. 이상하게도 예전만큼 버스가 무섭지 않았다. 지금보다 더 최악은 없어서일 수도 있었고 어쩌면 그런 징크스 같은 건 없다는 걸, 단순히 무언가에게 실패의 탓을 돌리고 싶었다는 걸 서이는 원래부터 알고 있었을 수도 있었다. 다만 한순간에 그 두려움이 사라진 이유에 대해서는 알 수 없었다.

버스 안, 깨진 유리창 사이로 빗소리가 들어왔다.

"생각해 보면 우리 인생에 가장 최악의 순간에 떨어지게 된 것 같지 않아요? 내가 물속에 빠져 죽을 뻔한 상황이라든지 그쪽이 겪었던 최악의 경기라든지. 트라우마를 만들어 내는 환경으로 돌아가잖아요."

오류의 섬에서 만나요

뒷자리에 앉아 있던 도현이 서이에게 말했다. 서이는 도현의 말이 어느 정도 일리가 있는 접근이라고 생각했다.

"그럴 만한 사건 뭐 기억나는 거 없어요? 미리 예측해 보죠, 우리."

도현이 적극적으로 서이에게 물었다.

"글쎄요. 어릴적부터 축구만 해 와서. 아까랑 크게 다를 것 같지 않은데요."

"그럴 수 있겠네요."

도현이 끄덕였다.

"그러는 그쪽은…… 여기 왜 들어왔어요?"

서이의 물음에 도현은 잠시 뜸을 들였다.

"나는 여기 스스로 들어온 게 아니에요. 본인이 의사를 말할 수 없는 환자들은 가족 동의하에도 진행을 할 수 있는 것 같더라고요."

"말을 못 했어요?"

"아뇨. 그냥 의식만 있고 아무것도 못 했죠. 무기력하게 아무것도 안 먹고 누워 있다가 병원에 실려왔거든요."

"왜 그랬는데요?"

"그냥 어느 순간 싫더라고요. 사람이 배가 고픈 게."

"당연한 거죠. 사람이 배가 고픈 건."

"그게, 왜 있잖아요. 크리스마스에 길거리에서 가게 홍보하면서 춤추는 로봇들. 언젠가 한 번 명동에서 그 로봇인 척하는 알바를 한 적이 있거든요. 가게 주인이 대목이라 못 구했다고. 급하게 공고를 올렸더라고요."

"어떻게 로봇인 척을 해요?"

"산타 옷을 입고 가서 서서 대충 옆에 로봇을 따라 하면서
춤추면 돼요. 그런 건 뭐. 나는 로봇이다 생각하면 별 거 아니었어요.
문제는 인간인 걸 알았을 때죠. 한 다섯 시간쯤 지났나? 다른 애들은
다 괜찮은데 나만 너무 춥고 배가 고픈 거예요. 그때 까먹고 있다
사장이 뛰어나와서. 아 맞다. 사람이셨죠. 식사하셔야 하는데
하더니 근처 푸드코트 상품권을 쥐어 줬어요. 친절한 말투였는데
기분이 나빴어요. 꼬일 대로 꼬여서는. 이렇게 능률도 떨어지는데
배까지 고프다니. 이제 어떡하니, 너. 그렇게 들렸어요. 근데
돌아와서 생각해 보니까 틀리지도 않은 것 같더라고요. 먹을 이유가
없었어요."

아무렇지 않게 말하는 도현을 서이는 가만히 바라만 봤다.
서이의 표정에서 읽혀지는 것이 연민이나 무시가 아닌 공감이라는
것에 도현은 안타까운 마음이 들었다.

그렇게 한참 비가 내렸다. 두 사람은 깨진 버스 유리창 사이로
각자의 사정을 담은 쓰레기들이 빗물에 쓸려 내려가는 걸 멍하니
바라봤다.

다음 스테이지는 도현의 고시원이었다. 방 안은 겨우 한 사람이
서 있을 수 있는 공간이었다. 사변의 벽을 둘러싼 디스플레이 위로
커다랗게 탈락 통지서가 띄워져 있었다. 도현은 이 방 안에서
6년에 걸쳐 총 여섯 번의 실패를 했다. 다섯 번의 탈락이었고
마지막 해에는 더 이상 시험을 칠 기회조차 주어지지 않았다. 지원
직군이었던 멘탈케어 상담사가 감성적인 인간의 영역보다 데이터
분석 능력이 더 중요한 직군이라고 분류가 되면서였다.

바뀌어 가는 세상을 탓하기에는 자신의 문제가 크다는 것쯤은 알고 있었다. 똑같은 시험을 포기하지 않고 계속 준비한 것도 문제였고 다른 비전을 생각해 두지 못한 것도 문제였고 이제껏 붙지 못한 것도 문제였다.

뭔가를 다시 시작해야 한다고 새로 정해야 한다고 머리로는 생각했지만 몸이 움직여지지 않았다. 도현은 커다란 욕조의 수챗구멍으로 물이 빠지듯 깊은 곳에서부터 힘이 빠지는 느낌이 들었다. 그렇게 투명인간이 되어 갔다. 세상에서 보이지도 필요하지도 않은 사람으로 차츰차츰 사라져 가고 있었다.

책상에 엎어진 도현을 보며 서이가 고민했다. 그러다 대뜸 도현에게 손을 내밀었다.

"일단 여기서 나가죠."

서이는 도현을 고시원 바로 앞 분식집으로 데리고 갔다. 아니 들고 갔다는 말이 더 가까웠다. 몸이 무거워진 도현은 나무늘보처럼 느리게 느리게 움직였고 서이의 성질은 그걸 기다리지 못했다. 서이는 떡볶이와 김밥을 시켰다.

밥을 입에 가져가기도 싫을 만큼 자신이 한심한 기분, 서이는 누구보다 그 기분을 잘 알고 있다. 성공과 실패의 여부를 떠나 살아 있는 사람이라면 당연한 것인데도. 잠이 오는 것도 배가 고픈 것도 스스로가 용납이 되지 않는다. 하지만 사람으로 태어나 밥값을 하는 삶을 살기란 생각보다 녹록지 않았다. 아마 도현도 그랬을 것이라고 서이는 생각했다.

기다리던 음식이 나왔다.

"말하려고 하지 말고 밥이나 먹어요."

움찔거리는 도현의 입으로 서이가 떡볶이를 넣었다. 김밥도 하나 집어넣으려다 얼른 꺼내서 오이를 빼냈다. 도현은 느리게 음식을 씹었다.

서이가 눈을 뜨고 나서도 도현은 잠들어 있었다. 기절한 건가 서이는 슬쩍 들여다봤지만 표정이 조금은 평온해 보여서 그냥 놔두었다.

비가 그치고 시끄럽던 매미 소리가 사라졌고 선선한 바닷바람이 불어왔다. 바다의 색도 더 깊게 바뀌어 있었다. 물가에 있던 888번 버스가 사라진 후였다. 아마도 먼 바다로 쓸려간 듯 보였다. 멀리 바다를 가로지르며 다가오는 버스에 소리 지르던 순간도, 억센 빗속에서 자신에게 손짓하던 도현의 모습도, 깨진 유리창 밖으로 보이던 풍경을 보며 재잘거리던 순간도 떠올랐다. 더 이상 그늘은 필요 없었지만 서이는 어딘가 조금 서운한 마음도 들었다.

"훈련합시다. 우리."

언제 일어났는지 도현이 바다를 바라보고 있던 서이를 불러세웠다.

그러고는 대뜸 구멍이 난 텐트를 골대 삼아 축구공을 들고 그 앞에 섰다.

"축구 못하잖아요."

"봐요. 따라 해 봐요."

도현이 이상한 표정을 지었다.

"자. 어디로 막을 것 같은지 모르겠죠."

"그게…… 뭐 하는 거예요." 서이가 당황하는 얼굴로 물었다.

"사람의 얼굴에는 근육이 총 마흔네 개가 있거든요. 그걸 조합해서 나오는 표정이 만 개가 넘는데 이 가운데 감정을 읽을 수 있는 표정이 삼천 개쯤 돼요. 그걸로 심리를 파악하는 거라면서요. 선수의 특정 행동이나 몸짓을 데이터화 해서 몸으로 방향을 읽는 거거든요. 결과값으로만 움직이는 멍청한 기계들을 인류의 영특함으로 한번 속여 봅시다. 가만 있어 봐. 이게 눈은 웃고 입은 울고 손은 오른쪽으로 하고 발은 왼쪽으로 하면 어떨 것 같아요."

도현이 이번엔 몸을 이상하게 틀었다.

"이상해요."

"이상하죠! 이게 지금 최대한 데이터에 없는 조합을 만들어 본 거거든요! 이제 페널티킥에서 8번을 만날 상황에 부닥치면 최대한 비슷한 표정을 짓는 거예요. 몸은 잘 안 움직여도 표정은 좀 괜찮지 않겠어요?"

뭐야. 서이가 김빠진다는 듯 말했다.

"그럼 뭐해요. 어차피 그 상황에서 몸도 잘 못 움직이는데 표정은 속인다고 해도 골을 막을 수가 없잖아요."

"골을 막는 게 아니라 서이 씨가 조금이라도 덜 괴로운 게 포인트예요."

도현이 서이 앞에 마주보고 섰다.

"너무 가까워요." 서이가 부담스럽다는 듯 뒤로 물러서려는데 도현이 붙잡았다.

"아니, 아니. 잘 봐요. 한번 해 봐요." 그러고는 다른 조합의 이상한 표정을 지었다.

도현의 얼굴에 서이가 결국 참지 못하고 풉 웃음을 터뜨렸다.

"어. 웃었다."

도현이 기뻐하며 말했다.

"여기 와서 진짜로 웃은 거 지금 처음인 거 알아요?"

"진짜로 웃는 게 뭔데요." 뭔가 민망해진 서이가 웃음을 다시 참으며 일부러 퉁명스럽게 말하려고 노력했다.

"첫 번째 일단 가장 보편적인 특징은 소근이 당겨져 있어요. 소근이 여기 입 주변에 있는 근육이거든요? 그리고 두 번째는 여기 송곳니 위로 있는 대협골근이 축소가 되면서 광대가 올라가는 거예요. 자, 여기까지는 누구든지 만들 수 있는 표정인데. 마지막으로 안륜근을 움직이면 진짜 웃는 얼굴이 만들어지는 거예요. 여기 눈 주변에 있는 근육이요. 이건 사람이 의식적으로 통제하기 어려운 근육이거든요. 이것까지 딱 이렇게 움직이면 '행복'이라는 키워드가 나오는 거죠."

도현이 눈을 주름지게 해서 어설프게 웃으며 말했다.

"지금 딱히 행복해 보이지는 않는데요."

"억지로 해서 그래요."

"너무 복잡해요."

"이게 말이 어려워서 그렇지 이치는 쉬워요. 쉽게 말하면 입꼬리는 올리고 눈꼬리는 내려간 자연스러운 환한 웃음이라고 할 수 있죠."

"쉬운 얘기를 군이 그렇게 어렵게 하는 이유가 뭐예요."

"시험이잖아요. 원래 자격증이라는 게 쉬운 것도 다 어렵게 써서 외우는 데 의의가 있는 거거든요. 나중에 진짜로 환하게 웃을 때

확인해 봐요. 봐야 알아요. 그건."

　얼마만큼의 시간이 흘렀는지는 가늠이 되지는 않았지만 이
섬에서 두 사람은 세 번째 계절을 함께하고 있었다.
　서이는 도현과 함께하는 것에 점점 익숙해지고 있었다. 가끔은
도현의 이야기를 듣고 있으면 자신이 누구였는지는 생각이 나지
않았다. 어디서 어떻게 살았는지 같은 건 별일 아니었던 것처럼
가벼워지는 것 같았다.
　'뭐 좋아해요?' '선수 시절은 어땠어요?' '그래서 어떻게 됐어요?'
도현의 질문은 포기를 모르고 나왔다. 그러다 어느 순간은 서이도
자신의 이야기가 별것 아닌 것처럼 튀어나올 때도 있었다.
　"프로팀에 들어가면서 번 돈을 다 쓰고도 엄마가 여기저기 돈을
빌렸어요. 그 많은 돈을 도대체 어디에 썼는지 모르겠어요."
　"싫지 않았어요?"
　도현이 물었다.
　"그냥 나 운동시키면서 고생도 많이 했으니까…… 엄마한테는
보상 같은 게 필요했을 수도 있죠. 사실 축구를 할 때는 '내가 잘되면
다 해결되겠지' 그렇게 생각했는데. 문제는 내가 실패했다는 거죠."
　서이가 애써 미소 지으며 말했다. 하지만 도현은 웃지 않았다.
위로도 하지 않았고 그저 서이가 지었어야 할 표정을 지으며 조금
괴로워했다. 서이는 그 월권이 어이가 없으면서도 왠지 더 위로가
됐다. 어쩐지 마음이 말랑해지는 기분이었다.
　하지만 서이를 다그치기라도 하듯 금세 현실을 일깨워 줄
스테이지가 찾아왔다.

환영합니다. 도현이 서이를 발견한 건 횡단보도였다. 서이는 어떤 남자의 손을 잡고 서 있었다. 두 사람은 함께 빨간 우산을 쓰고 있었다.

도현은 우산도 없이 건너편에 서서 두 사람을 지켜봤다.

남자는 서이를 무척이나 다정하게 바라봤다. 파란불이 켜지고 두 사람은 도현이 있는 건너편으로 걸음을 옮겼다. 도현은 이유를 알 수 없었지만 서이의 표정이 점점 굳어졌다.

그 순간이었다. 저 멀리서 차가 달려오는 게 보였다. 줄어들지 않을 것 같은 속도였다.

급한 대로 도현은 뛰어들어 무작정 서이와 그 남자를 동시에 당겼다. 하지만 이상한 일이었다. 분명 두 사람을 모두 당겼는데 도현의 품으로 들어온 건 서이뿐이었다. 남자는 여전히 차 앞에 서 있었다. 커다란 클랙슨 소리와 함께 하늘로 남자는 붕 떠올랐다. 도현은 놀란 얼굴로 서 있을 수밖에 없었다. 망가진 빨간 우산 옆으로 남자가 툭 떨어졌다.

돌아온 섬에서 도현은 여전히 서이를 안은 채로 눈을 떴다. 몸에 닿은 알약 모래사장이 얼음장처럼 차가웠다. 서이 역시 깨어난 지 오래였지만 두 사람은 아무런 움직임도 말도 없었다. 서이가 먼저 일어났다.

"괜찮아요?"

도현이 서이를 붙잡았다.

"괜찮아요."

서이가 차갑게 대답했다.

"아뇨. 표정은 안 괜찮은데요. 도대체 아까 그 상황은 뭐예요?"

"벗어났으니까 됐어요." 서이가 도현의 눈을 피했다.

"왜 그래요."

"뭐가요."

"뭐 있잖아요. 화났어요?"

"아뇨. 그냥……"

서이가 잠시 입술을 잘근 물었다 떼며 다시 말했다.

"생각해 보니까 현실은 달라지지 않잖아요. 결국 여기서 나가면 내가 마주할 현실은 똑같이 거지 같을 텐데. 그럼 나는 또 똑같이 도망치게 될 건데. 이렇게 여길 벗어나려고 노력하는 게 무슨 의미가 있을까요. 여기도 도망쳐 온 거 잖아요. 지금."

"그래도……"

"그런 현실로 돌아가느니 여기 있는 게 그냥 나을지도 모르겠어요. 어차피 이건 다 가짜니까."

서이가 자리에서 일어섰다.

"나도 솔직히 여길 나가는 거 무서워요. 여기서 나가면 다 마주해야 할 내 모습도 무섭구요. 말라비틀어져서 다 망가진 몸으로 나는 뭘 해야 할까. 생각만 해도 숨이 턱턱 막혀서 어떻게 하면 나갈 수 있는지 뻔히 알면서도 계속 스테이지를 바꿔 가면서 여기 있었어요."

"그런 우리가 서로에게 뭘 해 줄 수 있겠어요. 그저 한심한 신세 한탄이나 들어주는 것밖에 없잖아요. 내가 잠깐 착각했어요. 뭐라도 된 줄 알았나 보죠. 당신을 구해 줄 수 있는 유일한 사람이 나라고 생각하니까. 내가 정말 뭐라도 된 줄 알았나 봐요."

"구해 준 거 맞잖아요."

"어차피 다 가짜잖아요. 여기서 이런다고 달라지는 건 없어요."

서이가 시선을 아래로 둔 채 말하고는 이내 자리를 뜨려는 듯
걸음을 옮겼다.

"같이 있었잖아요."

도현을 서이를 붙잡으며 말했다.

"여기서 최악의 순간으로 돌아갔을 때요. 달라진 게 없는데 죽을
것 같던 순간들이 신기하게도 괜찮았어요. 그래도 버틸 수 있었어요.
덕분에요. 그쪽이 같이 있어 준 덕분에. 그리고 나는 내가 그쪽을
구해 줄 수 있어서 기뻤어요."

도현이 서이의 앞으로 가서 서이를 마주했다. 더이상 서이의
표정을 읽으려 하지 않고 눈을 마주치며 말했다.

"그러니까 그냥 여기 있는 잠시만이라도 나한테 기대요. 같이
있을게요."

도현의 말에 서이의 눈에서 참았던 눈물이 터져 나왔다.

도현은 말없이 서이의 등을 토닥였다. 아무도 지켜주지 않았을,
스스로도 보듬지 못했던 서이의 등이었다. 서이는 아주 오랜만에
터져 나온 울음과 함께 그동안 수없이 스스로에게 생채기를 내던
이야기를 꺼냈다.

"그냥 다 버리고 도망가고 싶을 때마다 나는 아빠랑 사고가
났던 순간이 떠올랐어요. 아빠처럼 죽어서 이 불행이 끝나기를 바란
거예요. 나는 그 사고에서 차라리 내가 죽었으면 어쩌면 그게 더
편하지 않았을까. 그런 생각을 했어요."

서이가 도현의 어깨에 얼굴을 묻고 엉엉 소리 내어 울었다.

아무에게도 말하지 못한 마음이었다. 그 고백의 무게만큼 서이는 도현의 쪽으로 더 기울어졌다.

도현은 서이가 용기 내어 나눠 준 무게가 기뻤다.

환영합니다.

아무것도 보이지 않았다. 암흑과 같은 곳이었다. 저 멀리서 서이의 목소리가 들려왔다.

"어디 있어요?" 서이가 도현을 불렀다.

여기에요. 말하고 싶었지만 도현은 목소리가 역시 나오지 않았다.

"여기 있어요?" 서이의 목소리가 멀어져 갔다.

다급한 마음에 움직여 보려 했지만 몸이 움직이질 않았다. 무겁다는 느낌이 아니었다. 없어지고 있었다.

도현은 아무런 의욕도 없이 죽어 가던 순간이 떠올랐다. 축 처진 몸을 가눌 수 없었던. 힘겹게 뜬 눈에 들어온 말라비틀어진 몸은 뼈가 앙상하게 드러나 있었다. 일으켜 세울 힘이 없다가 이내는 손가락 끝을 움직이기도 쉽지 않았다. 무섭지 않았다. 그때는 그냥 이렇게 사라질 거라면 조금 더 빨리 사라졌으면 좋겠다고 생각했다. 그러다 점점 아무것도 보이지 않았다. 커다란 암흑 속에서 점점 사라지는 기분이었다.

서이의 목소리가 아주 작아졌다. '어디야'라고 하는 것 같기도 하고 '가지 마'라고 하는 것도 같았다. 도현은 이제 막 자신에게 마음을 열어 준 서이에게 온 힘을 다해 달려가 안고 싶다고 생각했다. 하지만 그러기엔 자신이 너무 망가져 있었다는 걸 알았다.

>>>PW

<<필리, Dr. 노>>

Dr. 노____ 긴급입니다. 3452-SN 도현의 호흡곤란입니다. 우선 강제 로그아웃 시도하겠습니다.

필리____ 선택지가 더 없는 상황입니까.

Dr. 노____ 몸이 워낙 많이 망가져 있었던 환자라 더 이상 버티질 못하는 것 같습니다.

필리____ 혹시…… 프로그램 안의 기억이 남아 있을 확률은요?

Dr. 노____ 기억이고 뭐고. 신경이 손상되는 최악의 경우 뇌사입니다.

필리____ 알겠습니다. 강제 로그아웃 시도하시죠. 환자를 살리는 데 최대한 힘써 주세요.

잠시 모니터를 끄고 필리가 깊은 숨을 뱉었다. '사람 살린다고 만든 프로그램에서 내가 지금 뭘 하고 있는 거야.' 필리는 처음으로 도망가고 싶다고 생각했다.

오류의 섬에서 만나요

6.
오류

서이가 눈을 떴을 때 도현은 없었다. 서이가 일어서자 이제 한 시야에 다 들어오도록 작아진 섬에는 도현의 흔적 또한 남아 있지 않았다.

"어……"

도현은 어디로 갔을까. 두 사람의 것들이 바다 저 멀리 떠내려가는 것을 서이는 지켜봤다.

그중에는 텐트로 만든 골대도 있었다. 서이가 골대를 건지기 위해 물속으로 걸어 들어갔지만 소용없었다.

서이는 물가에 주저앉아 파도 아래로 잠겨 가는 알약들을 손으로 모아 쌓아 올렸다. 하지만 물결은 서이의 품을 파고들어 그것들을 금세 허물어뜨렸다.

두 사람의 시간이 서이의 머릿속에 이어졌다. 그 시간이 모두 사라져 버린 섬에서 서이는 엎드려 흐느꼈다. 너무나 금방 도현이 보고 싶어졌다.

환영합니다.

서이는 홀로 스테이지에 떨어졌다. 구단 유니폼을 입은 채
커다란 동상 앞에 앉아 있었다.

반짝이는 전구들 아래로 수많은 사람들이 빛이 번지듯이 스쳐
지나갔다. 기억이 난다. 축구를 그만두고 구단을 나오던 날이었다.

이것저것 다 담아 대충 여민 커다란 가방 사이로 약봉지가
보였다.

명동의 뒷골목에서 퇴직금을 모두 털어 산 약이었다. 주황색과
흰색이 반반 섞인 캡슐이었다. 약봉지에는 촌스러운 상품권이 같이
붙어 있었다. 근처 푸드코트의 식사권이라고 약사가 말했던 것
같은데 지금 돌이켜 생각해 봐도 자살용 약을 밀거래하면서 도무지
이해할 수 없는 동정이었다.

길에는 끊임없이 캐럴이 울려 퍼졌다. 그날이
크리스마스였던가. 사람들이 유난히 행복해 보였던 것 같기는 했다.
그런 걸 볼 때면 서이는 자신이 어쩌면 다른 세계를 살고 있을지도
모른다는 생각을 했다. 이렇게 모두가 즐거워하는 날에는 더 그랬다.
서이를 둘러싼 막을 경계로 다른 사람들은 전혀 다른 것들을 누리는
듯 행복해했다. 부러운 것도 화가 나는 것도 아니었다. 그런 느낌이
들 때면 그냥 좀 힘이 빠졌다.

지난 스테이지와 마찬가지로 어차피 마음대로 움직여지지
않았겠지만 서이는 딱히 저항하지도 않았다. 그저 움직여지는 대로
서이는 그날의 동선을 따랐다.

먼저 빽빽한 사람들 사이로 물을 구하기 위해 편의점을 찾아
걸었다. 전화가 울렸다. 그래. 동생의 이름과 엄마의 이름이 뜨며
번갈아 울렸다. 그때와 마찬가지로 받지 않았다.

다음은 약을 사고 남은 돈을 가지고 근처 마트로 들어갔다. 저녁 시간이라 세일 하는 상품이 많았다. 있는 모든 돈을 식량으로 바꿔 집으로 배달을 보냈다. 그러고 나서 약을 먹으려고 했었다.

그런데 왜 그날 약을 먹지 않았더라. 그러고서 어디로 갔었지. 서이가 생각했다.

그때 배가 고팠다. 서이는 그런 자신이 어이가 없다고 생각하면서도 본능에 이끌리듯 약봉지에 붙은 상품권을 들고 푸드코트로 갔었다.

스테이지에 이끌려 푸드코트로 향하면서 서이는 계속 그날을 회상했다.

그리고 결국 생각이 났다. 그날 그곳에 있었던 산타 옷을 입은 남자가.

온통 노랗고 빨간 것들이 반짝이던 도시 아래로 온기라고는 찾아볼 수 없는 철로 만든 기계들이 24시간 운영하는 푸드코트의 시퍼런 형광등 아래에서 냉동고에 얼마나 있었을지 모를 불량 돈까스를 앞에 두고 앉아 있었던 남자.

서이가 같은 메뉴를 받아 들고 남자와 멀찍이 떨어진 끝에 앉았다. 서이는 그 산타 옷을 입은 남자가 왠지 모르게 같은 세계에 있는 사람 같았다. 얼굴도 모르고 말 한마디 나누지 않았는데 마음이 조금은 괜찮아졌던 것 같다. 비슷한 마음이었는지 남자도 서이를 따라 멍하니 보고만 있던 돈까스를 먹기 시작했다. 그날 그렇게 두 사람은 그 끝과 끝에서 온기를 아주 잠시나마 나눴었다.

서이가 스테이지에 끌려 푸드코트 안으로 들어섰다.

"역시 맞았네."

산타 옷을 입은 남자가 있었다. 이제는 너무나 익숙한 얼굴이었다.

서이는 너무나도 반가운 그를 달려가 안고 싶었지만 몸이 움직여지지 않았다. 푸드코트 입구에 서서 빨개진 코로 그저 바라볼 수밖에 없었다.

도현이 그런 서이를 향해 달려와 꼭 껴안았다.

"데리러 왔어요."

>>>PW

<<필리, Dr. 노>>

Dr. 노___ 다행히 호흡은 돌아왔지만 강제 로그아웃은 실패했습니다. 의식이 제대로 돌아오지 않고 있습니다. 아직 프로그램 안에 연결되어 있는 것 같습니다.

필리___ 아무래도 프로그램이 불안정한 상태니까요.

Dr. 노___ 다행히 신경 반응이 나쁘지 않습니다. 프로그램 복구는 어떻게 되고 있는 겁니까.

필리___ 저희 개발팀에서 복구가 곧 끝날 거라는 보고가 들어왔습니다. 이제 곧 정상화되면 로그아웃이 가능할 겁니다.

Dr. 노___ 서둘러 주세요.

필리___ 마침 복구가 끝나간다는 연락이 왔습니다. 월. 상황은요?

월_____ 복구완료까지 57초 남았습니다.

오류의 섬에서 만나요

7.
오류

이제 섬은 발을 디딜 한 조각 정도의 땅만이 남겨져 있었다. 섬 안에 있던 두 사람의 모든 것들이 사라진 후였다. 두 사람은 알 수 있었다. 이 세계의 마지막 한 조각을 함께 딛고 서 있었다.

"이제 가야겠죠?" 서이가 떨리는 목소리로 말했다.

"가요. 같이."

도현이 서이의 손을 꼭 잡았다.

"그래요." 서이가 대답했다. 하지만 더 이상 이어지는 약속은 없었다. 꼭 다시 만나자. 행복하자. 그런 건 장담할 수 없었다. 서이가 도현에게 약속할 수 있는 건 하나였다. 도현에게 바라는 것도 역시 하나였다.

"살아요."

모든 걸 기억하지 못하더라도, 만나지 못하더라도, 어김없이 불행하더라도.

"살아 줘요."

서이의 입에 작게 말이 맴돌았다. 도현은 서이의 말이 다

닿았다는 듯 고개를 끄덕였다. 미소 지은 도현을 따라 서이도 미소 지었다.

밀려 들어오는 물이 어느새 두 사람의 이어진 발 옆으로 찰랑찰랑 고였다. 서이의 눈에도 고였다. 그 눈에 도현이 입을 가져다 대자 눈이 감기며 눈물이 후두둑 떨어졌다. 도현은 서이의 마지막 모습까지 담아 눈을 감았다.

눈을 꼭 감을 채 껴안고 있던 두 사람이 서로의 틈을 메우며 마지막으로 입을 맞췄다.

얼마 지나지 않아 그들만의 세상은 무너졌다.

축하합니다.

2331-GW 서이의 눈이 떠졌다. 멘탈케어 프로그램 캡슐 안이었다.

간호사가 방문 예정입니다. 잠시 대기해 주십시오. 안내방송이 끝나고 곧이어 간호사가 서이에게 다가왔다.

"어디 불편하신 데는 없어요? 정말 고생하셨어요." 간호사는 서이의 표정을 살폈다. 잠시 후, 의사가 들어와 서이의 상태를 체크했다. 다행히도 모두 정상이었다.

일주일간 경과를 지켜본 후 서이는 다음 치료 단계로 넘겨졌다. 상담은 가족과 축구에 대한 이야기를 중심으로 진행되었으며 그 후로는 미래에 대한 이야기도 조금씩 늘려 나갔다. 퇴원을 며칠 앞두고는 엄마와의 면담 시간을 가지기도 했다. 엄마는 서이에게 울며 사과했다. 서이는 그게 불편했지만 더 이상 도망치고 싶다는 생각은 들지 않았다.

멘탈케어를 퇴원하는 날. "가끔이어도 좋으니까 부디
행복하세요." 서이의 전담 간호사가 서이를 안으며 말했다. 덕분에
서이의 마음이 조금은 따뜻해졌다. 아직 노동 휴머노이드에
대체되지 않은 직업 중에 간호사가 있다는 사실이 다행이었다.

멘탈케어 밖은 익숙하고도 낯설었다. 따뜻한 계절이라 그런지
몸이 한결 가볍게 느껴졌다. 서이는 정류장으로 가서 버스를
기다렸다.

멀리서 888번 버스가 들어왔다. 서이는 거리낌 없이 버스에
올라탔다. 이제 징크스 같은 건 서이에게 남아 있지 않았다.

반갑습니다. 하이패스 단말기가 반응했다.

한가한 오후 시간이라 그런지 버스 안은 텅텅 비어 있었다.
서이가 버스 안으로 걸어 들어갔다. 가장 안쪽 자리 열린 창문으로
들어오는 햇빛을 받으며 누군가 앉아 있었다. 서이는 남자를 잠시
응시했다.

두 사람은 서로를 보며 아주 환하게 웃었다. 아무도 모르는 두
사람만의 세리머니였다.

유로파의 빛을 담아

오정연

"무척 오랜만이야."

　5년 만에 날아든 편지의 첫 문장으로 그보다 어울리는
말은 없을 터였다. 뭔가 잘못된 듯 느껴지는 것은 단지 그
태도때문이었다. 몇 년 만에 나타난 동료가 일주일 정도 휴가를
다녀온 듯 인사를 건넬 때, 그 정도의 어긋난 느낌. 언제나 그렇게,
대수롭지 않다는 듯. 툭, 오래된 이메일 계정의 받은편지함에 떨어져
있던 너의 편지. 다시 나타난 동료였다면 지금 이게 무슨 수작이냐며
흠씬 갈구기라도 했겠지. 옆에 없는 너에겐 그럴 수도 없으니 매번
맥없이 웃고는 먼 산을 바라볼 수밖에.

———————————

그리운 현우에게

무척 오랜만이야. 잘 지내고 있겠지?
나도 잘 지내. 평균 시속 칠십만 킬로미터의 속도로 지구에서 멀어지는

중이야. 난 우주인이 되었어. 혹시 将来(장래)라고 알아? 2년 전
'장래'(우리끼리는 이렇게 부르자. 공식적인 이름은 JIANGLAI이지만)가
지구를 떠날 때 꽤나 떠들썩했을 테니 들어 봤겠지. 태양계 곳곳을
탐사하고 귀환하는 유라시아 우주국의 첫 번째 장거리 유인 우주여행
프로젝트. 난 인공지능의 기계학습 전문가로 참여했어. 어쩌다 대기권
밖을 이렇게 떠돌게 되었는지 설명하자면 너무 기니까…… 일단 굉장히
열심히 노력해서 얻은 결과라고 해 둘게. 언젠가 말할 수 있기를.

이곳에서의 일상은 꽤, 아니, 대단히 규칙적이야. 사람들은 정해진 수면
시간을 지켜서 기상한 뒤, 체력단련, 간단한 미팅, 관측과 실험, 데이터
분석과 관리 등 각자의 임무를 업무 시간 중에 해결해. 나는 장래가 싣고
있는 인공지능의 기계학습을 점검하고 또 지휘하지. 일과가 끝난 뒤에는
지구에서 전달된 각종 업무와 지령, 소식 등을 공유해. 지구의 지인 및
가족들과 연락을 주고 받거나 소셜미디어 활동에 열을 올리던 시기도
있었지. 근데 지구에서 멀어질수록 시차가 커지다 보니 다들 언제부턴가
실시간 소통에는 시들해진 것 같아.

지금은 목성 동네를 지나고 있어. 우리는 특정 천체의 중력이 가장
강하게 작용하는 곳을 그 '동네'라고 불러. 목성이 워낙 크다 보니 동네도
어마어마하게 넓어. 빠져나가려면 아직도 한참 남았어. 몸무게를 느끼지
못한 지 2년 남짓, 그래도 어디선가 센 힘이 나를 잡아끌고 있다고
생각하면 조금 위안이 돼.

밤낮과 계절은 물론, 사방을 구분하는 것도 무의미한 이곳에선 별것
아닌 것까지 시시콜콜 그리워. 가벼운 물체가 떨어져서 몸에 부딪히는
느낌이나, 폭신한 침대에 파묻힐 때의 노곤함 같은 것들. 전망카메라에
담긴 선외 풍경을 멍하니 바라보는 게 유일한 소일거리야. 텅 비어

유로파의 빛을 담아

보이는 암흑 속에서 끊임없이 서로를 끌어당기고 또 밀어내고 있을 수많은 천체, 그리고 물질들을 상상할 때마다 매번 새롭게 마음이 설레. 여태껏 장래가 근접비행한 행성은 화성뿐이었는데 그때 적외선 카메라로 촬영한 화성의 오로라가 굉장했어. 태양을 떠나온 입자가 사방으로 퍼져나가다가 행성의 자기력에 붙들린 것이 오로라가 된다더군. 적외선 카메라가 촬영한 화성의 오로라를, 언론에 공개되지 않은 사진으로 특별히 골라서 보내. 아무도 보고 있지 않아도 펼쳐지는 장관 중 하나야. 이젠 우리 둘이 함께 본 것이 되었지.

저 멀리 유로파에 반사된 태양 빛을 담아,

정현

—————————

정현에게

그러게, 진짜 오랜만.

너도 여전하구나.

항상 아주 멀리까지 가보고 싶다고 했지.

싱가포르와 아르헨티나와 미국과 스위스로도 모자라, 이젠 태양계라니, 세상에.

나야 역시 언제나 같지. 33년째 충청도 송천시 경미구입니다.

그래도 10년 전엔 그 뒤에 하나 더 붙었어, 정동119안전센터.

아, 그건 이미 알고 있던가.

이건 모르겠지. 네가 목성까지 가는 동안 난 승진을 했어.

현우

_____

우리는 23년 전 4월 영인초등학교 4학년 2반에서 처음 만났다. 정현은 부모님의 일 때문에 싱가포르에서 살다가 막 한국으로 돌아왔다고 했다. 아시아 최대의 조선소를 보유한 송천에는 전 세계 내로라하는 도시에서 이주한 아이들이 꽤 많았지만 모두 산자락에 감춰진 으리으리한 국제학교에 다녔다. 그 아이들의 부모는 우리 대부분의 부모들처럼 배를 만드는 노동자가 아니라 배를 '설계'했다. 정현의 아버지도 마찬가지였다. 그런 부모를 둔 아이는 영인초등학교에서 정현이 처음이자 마지막이었다.

정현은 이후 3년 남짓 우리 세계에 머물렀다. 같은 중학교에 진학한 우리는 또 다시 같은 반에서 만났다. 하지만 1학년 1학기 중간고사를 마치자마자 정현은 우리 세계를 떠났다. 중학교 첫 시험을 마친 날 우리는 어리둥절한 채로 정현과 마지막 인사를 주고 받았는데, 얼마 뒤 그 시험의 전교 1등이 아르헨티나로 전학 간 최정현이라는 소식에 또다시 어리둥절해졌던 기억이 있다.

언제 어떻게 헤어져도 소식이 끊길 걱정은 없는 시대였다.

유로파의 빛을 담아

그러나 당사자에게 의지가 없다면, 아니 소식을 전하지 않겠다는 의지가 확고하다면 그 무엇도 소용없었다. 정현이 그랬다. 몇몇 아이들이 호기심으로 정현의 소식을 찾아 온갖 소셜미디어와 인터넷의 바다를 헤맨 듯했지만 모두 실패했다. 송천의 우리로부터 꽁꽁 숨어 버린 듯한 정현의 무소식이 내내 신경쓰였던 나에게 정현이 직접 소식을 전해 왔다.

고등학교 3학년 3월의 일이었다. 고삼이라고 하나 별다른 긴장감은 없던 봄이었다. 지역토박이 우대 전형을 비롯해 각종 지원 요소를 활용하면 집에서 버스로 세 정거장 거리에 있는 지역거점대학 입학은 어려운 일이 아니었다. 개나리, 진달래에 이어 목련까지 하나둘 지기 시작할 무렵이었다. 밤새 봄비가 크게 내려 꽃잎 무더기가 길바닥을 더럽혔던 날. 내 메일함에는 정현의 편지 한 통이 떨어졌다. 나는 제목도 없는 그 편지가 어쩐지 믿기지 않아 받은편지함 목록을 오랫동안 들여다본 뒤에야 본문을 읽을 수 있었다. 그리고 그 편지에서 정현은 곧 미국으로 유학을 갈 예정이라고 했다. 나는 내가 모르는 곳으로 계속해서 나아가고 있는 정현의 궤적을 상상하려고 애썼다.

이후 우리의 교신은 며칠, 몇 주일, 몇 달, 때론 몇 년의 공백을 사이에 두고 이어졌다. 막상 교신 자체는 5회 이상 지속되는 경우가 드물었다. 다시 편지가 날아들 때마다 나는 방전된 휴대폰을 오랫동안 방치했다가 충전을 마친 듯 혼자 낯설고 어색했다. 예전의 자연스러운 대화의 느낌을 되찾기까지 시간이 필요했고 아무리 반복되어도 그 기간은 짧아질 줄 몰랐다.

그러니 이번에도 그러다 말 줄 알았다. 그런데 아니었다. 늦가을

단풍이 낙엽이 되듯 서로의 편지함에 쌓이기 시작한 우리의 편지가
제법 오래 이어졌다. 나는 책장 사이에 낙엽을 끼워 나가듯 별도의
메일함을 만들어 정현의 편지를 보관했다.

그러지 말 걸.

_____

반장 정현우,

그사이 승진을 했다는 말을 들으니 (그럼 이제 캡틴이야?) 너를 처음
만난 날이 생각났어. 낯선 도시, 낯선 학교, 낯선 아이들로 가득한
교실에서 담임선생님이 반장, 하고 불렀더니 네가 쑤욱 일어났지.
고만고만한 앉은 키 사이에서 네가 일어나는데, 엄청 오랜 시간이 걸린
것만 같았어.
지금도 그날의 모든 일을 순서대로 나열할 수 있어. 급식을 마친 뒤 네가
나를 데리고 다니면서 안내했잖아. 제일 중요한 곳부터 알려준다면서
화장실과 매점부터 데려갔지. 그렇게 학교 구석구석을 다니는 내내 넌
마주치는 거의 모든 아이들과 인사를 주고 받았어. 나는 그런 네가 너무
신기해서 다른 것들은 눈에 들어오지도 않았어.
네가 여길 방문해서 내가 장래를 안내한다면, 점심시간이 아니라
쉬는 시간 10분으로도 충분할 거야. 각종 실험, 저장, 시설유지
공간이 대부분이라서 인간이 접근할 수 있는 구역은 극히 일부야.
119안전센터가 일곱 명씩 1팀, 3교대라고 했던가? 상주 인구만으로
따지면 이것도 비슷할 거야. 여기도 인간은 모두 일곱 명이고 여기도

유로파의 빛을 담아

캡틴이 있지. 나를 빼고 모두 우주비행사 출신이라 서로 팀워크가 좋아. 캡틴도 나름의 신임을 얻고 있고.

여러모로 이방인인 나로선 캡틴 정현우가 절실해. 그날 점심시간 직후가 체육시간이었잖아. 수업 시작에 맞춰서 빠듯하게 교실로 돌아가다가 체육복 차림의 애들이 우왕좌왕 운동장으로 향하는 걸 봤어. 다들 반장 어디 갔었냐고 물으면서 우릴 지나칠 때에야 난 걔들이 우리 반 애들이란 걸 알았지. 전학 첫날 체육 시간이라니. 안 그래도 체육엔 소질도 흥미도 없었던 난, 체육복을 챙기지 못했다는 핑계로 수업에 참관할 참이었겠지. 실은 그때 내 기분이 어땠는지 기억도 나지 않아. 네가 갑자기 애들 뒤통수에 대고 큰소리로 외쳤거든.

"체육선생님께 말해 줘, 나 체육복이 갑자기 없어져서 찾고 있다고!"

그러더니 대뜸 사물함에서 체육복 윗도리를 꺼내는 거야. 결국 우리 둘은 나란히 지각생에, 상의 혹은 하의만 체육복을 입은 요상하게 불량한 차림으로 체육시간을 보냈어. 전학생 때문에 늦었다고, 복장도 그래서 불량해졌다고 말할 수도 있었을 텐데, 넌 아무 말도 하지 않았어. 되도 않게 큰 체육복을 상의만 뒤집어 쓴 내 차림에 선생님도 대강 짐작이야 하셨겠지만.

고마워, 그날의 모든 것. 키가 작은 편인 나에게 당연하다는 듯 하의가 아니라 상의를 건네줬다는 게 그중 가장 절묘하게 고마워. 덕분에 나는 지금도 그때 코끝을 간질이던 너의 체취를 떠올릴 수 있어. 유난히 햇살이 따스했던 봄날의 운동장에서 나는 내내 킁킁거렸어. 체육시간이 그렇게 즐거웠던 건 처음이었어.

이 편지가 너의 받은편지함에 도착하려면 50분은 족히 걸릴 거야. 빛의 속도로 한 시간 가까이 달려야 닿을 수 있는 곳까지 오고 나서야

시공간이 무슨 의미인지 실감이 난다. 우리가 주고 받는 편지가 일종의
시간 여행을 하고 있기 때문일까, 자꾸만 옛날 생각이 나.

시공간을 넘어,

정현

————————————

정현에게

이거 왜 이래, 난 이제 캡틴(팀장) 아니고 치프(대장)야.
(어차피 잘 모르겠지만, 알아도 쓸데도 없지만;) 대대장이라고.
엄밀히 말하자면 119안전센터의 센터장이지만, 계급상 그래.
어차피 다들 무슨무슨 선배, 아니면 그냥 이름을 부르고 있지만.

내가 부팀장이었을 때 우리 팀 막내로 들어온 친구가 있어.
작은 체구에 눈만 커서는 그때의 너랑 비슷한 느낌이기도 했네.
첫날 사수랍시고 데리고 다니면서
동네 맛집이나 공공화장실이 깨끗한 건물을 우선적으로 알려 줬지.
조금 시간이 지나서 친해진 뒤 그런 말을 하더라.
사고다발지역이나 출동 직후 우선적인 점검 사항 같은 정보를
들을 줄 알았다나.
나라는 사람도 참 변함이 없군.

그랬던 후배가 이제 곧 팀장급이야.
그 5년 사이 화재로 사라진 건물이 서른아홉 채,

유로파의 빛을 담아

생사를 달리한 목숨이 예순일곱 명.

긴급출동이랍시고 가 보면

하수구에 빠진 아기고양이 구조 같은 일이 대부분인데

보고 때문에 모아 놓으면 언제나 생각보다 숫자가 커.

사라진 건물이 일터이거나 보금자리였던 사람들,

순간의 사고로 가족이며 사랑하는 사람을 잃은 이들……

나는 몇 십 년이 흘러도 이렇게 여전한데,

평범하게 시작한 하루 동안

인생이 송두리째 바뀌어 버린 사람들의 황망함이 쌓여

내 일상이 된다고 생각하면 어쩔 줄 모르겠어.

늘 같은 쳇바퀴를 도는 것 같은 나의 하루하루가

갑자기 한길 낭떠러지처럼 아득해질 때마다 생각해.

너를 싣고 시속 칠십만 킬로미터로 지구에서 멀어지는 장래와

까마득한 곳에서도 숱한 위성들과 함께 목성을 맴도는 유로파를.

그곳에서 보면 지구 역시 맹렬한 속도로 공전궤도를 여행 중이겠지.

현우

p.s. 20년 전의 일로 고맙다는 말을 듣다니.

그때의 나는 입던 체육복의 땀 냄새 부끄러운 줄도 몰랐나 본데,

이제 와서 그게 좀 부끄럽고.

———————————

돌이켜보면, 일정한 시차를 둔 채 끊어졌던 교신이 다시 이어질 때마다 정현이 보낸 편지의 행간은 깊어져 있었다. 처음엔 그 안이 궁금해서 기웃거려도 보았지만, 언제부턴가 더 이상 궁금해하지 않았다. 그런데 장래 안에서 보낸 정현의 편지는 이전과 또 달랐다. 편지에서 정현은 자꾸만 뒤를 돌아보았다. 서로가 모르는 그간의 시간이 아닌, 우리 모두에게 각인된 과거를. 담담히 눌러쓴 문장 사이로 출몰하는 것은 교복이나 통학 버스, 아이들과 함께했던 골목길 같은 것들이었다. 깊이를 가늠할 수 없던 구멍이 아니라 오랜 시간 잊고 있었던 탓에 낯설어진 익숙함 앞에서 나는 종종 먹먹해졌다. 정현에게는 따뜻한 향수의 대상이, 나에게는 도무지 변할 줄 모르는 우리 '동네'의 중력일 뿐이라는 걸 견딜 수 없었다.

연일 최고기온 기록을 갱신하던 10여 년 전 여름. 비싸고 중요한 기계가 냉방을 독점하는 동안 육중한 안전장비를 뒤집어 쓴 채 열기와 싸우던 아빠가 쓰러졌다. 산재처리에 도가 트여 있던 회사였던지라, 병원/돌봄 비용은 물론 더 이상 받을 수 없게 된 아빠의 월급까지 걱정할 일은 하나도 없었다. 그러나 당신이 만든 어마어마하게 큰 배를, 당신이 상상할 수 없는 세상으로 떠워 보내는 광경을 더 이상 지켜볼 수 없게 된 아빠는 하루하루 시들었다. 점점 다른 사람으로 변해 가는 아빠와 자신의 일터를 하루 두 번씩 오가야 했던 엄마 역시 4년 전 겨울 무너졌다. 인도에 고여 있던 자그마한 물웅덩이가 살얼음이 되었고 그 위에서 넘어진 것이 골절상으로 이어졌다. 물웅덩이에는 별 잘못이 없었다. 엄마가 당시 경미한 뇌출혈을 겪고 있었다는 것이 문제였다. 부러진 팔을 치료하는 동안 의료진은 물론 엄마 자신도 당신의 머릿속에서 무슨 일이 벌어지고 있는지 알아차리지 못했다.

그렇게 내 우주는 충경도 송천시에 갇혔다. 시속 90킬로미터의
속도로 현장과 안전센터를 오가는, 나보다 오랜 경력의 소방차가
나의 장래가 됐다. 책임을 다해야 할 가족과 지켜야 할 이웃이 나를
잡아끌었다.

숨가쁜 속도로 멀어지고 있는 정현과 나의 우주. 정현이 장래에
몸을 싣기 훨씬 전, 아마도 20년 전 우리가 처음 만났을 때부터 이미
멀어지고 있던 우리들. 그저 근접 비행하며 서로를 스쳐갔던
것인지도 모를 20년 전 우리의 우주를 자꾸만 돌아보는 정현의
편지에 나는 서서히 익숙해지는 수밖에 없었다.

네 세계의 한없이 가벼운 중력을 내내 동경해 왔으니까.

정현에게

내 편지는 무사히 도착했겠지?
누구에게든 무슨 말이든 하고 싶어서 무조건 쓰기 버튼을 눌렀어.
그런데 받는 사람에 적어 넣을 이름이 너밖에 없네.

오후 3시에 출동한 현장에서 자정이 넘어 돌아왔어.
화평조선해양 하청업체들의 기자재물류창고에서 큰 화재가 있었어.
우리 안전센터 관할 구역은 아니지만,
신고 한 시간 만에 최고 단계인 '심각'으로 격상된 덕분에

송천시의 소방인력 일만여 명이 모두 다 동원되다시피 했지.

우리 센터는 비교적 초기에 동원됐는데,

소방차에서 내리는 순간 알았어.

최악의 날이 될 거라는 걸.

십여 명의 최말단 소방수들이 간이 호스를 들고 이리저리 뛰어

다니는데,

최고 지휘관이 누구인지는 아무도 모르는,

심지어 지휘관 본인도 그걸 모르는 듯한 그런 현장.

어디에나 있어, 그런 곳.

사고 대책본부나 대형 화재진압 상황실처럼

지옥으로부터 저만치 떨어진 사무실.

호스를 잡고 불길과 맞서는 후배들은

산소통이 비어가고, 방화복이 타들어 가도

숫자놀음이며, 책임전가, 성과 가로채기에 급급한 인간들은

거기 떼로 모여 있어.

알고 보니 화재발생 당시 현장에 있지도 않았던 창고담당자 말만 듣고는

인명구조가 필요 없다고 판단한 뒤 바로 방어적 작전을 지시했다더군.

건물 밖에서만 물을 끼얹으면서 불이 꺼지기를 기다리겠다는 거였지.

좀 지나 창고에 기자재를 보관하던 업체의 대표며 직원들이 도착했고

주말 근무인력이 세 명이 있었다는 걸 알게 됐지만……

건물 안에 소방 인원을 투입해 인명을 수색하는 건 이미 불가능했어.

우리가 그래서 뭘 할 수 있었을까.

현장에 도착한 실종자 가족이 유가족이 되는 동안

유로파의 빛을 담아

우리는 그들을 외면하려고 안간힘 쓰면서 부질없이 물을 뿌렸어.

동네 친구가 주말 근무 중이었다는 걸 알게 된 지율 팀장이

소수정예로라도 인명 수색대를 꾸려야 한다고,

자신이 들어가게 해 달라는 걸 겨우 뜯어말렸어.

우린 다들 토박이들이라서 다리 하나만 건너면

거기서 일하거나 관계 있는 사람 하나쯤은 누구나 있으니까.

저 위에서 작전을 지시하는 분들과는 다르지.

우리 중 누구도 다치지 않았지만 아무것도 지켜 내지 못한 날은

센터로 복귀한 뒤 서로 눈도 마주치지 못한 채 뿔뿔이 흩어지곤 해.

다들 가족이 있는 곳으로 돌아갈 테지.

나라고 가족이 없는 건 아니지만, 모르겠다.

적어도 집에는 아무도 없어.

오늘은 혼자 텅 빈 집에 들어가서 차가운 침대에 눕고 싶지 않아.

아빠나 엄마 병원으로 찾아가서

넋 빠진 사람처럼 혼자 중얼거린 적도 있지만,

그것도 이젠 지긋지긋해.

아까 현장에서 마지막으로 올려다본 하늘.

이제 막 떠오른 듯 동녘 하늘에 걸려 있던 하현달이 생각 나.

그 밑으로 엄청 밝은 별도 봤어.

너무 반짝이는 별은 인공위성이나 우주정류장 같은 거라던데

장래는 이미 그렇게도 보이지 않을 만큼 멀리 나아가고 있겠지?

보이지는 않지만 엄청난 속도로 여행하고 있다는 것을 알려 줘서,

긴 편지를 읽어 줘서,

헤아릴 수 없이 먼 곳에 그렇게 있어 줘서 고맙다.

잘 자.

현우가

———————————

언제나 뜨거웠던 현우에게,

네가 소방관이 되었다는 말을 들었을 때, 더할 나위 없이 잘 어울린다는
생각을 하면서도 걱정이 됐어. 너는 파수꾼이고 등대잖아. 다른
애들보다 훌쩍 컸던 키 이야기가 아니야. 사람들은 네 옆에서 안심하고
의지하지. 너는 아무래도 그 사실을 전혀 눈치 채지 못하는 것
같았지만.

내가 전학 오고 얼마 되지 않아서 열렸던 백일장 겸 사생대회 때를
기억해. 그때 우리는 다른 아이들에게서 멀찍이 떨어진 호숫가에
나란히 앉아 있었어. 너는 글짓기를 하고 나는 그림을 그렸지.
훌쩍 여름이 깊어진 5월이었는데 간간히 불어오던 미풍 속 라일락
향이 떠올라.

그리고 우리의 눈에 들어왔던 옆 반 담임과 그 아이.

거의 너만큼 키가 컸지만 피부는 뽀얗고 팔다리는 가늘어서,
뒷모습만으론 남자아이들과 비교해도 별 차이가 없었던 너와는 달리
복도에서 마주칠 때마다 여자애라고 오해했던 그 아이. 처음엔 미술
담당이었던 옆 반 담임이 뭔가 지도하고 있는 줄만 알았지. 하지만 우리
둘이 그들에게서 눈을 떼지 못하고 약속이나 한 듯 숨을 죽였던 걸 보면

우리도 알고 있었던 게지. 뭔가가 잘못 되어 가고 있다는 것을. 선생은 아이의 목덜미와 어깨를 그렇게 더듬지 않는다는 것을.

그 인간의 손이 점점 밑으로 내려가는 걸 지켜보던 나는 온몸이 뻣뻣하게 굳어 버렸어. 창백하게 미동도 하지 못하는 그 애가 곧 큰 소리로 울고 말 거라고, 그럼 사람들이 오고 나도 다시 움직일 수 있을 거라고, 그러니까 그 애가 빨리 울기만을 바라고 있었어. 어째서 꼼짝도 하지 않는 거야, 네가 가만히 있으니까 나도 움직일 수 없잖아……

내 심장 박동이 그 아이를 향한 원망과 함께 점점 커져서 터져 버릴 것 같다고 생각했을 때 네가 벌떡 일어났어. 그리고 그 선생을 큰 목소리로 불렀어.

"선생님! 제 작품 좀 봐 주세요."

순식간에 표정과 손을 수습한 선생이 나를 지나쳐 너와 함께 우리의 자리로 향했지. 나는 이유를 알 수 없는 수치심과 죄책감에 휩싸여 움직일 수 없었어. 거기 앉은 채 그 아이와 눈을 마주쳤어. 너를 향한 고마움과 안도, 그리고 부끄러움을 거쳐 그저 바라보고만 있었던 나에 대한 분노로 바뀌는 그 눈빛을 보았지. 그 아이는 이내 저 멀리 등대를 찾듯 눈으로 너를 쫓았어.

그런데 파수꾼과 등대는 지치고 힘들 때 어디에 기대서 무엇을 바라보지? 네 편지를 받고 오히려 안심이 됐어. 이렇게 먼 곳에서 너의 쉴 구석이 될 수 있다면 그건 나의 무한한 영광이니까.

하현달 밑으로 반짝이는 별을 봤다고 했지. 멋진 이야기를 해 줄까. 우린 그때 서로 마주보고 있었을 거야. 8월 11일 자정 무렵 달 밑으로 네가 발견한 빛나는 별은 목성이었을 테니까. 그리고 그쪽 하늘엔 장래가 있지. 그리고 나는 그날 거의 하루 종일 전망카메라에 비친 지구를 감상했어. 거기 있다는 것을 알고 있다면 보이지 않아도 우리는 서로를 볼 수 있어. 그 생각을 하면 기분이 좋아.

지구를 향해 너를 보는,

정현

———————

그 백일장 날은 나에게도 선명한 기억으로 남아 있다. 그러나 정현과 나는 전혀 다른 순간을 통해 그날을 기억하고 있었다. 그림에 영 소질이 없던 난 산문을 쓴다고 오후 내내 끙끙댔고, 그 옆에선 정현이 호숫가 풍경을 그렸다. 초여름의 기분 좋은 바람을 뭐라고 부르면 좋을지 고민하며 멍 때리다 정현의 그림을 슬쩍 바라봤고, 바람 때문에 옆으로 기운 그림 속 풀을 바라보다가 나도 모르게 중얼거렸다. "와, 그림 속에서 바람이 불어." 그러자 정현이 내가 찾던 그 단어를 말했다.

"산들바람을 그리고 싶었어."

산들바람. 정현이 마치 내 마음을 읽은 것처럼 그것을 찾아 주었다. 신기한 우연을 그저 곱씹던 중 정현이 뒤쪽 풀숲에서 이상한 기운을 감지했다. 심상찮은 분위기에 네 눈을 따라간 나에게도 두 사람이 보였다.

용서받을 수 없는 인간의 용서받아선 안 되는 행동이라는 것은 분명했지만, 그것이 정확히 어떤 잘못인지는 알 수 없었다. 단지, 옆 반 아이의 표정과 동조되듯 새하얗게 변해 버린 정현의 표정이 신경쓰였다. 그 아이는 물론 정현까지, 두 사람 모두 굉장히 곤경에 빠졌다는 것을 알 수 있었다. 내가 생각해 낼 수 있는, 그것을 멈출 수 있는 방법은 하나뿐이었다.

대단히 어려울 것도 없었던 그것을 행동으로 옮겼을 뿐, 미술선생님에게 산문을 봐 달라고 부탁한 싱거운 애가 되면 그만이었다. 등대니 파수꾼이니 영웅적인 행동이 아니었다. 돌이켜보면 평생 그랬다. 나는 그저 남들보다 큰 키 덕분에 부탁받을 일이 많았고 누군가에게 필요한 존재가 된다는 느낌이 마냥 좋았을 뿐이었기에.

방금 편지를 보내자마자 하지 못한 말이 생각나서 부랴부랴 편지쓰기 버튼을 다시 눌렀어. 오늘 이곳의 캡틴이 장래는 물론 우리 모두의 안전과 관련한 모든 실시간 결정 권한을 지구로부터 이양 받았어. 우리가 지구에서 너무 멀어졌기 때문에 밟게 된 절차였어. 책임과 함께 귀찮은 일이 많아졌다면서 캡틴은 투덜댔지만 언젠가 이렇게 될 것은 모두가 알고 있는 당연한 일이었어.

그걸 보고 정현우 역시 그래야 하는 게 아닐까 생각했어. 온 마음과 시간을 다해 무언가를 지키고 싶다면 이젠 그에 어울리는 위치로 올라가야지. 10년 동안 일했으면 등대지기 중에서도 최고참이야. 정현우가 누구보다 현장을 사랑하고 현장에서 가장 마음이 편하단 걸 잘 알고 있어. 한사코 승진 따위 피해 왔겠지. 하지만 더 큰 책임과 결정권을 가진다면 덜 나쁜 결과를 위한 확실한 변화를 만들 수 있을 거야. 파수꾼의 자책도 덜어지겠지. 무언가를 하고 있다는 사실을 기억하는 것만으로도 어떤 괴로움은 잊을 수 있으니까. 캡틴 정현우, 이젠 더 높은 곳으로 가자.

정현

_____

답장이 늦어서 미안. 조금 어리둥절했거든.

처음엔 연이어서 도착한 편지 두 통을 보고 뭔가 오류인 줄 알았어.

그리고 읽으면서 또다시 어리둥절.

혹시 내 마음을 읽은 거야?

요 몇 년 사이 내가 차마 꺼내서 들여다보지 못했던 마음을

아무렇지도 않게 콕 집어서 돌려주다니.

마치 그 여름의 호숫가에서처럼,

이번에도 네 말을 듣고 모든 것이 분명해졌어.

이 기막힌 타이밍에 대해서 언젠가 이야기할 수 있기를.

현우

_____

마법은 너에게만 일어난 게 아닐 걸. 미국에서 공부를 마무리할 무렵, 우울증이 겹쳐서 고생했어. 테라피스트는 약과 함께 매일 산책을 처방했지만 애초에 그게 됐으면 그게 우울증이겠어, 그냥 기분이 우울한 거지. 세상에서 제일 무거운 게 내 몸뚱이던 시절, 불도 켜지 않아 어두컴컴한 방 안에 멍하니 앉았다가 네 생각이 났어. 중학교 때였나. 남자애들 틈에서 땀을 뻘뻘 흘리면서 농구에 열중하던 네 모습. 예나 지금이나 여자애 끼워 '주면' 큰일 나는 줄 아는 속 좁은

남자애들은 많았고 네 운신의 폭은 참 좁았을 텐데, 블로킹 성공률이

절반도 안 됐는데도 매번 골대 밑에서 뛰어오르던 그 모습을 홀린

듯이 바라봤었지. 결과는 아무래도 상관없다는 듯 달려들고 또 결과와

상관없이 크게 웃던 네가 참 보고 싶었어. 그래서 너에게 편지를 썼어.

그리고 물었지. 그때 기억나냐고. 어떻게 그럴 수 있었냐고.

네가 뭐랬는지 알아?

─ 무슨 생각을 했겠어. 그냥 하는 거지.

무슨 생각을 해, 그냥 하자. 그렇게 중얼거릴 땐 내 세상의 초점이

맞는 것처럼 모든 게 조금은 확실해졌어. 아니, 초점 따윈 아무래도

상관없다고 생각할 수 있었어.

오랜 시간이 흘러 그 말을 다시 돌려줄 수 있어 행복한,

정현

_____

정현에게

재밌네.

생각하지 않고 그냥, 냅다 하는 것은

훌륭한 소방대원의 덕목이기도 한데 말이지.

생각이란 걸 한다면 뜨거운 화염 안으로

무거운 짐을 지고 들어가는 일 따윈 할 수 없을 테니까.

하지만 그때는 생각이 필요하지 않았나.

그렇게 떠올리는 시간이 있어.

우리가 서로의 얼굴을 마지막으로 보았을 때,

중학교 첫 시험을 무사히 마친 것을 축하한다던 선생님께서

내일이면 네가 지구 반대편으로 떠난다는 소식을 전했을 때.

그때 나는 언젠간 이렇게 될 줄 알았다며 오히려 덤덤한 마음이었어.

그래도 감출 수 없는 서운함이며 아쉬움 같은 마음이 없지 않았는데,

어쩐지 그걸 들키고 싶지 않았어.

일부러 느릿느릿 가방을 챙겨서 교실을 나섰던 건 그 때문이었을 거야.

그러다가 너와 딱 마주쳤고

네가 하필 우리 동네에 볼 일이 있다며 옆에서 걷기 시작했을 때

내 머릿속에는 그저 어떻게 인사를 하면 더 멋있어 보일까

뭐 그런 생각뿐이었어.

아르헨티나라니 참 멋있다, 이곳을 떠난다니 정말 부럽다,

비행기를 아주 오래 타야 한다던데, 그것도 부러워.

이런저런 맘에 들지 않는 멘트들만 떠올리느라

정작 너에게 집중하지 못했지.

그러지 않았더라면……

좁은 골목에 들어서자마자 멈춰선 너를 돌아본 순간

너의 흔들리는 눈동자를 좀 더 일찍 알아차릴 수 있었을까.

영문을 모른 채 웃으며 다가간 나를 네가 꼭 끌어안았을 때,

나는 품 안의 너에게 좀 더 다정할 수 있었을까.

어디선가 골목 안으로 불어온 바람에 라일락 향이 느껴졌고,

너의 작은 몸은 어쩐지 뜨거웠는데

굳게 결심한 얼굴로 내 입에 입술을 갖다 댄 너에게

유로파의 빛을 담아

나는 어떤 말을 했어야 할까.

지금도 나는 그걸 모르겠어.

우리의 모든 순간을 기억하고 있는 듯한 너는

어째서 그날에 대해서는 다시 이야기하는 법이 없을까.

현우

p.s. 네 말을 듣고 바로 간부양성프로그램에 지원했어.

오랫동안 함께 일했던 팀장 후배와 함께.

합격한다면 내년 초부터 바로 파트타임 교육을 시작할 거야.

고마워.

———————

그때의 최정현은 아직도 그 골목에 남아 있나 봐. 그 골목으로부터 이렇게 멀어졌는데, 다시 돌아갈 전망은 없는데, 나도 모르게 실행에 옮겨 버린 그 행동에 이유든 계산이든 그런 것은 없었는데, 너의 질문 아닌 질문에 답하는 것이 무슨 소용이 있겠니.

그 호숫가에서 우리가 함께 목격했던 광경 때문이었을 거야. 옆 반 아이의 당황한 표정을 너에게서 다시 발견할까 봐, 미술 선생님을 바라보던 내 눈빛 속 혐오가 거기 있을까 봐 나는 그저 무서웠어. 지금 생각하면 우리 둘의 우주는 너무 작았고 우리가 모르는 사랑이 너무 많았을 뿐인데. 그래서 나는 여태 그 순간을 입 밖에 내지 못했어. 누구보다 내가 가장 미안해, 그 골목에 남아있는 어린 최정현에게. 그 애를 기억하고 곱씹어주는 정현우가 있어서 정말 다행이야.

그리고 기뻐. 정현우가 생각하지 않고 뭔가를 그냥 하는 순간, 세상이 나빠지는 속도가 조금 느려질 테니까. 넌 좋은 간부가 될 거야. 내가 거기 조금이나마 기여했다고 생각하면, 먼 지구의 중력이 느껴지는 것처럼 뿌듯해.

정현

———————————

그날 그곳에서 정현을 두고 뒷걸음친 순간을 생각하면, 나는 그저 슬펐다. 도망치는 스스로에 대한 실망이었을 뿐 당황이나 당혹, 심지어 혐오는 떠올려 본 적도 없었다. 그런데 그토록 오랜 시간 동안 정현이 그런 생각을 하고 있었다는 것이 마음 아팠다.

아무리 해도 정현의 얼굴이 떠오르지 않았다. 처음 맡아 보는 비누 냄새, 어디로 향하는지 시선을 짐작할 수 없었던 까만 눈, 팔에 닿으면 참 간지럽다고 느꼈던 가는 머리카락, 내 품에 한없이 잠기던 작은 어깨, 그리고 서툴게 부딪혀 오던 떨리는 입술만이 생생했다.

정현은 아르헨티나와 미국을 거쳐 스위스로 취업을 했다며 자신의 근황을 간간히 전하면서도 사진은 한 장도 보내지 않았다. 나 역시 사진을 보내거나 요구하지 않았다. 태양계를 가로질러 매일같이 편지를 쓸 때에도 마찬가지였다. 그간 정현이 나에게 보낸 화성의 오로라와 태양계를 넘나드는 혜성의 꼬리와 목성의 숱한 위성 등 우리 둘이 공유했던 비밀스러운 우주쇼를

유로파의 빛을 담아

떠올린다면 용량과 대역폭의 터무니없는 한계도 이유가 될 수
없었다.

언제나 그랬다. 자연재해가 있거나, 내 인생의 중요한 일이
있는 날, 혹은 긴 우기 끝에 충경 하늘에 걸린 참 예쁜 무지개라던가.
그런 날이면 정현에게서 편지가 날아왔는데 생각해 보면 정현은
항상 아르헨티나에, 미국에, 스위스에, 또는 우주 저편이었다.
무시무시한 태풍이 물 폭탄을 쏟아부어 수재민이 속출한 밤, 묵직한
긴장에 어깨가 뻐근했던 수능 전날, 아스팔트가 녹아 버릴 듯한
무더위에 온갖 몇십 킬로그램에 달하는 보호 장구를 짊어져야했던
폭염의 오후, 혹은 백여 년 만에 한반도를 찾아온 개기일식의 날.
정현은 대륙의 끝에서 남극을 향해 찍은 망망대해, 많은 물이
한꺼번에 한곳으로 떨어져서 둥그런 무지개를 만들어 낸 폭포,
수억 년 동안 꿈틀거린 땅이 수천만 년 동안 물과 바람에 깎여 만든
풍경을 보내며 물었다.

— 잘 지내? 나도 잘 있어.

— 비가 많이 내린다면서. 아침 수업 서둘러야지.

— 하늘 봤어? 달이 너무 예뻐.

아무에게도 보일 수 없었던 마음을 들여다본 듯 가만한 위로가
되어 주던 사진과 안부의 말들이 지구 저편에서 혹은 우주 저편에서
날아왔다. 그것들 모두가 마음 조각이라는 걸 너무 늦게 알았다.

한국의 뉴스를, 한국하고도 충경의 날씨를 따라잡으며 나를
떠올려 준 너의 진심. 내 세상이 너무 좁고 보잘것없어서 이제야
깨달아 버린, 너의 속내. 얼마나 많은 사과의 편지를 쓰고 지운 채

차마 보내지 못했는지. 사과든 고백이든 너의 두 눈을 보고 전해야
했기에. 이젠 두 손을 맞잡고 하고 싶은 말들이었으니까.

———————————

정현에게

나는 네가 보고 싶어.
만나고 싶어.
얼굴을 마주 보고 하고 싶은 이야기가 아주 많아.
지구로 돌아오면 다시 그 골목을 찾아 줘.
한 번만 더 기회를 줘.

현우

———————————

정현은 답하지 않았다. 아무 편지도 도착하지 않았다.
평소였다면 언젠가 벌어질 일이 또 벌어졌구나, 여기고 넘길 수도
있었겠지만 이번엔 달랐다. 그처럼 오랜 시간이 흐른 끝에 알아 본
진심이 훌쩍 멀어졌다는 것을 믿을 수 없었다. 장래의 예정된 임무도
이제 곧 중간 기점을 돌아, 지난날이 남은 날을 넘어설 것이었다.
20년 넘게 참았던 마음이니까 2년 남짓 정도는 문제없이 견딜
수 있다는 계산도 있었다. 일단 얼굴을 본다면 서로 다른 우리의
세계를 어떻게 포갤 수 있을지 그 방법도 생각이 나리라 낙관한 밤도
있었다. 하지만 이렇게 또다시 기약 없이 기다리는 처지가 될지도

모른다는 예상은 없었다.

　그러던 어느 날 오후. 별다른 신고는 물론 장난 전화도 걸려 오지 않아 한가했던, 수요일이었다. 나를 수신인으로 하는 택배 하나가 센터로 배달되었다. 발신국은 아르헨티나, 발신인은 최기우였다. 서류 크기의 상자를 열자 한 통의 편지와 수첩, 그리고 유라시아 우주국의 공문서 몇 건이 들어 있었다. 수첩은 페이지마다 곱게 말린 낙엽을 품고 있었다.

　발신인을 확인한 순간 알았어. 너는 어디에도 없구나.

————————————

정현우 님께

안녕하세요, 저는 정현이의 애비, 최기우라고 합니다.

3개월 전 이 세상을 떠난 딸의 소식을 전하기 위해 이 편지를 씁니다. 정현이가 식물인간 상태가 된 것은 그로부터 3년 반 전이니 엄밀히 말하면 조만간 4년 전이 되겠지요.

어디에서부터 시작해야 할까요.
정현이는 인공지능 전문가로 지앙라이 프로젝트에 합류했습니다. 한 사람의 의식을 복제한 인공지능이 단 한 명과만 소통할 수 있는 클로즈드 웹에서 어떻게 변화해 갈 것인지 역시 중요한 실험 프로젝트 중 하나라고 들었습니다. 과거를 고스란히 간직한 실존

인물의 의식을 미러링해야 하는데 참가자를 구하는 것이 쉽지 않았다는군요. 특정 시점 자신의 의식을 스냅 샷으로 남겨 독자적으로 발전하도록 떠나 보낸다는 아이디어에 동의하는 것이 쉽지는 않았을 테죠.

정현이가 쓰러진 것은 발사 6개월 전이었어요. 생일이나 연말연시에 안부를 주고 받을 때만 해도 사상 최대 규모의 우주프로젝트의 일원이 되었다는 것에 기뻐하고 있을 뿐, 심신의 그 어떤 이상 징후도 없었습니다. 이유를 알 수 없는 신경질환이었고, 아이는 그마저도 수긍하듯 받아들였다는군요. 기다렸다는 듯 지앙라이 프로젝트에 자신의 의식을 기증하기로 결정했는데, 지앙라이 발사 일주일 전에는 급기야 코마 상태에 돌입했습니다. 그렇게 꼬박 3년 반을 누워 있다가 3개월 전 세상을 떠났습니다.

애초에 정현이는, 자신의 의식이 인터랙션 할 한 명으로 정현우 님을 지정해 두었습니다. 그러나 그 패턴과 시점, 빈도, 방법 등 구체적인 것은 철저히 인공지능의 자율적 판단이었다고 합니다. 정현이의 복제된 의식은 지구를 떠난 지 2년이 지났을 때 현우 씨에게 편지를 보내기 시작했습니다. 그렇게 이어지던 연락이 1년 남짓 흐른 뒤 중단됐는데 전문가들은 이를 일종의 에러라고 판단하여 수습하려 했지만 방도가 없었다고 합니다. 결국 실험을 종료하고 그간의 자료 분석을 시작하려는 무렵 지구에 남은 정현이의 육신이 세상을 떠났습니다. 화장하고 돌아온 날 관계자가 알려줬어요. 정현이의 의식이 또다시 편지를 쓰기 시작했다고.

그제야 생각이 났어요. 쓰러졌단 소식을 듣고 스위스로 날아간 저에게 정현이가 이 상자와 주소를 내밀었던 것이. 때가 되면 보내 달라고,

유로파의 빛을 담아

전하면 알 거라고 내밀었더랬죠.

정현이는 외로움을 많이 타는 아이였지요. 살갑게 서로의 안부를
시시콜콜 전하는 사이는 아니었지만, 아니 그래서 더 잘 알 수
있었는지도 모르겠군요. 한국을 떠나면서 마음의 문을 닫은 듯했던
정현이는 중학교 때 이미 다 자란 얼굴을 하고 있었죠. 그런 아이가
마지막까지 망설임없이 떠올릴 수 있는 인연이 있었다고 생각하면
조금은 안심이 됩니다.

관계자는 정현이의 의식이 쓴 마지막 편지가 조만간 도착할 거라고
전망하더군요. 이 편지가 닿을 때쯤이면 그 역시 이미 도착한 뒤일지도
모르겠습니다. 그간, 정현이의 기억 속에 머물러 주어서 감사합니다.
이젠 현우 님의 기억 속에 정현이가 머무를 차례인가 봅니다.

최기우 드림

───────────────

　　최기우 씨의 편지를 암호를 해독하듯 곱씹었다. 최기우 씨는
정현이 실험 참여에 앞서 작성한 개인정보 제공 동의 및 기밀유지
각서의 사본을 동봉했고, 그에 따르면 계약 내용은 그간 정현과
내가 주고 받은 모든 편지에 적용된다고 했다. 16년에 걸친 우리의
대화와 그 안에 담긴 우리의 과거는 모두 기계어로 코딩되어 오로지
해당 프로젝트의 분석에만 활용될 뿐이라고도 했다. 원한다면 분석
결과와 이를 바탕으로 하는 논문 등을 전달받을 수도 있다 했다.

정현의 아버지의 편지와 계약서에 담긴 그 모든 사실의
의미를 파악하기 위해 안간힘을 쓰고 있을 때, 정현의 마지막
편지가 도착했다.

_____

현우,

전해지지 않은 마음은 아무 의미가 없을까.
내내 네가 부러웠다고, 너의 듬직한 다리에 처음부터 마음을
뺏겼다고, 언제나 어디로든 가고 싶었지만 그 어디에서도 뿌리내리지
못했던 나는 네 두 발이 딛고 있는 단단한 땅이 항상 부러웠다고 계속
말하고 싶었어. 부러움은 그리움이 되고 그 그리움이 찰랑거리며
흘러넘칠 것 같으면 편지를 썼어. 답장을 바란 것도 아니어서 막상
네가 응답해 주면 어찌나 설레던지. 하지만 바라는 것이 점점 많아질
것 같으면 늘 도망치기 바빴어.

며칠 전 장래의 전파망원경이 먼 우주의 젊은 산개성단을 새로
발견했어. 첨부한 사진이 바로 그 주인공이야. 어디에도 공개되지
않은 사진을 보내려다 보니 아무래도 좀 시시해 보일 수도. 지구에서
보이는 은하수보다도 흐릿한…… 희뿌연 먼지 같은 풍경이지만
이것도 최고의 우주사진 보정 프로그램이 모든 광선을 가시범위
안으로 조정해서 다듬은 결과야. 사실 이곳에서 맞닥뜨리는 대부분의
풍경이 그래. 달도, 화성도, 그 어떤 우주의 풍경도 친절하게 보정된
이미지에 익숙해진 우리의 눈에는 별 볼 일 없게 느껴질 거야. 1년

유로파의 빛을 담아

쯤 지나 나를 둘러싼 새로운 환경에 익숙해지니까 그제야 달라 보이기 시작했어.

지금부터 내가 하는 말을 영원히 기억해 주길. 내 기억 속의 너는, 매 순간 눈부셔. 난 반짝이는 것을 볼 때마다 네 생각을 했어. 더없이 선명했고 분명히 아름다웠던 그 빛을 나 역시 영원히 간직할 거야.

사랑해 현우야, 나의 길잡이별. 내가 돌아갈 곳이 되어 주어서 고마워.

세상의 모든 눈으로 너를 보는

정현

───────────────

정현에게

오늘은 교량 위의 4중 추돌 사고 현장에 출동했어.

빗길에서 졸음운전을 하다가 앞차를 들이받은 최초의 차량이 석유배달차여서 수습과정 내내 조마조마했지만……

모든 부상자와 사망한 최초 피해차량까지 추가 희생 없이 모두 구조해 내는데 지율 팀장이 구역 지휘관으로 큰 도움을 줬어.

언제 다리 밑으로 떨어질지 알 수 없는 차량 속 일가족 구조와 언제 불길에 휩싸일지 알 수 없는 석유 운반 차량 수습 중 먼저 전력을 다해야 하는 사안을 판단해야 했어.

아무리 여러 번 경험하고 곱씹어도 정답을 알 수 없는, 그런 순간.

지휘관의 자리에 선 뒤에는 매 현장에서 생각하는 것 같아.

차라리 소방 호스를 들고 불길로 뛰어드는 게 쉽겠다고.

지율이 일가족 상황이 보기보다 안정적이라며 확신을 주지 않았다면
수몰위기 차량에서 인명 구조하는 데 집중하느라
석유 차량 폭발로 우리 모두 위험에 빠졌을지도 몰라.
차량에서 구조된 다섯 살 아동을 포함해서
크고 작은 부상을 입었을지언정 언젠가는 일상으로 돌아갈 수 있는
부상자들 모두 안전하게 이송됐어.

우리 모두의 신속한 결정과 행동 덕분에 최악을 면한 이런 날은
기분 좋은 노곤함이 온몸을 감돌아.

네 말대로 힘내 볼게. 이 세상이 조금은 느린 속도로 나빠질 수 있도록.
이런 밤은, 네가 말한 내 안의 빛을 조금쯤 믿을 수 있어.
이곳이 나로 인해 밝아진다는 걸 믿고 싶어져.

꿈에서는 우리 한 번쯤 만날 수도 있겠지.

현우

_____

평소와 다름없는, 단 한 치의 거짓도 담지 않은 답장으로 족했다. 나와 평생을 나누었던 정현에 대해, 지난 1년여를 함께했던 정현의 의식에 대해 더할 말은 없다. 새로운 낙엽은 떨어지지 않을 것이며 정현이 책갈피에 끼워 보낸 고운 잎들을 꺼내어 더듬을 때였다. 진짜 이별이었다. 혹은 이제 시작이었다.

정현이 참여한 연구팀은 우리의 마지막 편지를 어떻게

유로파의 빛을 담아

분석할지 가끔 상상해 본다. 그리고 확신한다. 정현이 담아 보낸 유로파의 빛은 오직 내 우주에만 있다는 것, 덕분에 나는 반드시 지켜 내고 싶은 것을 아주 가까이에서 발견했으며, 그렇게 내 세상이 변했다는 것은 끝내 비밀이다.

작가의 말

아날로그 로맨스
윤이나

    제일 좋아하는 작가 소개는 이름만 적는 것이고, 제일 좋아하는 작가의 말 역시 한 줄의 문장이다. 하지만 그렇게 하기에는 내 이름이나 지금까지 출간한 책의 제목을 말했을 때 아는 사람이 없고, 말이라면 시작한 이상 멈출 수 없기 때문에 또 이렇게 이어 쓴다.

    만나면 대체로 맛있는 음식을 먹고 수다를 떨며 서로를 웃겨하지만, 자주 안 보는 것도 아니면서 만남의 사이가 조금만 길어져도 이상하게 애틋해하는 친구 모임이 있다. 어쩌다보니 나를 중심으로 친해진 관계인데, 쓰면서 생각해보니 다들 자기를 중심으로 친해졌다고 생각하고 있을 것 같다. 아무튼 설명을 하려면 길어지는 관계이기 때문에 언젠가부터 우리를 '빵동기'라고 부르고 있다. 순전히 빵(음식)을 좋아하는 네 사람이라는 의미이지만, '빵동기'라고 했을 때 '감방 동기'가 연상된다는 점이 좋다. '그 친구들을 어떻게 만나게 됐어?' 누군가 이렇게 물었을 때,

'우리는 빵동기야'라고 대답하면 상대방이 할 말을 잃는다는 바로 그 점이.

소설 제안을 받고 얼마 지나지 않았을 때 빵동기 모임이 있었다. 강제 해산되기 전에 만나야 했으므로 대낮부터 모여 술을 마시며 떠들다가 친구들에게 소설을 써도 괜찮을 것 같은지 물어보았다. 내가 작가로서 이상할 정도로 일이 많고 시간이 없는데 보상은 돌아오지 않는 구간을 꽤 오래 지나고 있다는 것을 다들 알고 있었다. 슈크림빵이 말했다. "저는 반대예요. 일이 너무 많아요." 까눌레가 말했다. "쓰고 싶어? 그러면 써야지." 쓰고 싶은가? 잘 모르겠다는 느낌이었다. 소설이라면 쓰고 싶은지 보다 쓸 수 있는지가 더 중요하지 않을까? 내가 쓸 수 있을까? 붕어빵이 전혀 상관없는 말을 했다. "내가 요새 중국어 구몬을 하잖아."
우리의 대화는 원래 이런 식이다. 내가 소설을 써야하는지 쓰지 않아야 하는지, 쓸 수 있는지 없는지 결론이 나지 않았는데 갑자기 구몬 스마트펜에 대한 이야기로 넘어갔다. 스마트펜으로 문제지나 책의 외국어 문장을 누르면 펜이 문장을 읽어준다. 네 명의 문과생이 검색 없이 원리를 찾으려고 애쓰다가 결국 실패하고, 원리를 찾아보고도 이해하지 못하는 소동이 지나갔다. 붕어빵의 파트너가 친구 머리를 펜으로 누르며 장난을 쳤다는 이야기를 듣고 내가 말했다. "감동으로 돌려주지 그랬어. 가슴을 누르면서 이렇게 말하는 거야." 어떻게?
"워 아이 니!"
그 순간 시작된 이야기가, 바로 이 소설이다. 집으로 돌아오는

작가의 말

길, '이해할 수 없는 과학 기술은 마법의 영역이 된다'라는 문장을 메모장에 적어두었다.

'언제, 어디서부터'를 찾고자 한다면 돌아갈 수 있는 순간은 많다. 그래도 시작은 여기다. 쓰기로 한 이후부터는 쓸 수 있는지에 대해서는 생각하지 않았다. 좋은 이야기가, 무엇보다 소설이어야 하는 이유를 가진 소설이 되기를 바랐지만 쓰는 동안은 그 무엇도 알 수 없었다. 다 쓰고 나서 알게 된 것은 예상과 다른 것이었다. 나는 하나의 이야기를 계속 다른 방식으로 쓰고 있다. 앞으로도 그럴 것이다.

거의 모든 장르를 쓰는 작가라고 자신을 소개하면서도 새로운 형식과 길이의 글 앞에서는 늘 시행착오를 겪는다. 장편을 덜컥 기획하고는 첫 챕터를 쓰겠다며 원대한 포부를 밝히던 내가 지도도 없이 헤맬 때마다 함께 길을 찾아준 안전가옥의 로빈과 조이, 이 소설의 첫 독자가 되어준 따뜻한 붕어빵, 기억하고 기억하지 못하는 올리들에게 고맙다.

트러블 트레인 라이드
이윤정

"10년 뒤에는 추리소설을 쓰겠다." 5년 전, 남들은 볼 수 없는 어느 노트 앱에 그렇게 적은 순간, 드디어 꿈이란 걸 처음 정한 대학생마냥 상쾌한 기분에 젖었고, 잊어버렸다.

안전가옥으로부터 SF로맨스 앤솔로지에 들어갈 단편 소설을 써보겠냐는 제안을 받았을 때 5년 전에 써두고 잊어버린 그 버킷리스트가 떠올랐다. 5년 전의 10년 뒤는 영화감독인 내가 장편추리소설을 쓸 준비를 하는 기간으로 꽤 넉넉하게 느껴졌는데. 이제 보니 5년 밖에 남지 않았다. 이런 식이라면 5년 뒤에도 5년 전과 똑같은 상태일 것이고 버킷리스트 따위 개나 줘버리게 되겠군. 합리적인 판단이었다.

조만간 사라질 것으로 예상되는 직업 영화감독의 업무 중 8할은 글을 쓰는 것이다. 오해를 사지 않기 위해 부연하자면, 나는 영화는 남더라도 영화감독이라는 직업은 사라질 것이라는 예측을 하고 있다. 원래도 직업안정성이라는 측면에서는 과연 직업이라고 불러도 되는가 의심스러운 것이 영화감독이었지만, 앞으로는 꽤 안정적으로 커리어를 이어가는 일부의 성공한 사람들마저도 더 이상 '영화만 감독하는 사람'으로 남지는 않을 듯 하다. 하던 얘기로 돌아가서, 아직은 사라지지 않은 직업 영화감독인 나는 감독 데뷔를 준비하던 시절까지 포함하여 10년이 넘는 기간 동안 수도 없이 많은 글을 썼다. 기획안도 쓰고, 시놉시스, 트리트먼트, 시나리오 초고, 끝없이 이어지는 수정고까지, 아이클라우드 내에 '내 시나리오' 폴더에 저장된 텍스트 파일들의 크기는 15기가가 넘고 항목은 4500개가 넘는다. 하지만 이 모든 글은 2시간 짜리 영화로 만들어지기 전 단계의 설계도면 다행이고 사실은 투자자, 제작자, 배우, 스탭들에게 '제발 이 영화 좀 같이 만듭시다'라고 설득하기 위한 눈물의 편지에 가까운 것이었다. 낯모르는 사람들에게 공개될 최종 완성본으로서의 작품이었던 적은 한 번도 없었다.

그런 주제에 진짜 종이에 글씨를 새기는 출판 소설 집필 제안을 덥썩 수락한 것은 멀어지는 버킷리스트를 향한 다급한 무리수였다는 사실을 고백하는 바이다. 그럼에도 불구하고 나무에게 미안해지지 않기 위해서 최선을 다 하긴 했다.

이 작품 〈트러블 트레인 라이드〉는 추리소설을 쓰고 싶다는 버킷리스트와는 별도로 SF영화감독이 되고 싶다는 버킷리스트에 다가가는 또다른 시도이기도 하다. 작년에 웨이브와 엠비씨에서 공개된 SF8 시리즈 중 <우주인 조안>을 연출할 기회를 얻은 것으로 꿈을 이루기는 했는데, 한 번 했더니 또 하고 싶고, 다음에는 내 오리지널 스토리로도 SF영화를 만들고 싶다는 또다른 꿈이 생겼다. 안전가옥에서 이런 기회를 얻은 것도 <우주인 조안>의 원작 출판사였던 인연 때문이니 꿈은 또다른 꿈으로 가는 열쇠인 것 같기도 하다.

이렇게 쓰니 내가 무슨 이야기를 직업적 꿈을 이루기 위한 도구 정도로 사용하는 사람처럼 보일 수도 있겠다 싶은데, 실은 내가 만든 모든 이야기와 그 안에 살고 있는 모든 사람들은 나의 직업적 욕망과는 비교할 수도 없는 엄청난 사랑의 대상이다. 나라는 인간에게 그 사랑은 픽션이라는 구조 뒤에 숨어 있을 때만 겨우 발화할 수 있는 내밀한 것이고, 1인칭 목소리로 고백하기에는 그 모양이 깨질 새라 조심스러운 것이다.

지은과 은수와, 지은이면서 은수인 그 누군가와, 경우를 비롯하여 이 이야기에 등장하는 모든 인물들에 대한 나의 사랑이 독자에게도 가서 닿기를 꿈꾼다. 그거야말로 지금 이 순간 내가 가진 가장 거창한 버킷리스트다.

작가의 말

사랑도 회복이 되나요?

한송희

연극영화학과에 질문한 신입생이 선배들에게 통과의례처럼
받는 질문이 있었다.

"너는 어떤 영화 좋아하니?"

다른 과에서는 취향을 물어보는 가벼운 질문이 될 수도
있겠지만 연극영화학과에서는 결이 조금 다르다. 깊이 있고, 미감도
특별한 전공생으로 각인되고 싶다면 대답을 잘 해야 했다. 이와이
지의 '러브레터'를 가장 좋아하던 나는 '릴리 슈슈의 모든 것'
이라고 대답했다. 가장 많이 본 영화가 노라 에프론의 '시애틀의 잠
못 이루는 밤'이라는 대답은 입 밖에 꺼내지 못 했다.

로맨틱 코미디나 멜로 영화를 좋아하는 것이 나쁜 일은
아니지만 왜인지 모르게 말할 수 없는 비밀이 된 것은 "아, 너 그런
영화 좋아해?"라는 평가의 대상인 '그런' 영화를 좋아하는 애가
되고 싶지 않아서였다. 아무튼 그 시절의 나는 뭔가 있어 보이고

싶었다. 내가 가진 것보다 조금 더.

　꾸준히 여성 서사를 담은 희곡을 쓰고 있고, 연애의 대상만이 아닌 더 다양한 여성 캐릭터가 나와야 한다고 목소리를 높이면서도 집으로 돌아와서는 옛날 로맨틱 코미디 영화를 재생 하곤 한다. 피곤하고 우울한 날이면 더 그랬다. 지나간 시대의 언피씨함을 못 본 척하면서 헤테로 커플의 보장된 해피엔딩이 주는 달콤함을 즐겼다. 조금만 더 변명을 보태자면 로맨틱 코미디의 여자 주인공들은 그래도 꽤 주체적인 편이다. 자기 감정에도 솔직하고.

　그럼에도 내가 로맨스물을 즐긴다는 사실은, 더 솔직히 말하면 각종 연애 리얼리티 프로그램까지 섭렵하며 과몰입하고 있다는 사실은 고백하기 쑥스러운 일이었다. 길티 플레저. 그 표현이 딱 맞겠다.

　연애와 사랑의 환상을 즐긴다는 것은 내게 꽤나 부끄러운 일이었다. 그건 내가 여전히 사랑에 어떤 믿음을 가진다는 의미 같았기 때문이다. 몇 건의 구질구질한 관계를 지나 깊은 내상을 입고도, 사랑을 핑계로 안전을 위협당하는 여성들을 지켜보면서도 또다시 혹시 모를 희망을 품는다는 것이 부끄러웠다.

　그래서 로맨스 소설을 써보지 않겠냐는 제안을 들었을 때 꽤나 난처했다. 습작도 한번 해보지 않은 소설을 쓴다는 것도 부담스러웠지만 게다가 '로맨스'라는 장르가 붙으니 헛웃음만 계속 나왔다. 사랑을 믿는 것조차 부끄러워하는 내가 로맨스를 담은 무언가를 쓸 수 있을까. 내가 무슨 이야기를 만들 수 있을까.

　결국에 사랑을 믿는 것이 부끄러운 사람이 할 법한 이야기를 하게 되었다. 그럼에도 작은 희망을 가진, 뻔하고도 따뜻한 해피엔딩을 꿈꾸는 사람의 이야기를 말이다.

끝으로 첫 소설을 쓸 수 있는 기회를 주신 반소현 스토리피디 님께 감사드린다. 덕분에 스스로는 생각하지도 못한 도전을 해볼 수 있었다.

오류의 섬에서 만나요
김효인

'오류(誤流)에 휘말려버렸다.'종종 생각합니다. 원래는
그르칠 류(謬)를 쓰는 것이 맞지만 '기류'나 '해류'처럼 흐름에
말린 느낌이 들어 지어본 말입니다. 뭔가 잘못되었다는 느낌이
한순간이라기보다는 거대한 흐름 같이 느껴질 때가 있습니다.
어디서부터 해결해야 할지 모를, 언제까지 망가질지 모를, 그래서
더 막막한 그 순간. 가장 먼저 불쑥 튀어나오는 제1의 본능 선택지는
역시나 '도망'입니다.

코로나 시대, 이러다 다 도망가버리겠다는 생각을 한 적이
있습니다. 코로나는 시대라는 말이 붙을 정도로 정신을 차릴 수
없이 커다란 삶의 변화를 가져왔습니다. 그리고 그 격변하는 세상
속에서 사람들은 끊임없이 자신의 가치를 증명하고 도태되지
않도록 애써야 했고 여전히 애쓰고 있습니다. 곳곳에서 한계를
느낀 사람들을 자주 마주합니다. '이제 곧 모두 '번아웃'을 넘어
'런아웃'을 할 것 같아.' 그런 우려 속에서 '런아웃 증후군'에 대한

작가의 말

상상은 시작되었습니다.

<오류의 섬에서 만나요>는 세상 끝까지 도망치다 만난 두 사람의 이야기입니다.

그들은 노동 휴머노이드가 점점 인간의 자리를 대신하는 시대를 살고 있습니다. 골키퍼였던 서이는 AI 공격수의 킥을 막아내지 못해 관중들에게 욕을 먹다 결국 은퇴를 하고, 수년째 공무원 시험을 준비했던 도현은 지원 직군이 노동 휴머노이드로 대체되면서 하나 있던 삶의 목적을 잃어버리게 됩니다.

둘은 런아웃 증후군 치료를 위해 만들어진 프로그램에 참여하고 우연히 시스템의 오류로 만들어진 섬에서 만납니다. 그리고 각자의 삶 속에 있었던 불행의 스테이지를 함께 헤쳐 나오면서, 자신에게 결코 해주지 못했던 말을 (부디 살아줬으면 하는 부탁을) 서로에게 전하게 됩니다.

미래의 사랑은 어떨까. 한없이 가벼워질 것 같다는 생각도 아주 뜨거워질 것 같다는 생각도 해보지만 언제나 제가 도달하는 답은 이렇습니다. 세상이 아무리 변해도 사랑의 가치는 특별히 달라지지 않을 것이고 시대에 맞닿아 다양한 형태로 존재할 것이다.

그 많고 많은 것 중에서 아무래도 저는 '차가운 세상 속 따뜻한 로맨스'를 좋아하는 것 같습니다.

인생은 선택의 연속이고 그 선택은 오로지 자신의 몫이라는 사실이 더 짙게 와 닿는 요즘입니다. 삶의 무게가 버거워진 누군가가 작은 동력을 보태는 존재를 만났을 때. 그 온기가 이야기를 읽는 이들에게도 조금이나마 닿았기를!

유로파의 빛을 담아
오정연

한때 내 세상의 전부였던 이들 대부분이 살고 있는 한국에서
물리적으로 떨어져서 지낸 지도 10년을 훌쩍 넘어섰습니다.
고향과의 절대적인 거리가 가까워졌다 멀어지고, 시차가 커졌다
작아지는 것은 물론, 계절이 뒤바뀌거나 아예 흐르지 않기도 합니다.
세상이 변하고 세월이 흐르면서 아무리 멀어도 언젠간 서로의
체온을 느끼며 눈을 마주할 수 있다는 믿음조차 흐릿해지거나
불가능하게 느껴질 때가 있습니다.

신기하게도 그럴수록 眞心, 즉 진짜 마음은 반드시 전해진다는
깨달음은 확고해집니다. 오프라인 매장에서 집어들었을 카드에
한 자 한 자 적어 내려간 계절 인사. 호칭부터 안부, 용건, 작별인사,
그리고 서명까지 고심해서 썼을 간만의 문안 이메일. 나를 생각하며
고른 물건과 카드를 우체국까지 들고 가서 보냈을 소포. 내가 좋아할
만한 풍경이라며 사진을 찍어 전달하는 소셜미디어의 포스트나
각종 메시지들.

물성의 크기는 저마다 차이가 있습니다만 사소하고 묵직한 그 모든 시도들은 하나같이 이렇게 말하고 있었습니다. "너는 나에게 소중해." 그리고 우리가 서로에게 소중한 존재가 된 것은, '너와 내가 같은 시공의 조각을 공유했던 기억' 덕분이라고 생각합니다. 인간의 평생, 우주의 시작과 끝을 생각하면 찰나에도 미치지 못할 기억일지라도 그것이 있음으로 해서 마침내 누군가의 세상이 바뀌는 기적이 때때로 일어납니다.

도저히 뛰어넘을 수 없을 듯 여겨지는 제약이나 장애에도 불구하고 결국은 전해지는 마음을 이야기하고 싶었습니다. 한국과 영상통화를 하다보면 부모님께서 종종 말씀하십니다. 그래도 이렇게 얼굴을 보고 이야기할 수 있으니 얼마나 다행이냐고. 왕복 한 달이 필요했던 종이 편지나 상대의 물리적 속성이 그리운 이들이 큰 맘 먹고 사용하던 녹음테이프가 여전히 생생한 분들이니까요. 마음을 전달할 수단이 그렇게 제한됐을 때 오히려 애틋해졌던 것도 같습니다.

약간의 시차가 있을지언정 결국은 서로 만나는 두 마음이 결국 로맨스가 아닐까, 문득 고개를 끄덕이며 시작한 이야기입니다. 까마득한 우주는 물론 생사의 한계까지 뛰어넘을 수 있는 마음을 지킬 수 있다면, 인류에게도 희망을 걸어볼 만 하다고 믿습니다.

추신. 현우와 정현의 성별을 모른 채 초고를 썼습니다. 독자 여러분들 역시 성별을 개의치 않고 읽어주시기를 바라봅니다.

프로듀서의 말

코로나 시대를 살아가는 다섯 명의 여성 작가들이 상상하고 고민한 근미래 로맨스 앤솔로지. 안전가옥의 첫 기획 앤솔로지인 <무드 오브 퓨처>의 시작은 작가도 원고도 없는, 제 상상 속에만 있는 책을 소개하는 한 줄 문구였습니다.

거리에서 마스크를 쓴 아기를 볼 때면, 우리가 이 시대를 어떻게 기억할지 한숨이 나기도, 고민이 되기도 했습니다. 하지만 코프로듀서인 조이와 함께 김효인, 오정연, 윤이나, 이윤정, 한송희 작가님이 들려주시는 이야기를 읽는 동안에는 미래를 상상하며 기대할 수 있었습니다. 많은 일이 있었고, 있을 테지만, 우리는 그때도 사랑하고 슬퍼하며 살아갈 거라고.

<무드 오브 퓨처>가 생애 처음 겪는 팬데믹으로 가난해진 마음에 온기를 주는, 독자님들께 따뜻한 선물이 되길 바랍니다.

이번 기획에 선뜻 참여해 주신 다섯 명의 작가님들께 다시 한 번 감사드립니다.
앞으로 출간될 안전가옥의 기획 앤솔로지 시리즈 <FIC-PICK>에도 많은 관심 부탁드립니다.

안전가옥 스토리 PD 반소현 드림

무드 오브 퓨처

기획   안전가옥
콘텐츠 총괄   이지향
프로듀서   반소현, 이지향
            신지민, 윤성훈, 이은진, 임미나, 정지원, 조우리
편집   문정민
디자인   양민영
퍼블리싱   박혜신, 이범학
사업개발   이기훈
경영지원   홍연화

펴낸이   김홍익
펴낸곳   안전가옥
출판등록   제2018-000005호
주소   04779 서울특별시 성동구 뚝섬로1나길 5,
         헤이그라운드 성수 시작점 203호
대표전화   (02) 461-0601
전자우편   marketing@safehouse.kr
홈페이지   safehouse.kr

ISBN   979-11-91193-37-4 03810
초판 1쇄 2022년 1월 17일 발행